文学传播研究丛书

在场与反顾

史建国 著

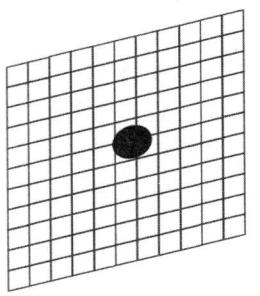

海峡出版发行集团 | 海峡文艺出版社

图书在版编目(CIP)数据

在场与反顾/史建国著.—福州:海峡文艺出版社,2021.6
(文学传播研究丛书)
ISBN 978-7-5550-2528-3

Ⅰ.①在… Ⅱ.①史… Ⅲ.①中国文学－现代文学－文学研究②中国文学－当代文学－文学研究 Ⅳ.①I206.6

中国版本图书馆 CIP 数据核字(2020)第 263985 号

在场与反顾

史建国 著

出 版 人	林 滨
责任编辑	蓝铃松
助理编辑	刘含章
出版发行	海峡文艺出版社
经 销	福建新华发行(集团)有限责任公司
社 址	福州市东水路 76 号 14 层
发 行 部	0591－87536797
印 刷	福建新华联合印务集团有限公司
厂 址	福州市晋安区后屿路 6 号
开 本	720 毫米×1020 毫米 1/16
字 数	230 千字
印 张	14.25
版 次	2021 年 6 月第 1 版
印 次	2021 年 6 月第 1 次印刷
书 号	ISBN 978-7-5550-2528-3
定 价	70.00 元

如发现印装质量问题,请寄承印厂调换

目　录

上　编

网络文学生态调查 …………………………………………………………（3）
论新世纪以来的类型化小说 ………………………………………………（16）
新世纪网络小说的伦理叙事 ………………………………………………（25）
网络小说影视改编调查研究 ………………………………………………（33）
文学期刊与典律的构建 ……………………………………………………（45）
区域文化与现当代文学研究再思考
　　——以齐文化与张炜、莫言等作家的研究为例 ………………………（52）
乡土文学的危机与契机 ……………………………………………………（64）
诺奖之后莫言作品的阅读接受状况研究 …………………………………（73）
论传记写作中的"代父立传"现象及叙事伦理
　　——兼论两部"另类"传记 ………………………………………………（87）
"文学现实"与《现实一种》 ………………………………………………（97）

下　编

中国现代文学报刊研究的回顾与反思 ……………………………………（107）

20世纪中国文学生活史研究刍议 ……………………………………（121）
新文化运动视阈下的"鲁迅与中国文化复兴" …………………（136）
1949：鲁迅纪念"国家话语"的形成 ………………………………（147）
民国时期的"鲁迅纪念歌"略论 ……………………………………（160）
"树人"即鲁迅？
　　——关于两篇疑似鲁迅佚文的考辨 …………………………（170）
鲁迅与"假洋鬼子" …………………………………………………（181）
"怎样做父亲"与伦理觉悟
　　——以鲁迅与胡适为例的考察 ………………………………（188）
陈德征与《民国日报·觉悟》的"复兴" …………………………（199）
优待学生与反对版权
　　——五四新文化大众化的努力 ………………………………（209）

后记 ……………………………………………………………………（220）

上 编

网络文学生态调查

一、引言

所谓"网络文学",有广义和狭义之分。2010 年中国互联网络信息中心(CNNIC)发布的《中国网络文学用户调研报告》中对网络文学的定义是:"通过互联网发表或传播的小说、散文、诗歌、连载漫画等文学作品。包括但不限于通过互联网首次发表的网络原创文学作品。"① 显然,这是广义上的网络文学。而文学研究界对网络文学的定义则比较狭窄,它通常是指在网络上发表的、具有"原创"性质的文学作品,并且不包括"连载漫画"。当然,随着互联网的迅速发展,许多传统文学作品也被制成电子版搬上网络,供网友浏览欣赏,但这类作品在现有的文学研究格局中并不被当作网络文学看待。因此,本文所使用的"网络文学"概念,是狭义上的网络文学。

从 1991 年少君(钱建君)在全球第一家中文电子周刊《华夏文摘》第 4 期上发表小说《奋斗与平等》以来,华文网络文学已有 21 年的历史,而中国网络文学也已走过了十余年的发展历程。时至今日,不仅有"榕树下""起点中文网""盛大文学""亦凡""文学城""博库""白鹿书院"等数十家文学网站各领风骚,网易、新浪、搜狐、雅虎等大型综合性网站也纷纷开辟文学版块,发现和培养网络文学作者,登载大量的文学作品,成为原创网络文学领域

---

① 中国互联网络信息中心:《中国网络文学用户调研报告(2010 年 12 月)》,http://www.cnnic.cn/research/bgxz/wmbg/201108/t20110819_22594.html,第 6 页。

不容忽视的存在。同时,媒体上炒作的那些网络作者令人咋舌的高收入,网络文学作者被邀加入中国作家协会事件,网络文学正式出版后的热销以及网络文学作品的影视剧、有声小说改编和演播,网络文学奖项的评奖等各种新闻事件让人应接不暇。总之,在短短十余年的发展历程中,网络文学不仅作为一种网络现象,而且作为一种文学现象,已经成为当代人日常生活的一部分,而这种新兴的文学形式凭借其传播方式的便捷与迅速也已经在当代人的文学生活中占据越来越重要的位置。

网络文学的快速成长也引起了研究者的关注,据不完全统计,截至2009年,国内出版的网络文学研究专著已有31部。与此同时,到2008年为止,以网络文学为题的硕士博士论文也已有78篇。① 而各种不同的网络文学选本、网络文学大系更是层出不穷,以网络文学为选题的国家级、省部级科研项目也纷纷获得立项资助。网络文学研究的兴盛可以说是与网络文学的兴盛相一致的。

本文旨在对当下网络文学的阅读接受与创作情况进行研究分析,以调查数据为基础,分析网络文学发展中的经验教训、制约因素和发展前景。文中所使用的数据一部分来源于2010年中国互联网络信息中心发布的《中国网络文学用户调研报告》,另一部分则来源于山东大学文学与新闻传播学院2012年2月所做的《关于"文学阅读与当代生活"的调查问卷》。这一调查发动本科生利用寒假返乡的机会对大众"文学阅读与当代生活"进行问卷调查,覆盖范围广,涉及阶层多,共回收问卷2091份,其中有效问卷1892份,为本研究的展开提供了重要数据支撑。同时,针对网络文学读者与写作者多为大学生的特点,本研究在山东大学文学与新闻传播学院2010级本科生中进行抽样调查,以了解当代大学生对网络文学的看法和态度。

二、网络文学的外部环境

网络文学是借助网络媒介发表和传播的,因此个人电脑、智能手机等上网设备和网络的普及程度在很大程度上会制约网络文学的发展。现有的网络文学研究成果在描述网络文学发展史的时候往往简单地列出网络文学发展各个阶段

---

① 周志雄:《网络空间的文学风景》附录一、附录二,人民文学出版社2010年版。

的代表人物和代表作品，并且辅之以数字佐证。在这样一种观照之下，网络文学似乎从诞生之日起就迅猛发展，并且呈现一种线性上升趋势。实际上则不然，作为一种对网络媒介存在高度依赖的文学形式，网络文学的发展是同网络的发展和普及息息相关的。

据《第一次中国互联网络发展状况调查统计报告》显示，截至1997年10月31日，我国上网计算机数为29.9万台，其中，直接上网计算机为4.9万台。①可见当时网络和计算机的普及率还是比较低的。即便到了被视为影响和带动了整个中国网络文学发展的痞子蔡的《第一次的亲密接触》出版后的1999年底，我国上网计算机数也只有350万台，其中专线上网计算机为41万台，专线上网的用户人数约为109万。而当时对上网人数的定义是"平均每周使用互联网1小时（含）以上的中国公民"②。因此，当中国第一代网络作者宁财神、李寻欢、邢育森、安妮宝贝、江南、俞白眉等人于1997年左右开始上网并从事网络文学创作的时候，计算机还是一件奢侈品，网络也还远未走近大众。尽管他们的创作作为一种文学现象引起了文学研究者的关注和重视，并在媒体上产生了强烈反响，但就其传播的广度和影响力而言，还是比较有限的。

而受制于当时计算机和互联网的普及速度，以及高昂的上网资费，当第一代网络文学作者纷纷"断网"之后，在21世纪之初，网络文学创作也一度呈现出青黄不接的局面。因此，2002年的《信息产业报道》上就曾刊发一篇题为《网络写手去哪儿了》的文章，直面网络文学的颓势，并探析其原因："仅仅数百天，网络文学的地位就大起大落。从恶意炒作，红红火火，大有想在数年之内取代纸质文学的地位，作为这个时代的流行的霸主；到大网站惨淡经营，小网站纷纷倒闭，除了几名网络文学的年轻写手外，其他无名小辈只能发出呻吟之声……"作者邀请了武汉大学和复旦大学的两位教授对这种现象进行解读，原因之一就是"阅读网络文学作品需要电脑等设备，使读者不能通过简单的方法随时阅读作品等原因，导致了网络文学处于现在的低潮"③。这说明，

---

① 中国互联网络信息中心：《第一次中国互联网络发展状况调查统计报告》，http://www.cnnic.cn/research/bgxz/tjbg/200905/t20090521_18370.html.
② 中国互联网络信息中心：《第五次中国互联网络发展状况调查统计报告》，http://www.cnnic.cn/research/bgxz/tjbg/200905/t20090521_18373.html.
③ 《网络写手去哪儿了》，《信息产业报道》2002年第7期。

至少到 2002 年为止，电脑和网络的普及程度还是制约网络文学发展的一个重要瓶颈。此后随着电脑和网络普及速度的加快，网络文学才进入高速发展的阶段。

据 2012 年 1 月 16 日中国互联网络信息中心发布的《第 29 次中国互联网络发展状况统计报告》（以下简称《统计报告》）显示："截至 2011 年 12 月底，中国网民规模突破 5 亿，达到 5.13 亿，全年新增网民 5580 万。互联网普及率较上年底提升 4 个百分点，达到 38.3%。中国手机网民规模达到 3.56 亿，占整体网民比例为 69.3%，较上年底增长 5285 万人。家庭电脑上网宽带网民为 3.92 亿，占家庭电脑上网网民比例为 98.9%。"[①] 正是有了这种飞速发展的外部环境作为依托，网络文学才获得了长足的发展。据统计，2011 年网络文学使用用户为 2.0267 亿，而 2010 年网络文学用户为 1.9481 亿，用户的绝对数量增长了 4%。5.13 亿网民中，就有 2.0267 亿使用网络文学服务，虽然《统计报告》使用的是"网络文学"的广义定义，但这个数字还是相当惊人的。[②] 因此，时至今日，网络文学已经成了研究界不得不面对的一个课题。而考虑到网络文学对外部硬件环境高度依赖的特性，在研究时就不能仅仅专注于作家、作品的内部研究这种传统的文学研究模式，电脑、智能手机等硬件和网络的发展普及状况，也是不能忽视的重要外部因素。

三、网络文学的接受状态

1. 年轻人是主体

从统计数据看，网络文学呈现出一种年轻化的特点，其读者和作者都以年轻用户为主。据统计，"在各年龄段的网络文学用户中，15—24 岁年龄段的用户比例为 51%；30—39 岁年龄段的用户比例为 18.4%；50 岁及以上用户群体占比最小，仅为 1.8%。青少年构成网络文学的主要用户群体，一方面与青少年倾向于选择娱乐类应用有关；另一方面，网络文学在当前的发展阶段，仍然

---

① 中国互联网络信息中心：《中国互联网络发展状况统计报告（2012 年 1 月）》，http://www.cnnic.cn/research/bgxz/tjbg/201201/P020120118512855484817.pdf，第 4 页。
② 中国互联网络信息中心：《中国互联网络发展状况统计报告（2012 年 1 月）》，http://www.cnnic.cn/research/bgxz/tjbg/201201/P020120118512855484817.pdf，第 29—30 页。

以轻松、前卫、娱乐化的内容为主,这些内容更能吸引年轻用户"[1]。另外,网络文学的阅读和创作需要一定的操作计算机(智能手机)与网络的基础知识,这也是其用户主要限定在青年人群体的一个重要原因。从学历结构来看,拥有大学本科、专科学历的用户比例占54.3%,是网络文学用户的最大群体。这使得网络文学使用显现出一种高学历的特征。而从职业构成来看,学生群体的比例最大,为39.9%,网络文学用户的学生用户比例高于整体网民中学生群体比例。同时,从城乡结构上来看,网络文学用户的城乡比例为89∶11,用户的城乡分布差异较整体网民更大。[2]

2. 公众认知趋于理性

随着网络文学的日益发展,专家和公众对网络文学的态度也在发生着变化。网络文学刚刚崭露头角时,社会公众对网络文学的看法往往受文学研究专家们的左右和引导,倾向于从纯文学立场出发对网络文学的游戏、娱乐化倾向表示出忧虑甚至抵触。但当网络文学成为当今文坛一个不容忽视的存在之后,专家和公众对网络文学的看法也渐渐趋于理性。专家层面,尽管对于网络文学仍然有排斥的声音,但一些知名的作家、学者都已对网络文学表现出了相当程度的宽容和欢迎:作家张炜热情赞扬网络文学意味着"公民写作"时代的到来,写作已经不再是少数人的特权;莫言认为"网络文学跟传统文学之间的'墙体'正被拆除。更多的融合将使网络文学与纯文学合二为一";陈晓明认为:"网络文学代表了未来,意味着一种新的文学方式的展开。现在是网络和科技一起带来的文化传播的时代,我们称之为视听文明时代。口传文明代表的是农耕社会,工业文明代表的是农耕社会和工业社会,而视听文明则代表了后工业化社会和工业社会的交叉。网络时代所有的文化生产都可以视觉化,所以网络文学的发展是不可阻挡和不可遏止的……"[3]

---

[1] 中国互联网络信息中心:《中国网络文学用户调研报告(2010年12月)》,http://www.cnnic.cn/research/bgxz/tjbg/200905/t20090521_18370.html,第15页。

[2] 中国互联网络信息中心:《中国网络文学用户调研报告(2010年12月)》,http://www.cnnic.cn/research/bgxz/tjbg/200905/t20090521_18370.html,第16—18页。

[3] 师文静、霍晓蕙:《终评委热议网络文学大势》,《齐鲁晚报》2012年1月9日。2011年3月,"中国首届网络文学大奖赛"由《山东文学》《齐鲁晚报》和网易共同主办,为期10个多月的赛程中,累计收到各类投稿5万余件,参赛作品网络点击量超过4000万次,《终评委热议网络文学大势》为颁奖典礼期间记者的采访。

在公众层面，从我们的调查数据来看，有5%的受访者认为网络文学的"质量很高"（见表1），有50%的受访者认为"质量良莠不齐"，20.1%的人认为"没什么价值，只能作为消遣"，同时有5.3%的人认为"代表了文学发展的方向"。而相对来说，年轻人对网络文学的态度更为包容，对其发展前景也更为积极乐观。在18岁以下的受访者当中，有9.9%的人认为网络文学"代表了文学发展的方向"。从主观色彩强烈的负面性评价，到"良莠不齐"这种相对客观的评价，这表明网络文学已经渐渐为普通公众所接受，并开始认真对待。另外，从受访者的文化程度来看，跟网络文学用户整体上的高学历趋向有所不同，低学历受访者反而对网络文学的前景更为看好。在初高中层次的受访者当中有14.8%的人认为网络文学"代表了文学发展的方向"。而在本、专科层次的受访者中只有3.8%的人选择此项。这也是非常有意味的现象。学历水平尽管不能直接等同于文学的审美水平，但在一定程度上可以反映出文学审美趣味的差异。网络文学所提供的娱乐、休闲功能显然更为那些对文学的艺术品格要求不高的读者所欢迎和看好。

表1 公众对当今网络文学的看法

	评价	人数	百分比
有效问卷	质量很高	105	5.0%
	质量良莠不齐	1044	50.0%
	没什么价值，只能作为消遣	420	20.1%
	代表了文学发展的方向	110	5.3%
	不了解	368	17.6%
误差问卷①		39	1.9%
合计1		2086	99.9%
缺失问卷		3	0.1%
合计2		2089	100.0%

3. 历史题材作品最受关注

在本次问卷调查中，我们将网络文学题材分为历史、官场职场、言情、奇

---

① 本书出现的"误差问卷"为将单选误作多选的问卷。

幻玄幻、武侠、性和暴力、儿童文学、其他等 8 类，来调查不同读者对不同题材的网络文学作品的关注程度。从实际的调查结果来看，尽管几乎每种题材的网络文学作品在每个年龄段的读者中都有受众，但不同性别、不同年龄段的读者最关注的网络文学题材还是有差异的。最受女性读者关注的网络文学题材是言情类作品，占 22.6%，而最受男性读者关注的则是历史类作品，占 24.1%。从年龄来看（见表 2），18 岁以下的读者最关注的题材是历史类，占 17.4%；18—25 岁的读者最关注的题材是言情类，占 19.6%；26—35 岁的读者最关注的题材是官场职场类，占 19.3%；36—45 岁的读者最关注的题材又是历史类，占 30.3%；46—55 岁的读者、56—65 岁的读者、65 岁以上的读者最关注的题材均为历史类，分别占 24.5%、18.9%、25%。18 岁以下的读者大部分是中学生，关注历史类网络文学作品的原因可能是对网络文学的历史表现感兴趣，借此可以通过一种鲜活生动的方式来丰富自己的历史知识，与常规的历史学习相互促进；18—25 岁的读者中大部分人刚刚迎来自己人生中第一次恋爱，最为关注言情作品当然在情理之中；26—35 岁的读者正处于职业生涯的上升期，自然对官场职场类作品有所偏爱。而 36 岁以上的读者，基本上已经处于事业的相对稳定时期，对历史类作品的关注可以改善谈吐、提升素养、丰富学识，使生活变得更加精致、优雅，更能赢得尊敬……总之，对各种题材网络文学作品的关注，是同各个年龄段读者的日常生活息息相关的。

表 2　网络文学题材年龄统计

题材 年龄	历史	官场职场	言情	奇幻玄幻	武侠	性和暴力	儿童文学	其他	误差问卷	合计
18 岁以下	30	9	24	25	9	1	15	17	42	172
	17.4%	5.2%	14.0%	14.5%	5.2%	0.6%	8.7%	9.9%	24.4%	100.0%
18—25 岁	131	62	178	88	38	12	16	112	271	908
	14.4%	6.8%	19.6%	9.7%	4.2%	1.3%	1.8%	12.3%	29.8%	100.0%
26—35 岁	31	39	24	7	16	1	12	13	59	202
	15.3%	19.3%	11.9%	3.5%	7.9%	0.5%	5.9%	6.4%	29.2%	100.0%
36—45 岁	73	41	19	3	5	1	7	39	53	241
	30.3%	17.0%	7.9%	1.2%	2.1%	0.4%	2.9%	16.2%	22.0%	100.0%

续表

题材 年龄	历史	官场职场	言情	奇幻玄幻	武侠	性和暴力	儿童文学	其他	误差问卷	合计
46—55岁	60	45	29	3	9	1	2	45	51	245
	24.5%	18.4%	11.8%	1.2%	3.7%	0.4%	0.8%	18.4%	20.8%	100.0%
56—65岁	10	7	7	1	5	2	3	5	13	53
	18.9%	13.2%	13.2%	1.9%	9.4%	3.8%	5.7%	9.4%	24.5%	100.0%
65岁以上	17	7	2	3	5	0	4	14	16	68
	25.0%	10.3%	2.9%	4.4%	7.4%	0	5.9%	20.6%	23.5%	100.0%
合计	352	210	283	130	87	18	59	245	505	1889
	18.6%	11.1%	15.0%	6.9%	4.6%	1.0%	3.1%	13.0%	26.7%	100.0%

四、大学生群体对网络文学的认知状况

如前所述，网络文学受众有高学历的特征，具有大专和本科学历的网络文学受众占54.3%。从职业构成来看，学生群体所占比例最大，为39.9%。两者交叉，大学生群体就成了网络文学最大和最典型的受众群体。本次研究中以山东大学文学与新闻传播学院2010级本科生为研究对象，进行了抽样调查，以了解大学生群体对当前网络文学的看法。以下是调查当中比较有代表性的观点。

1. 网络文学总体看来属于俗文学一端，尽管良莠不齐，但确实有好作品存在，不应抹杀网络文学的价值。

蒋同学：宋词是以"诗余"的身份登场的，元曲是以"词余"的身份登场的，但这并不影响它们堪与前辈比肩的伟大文学成就。应该说，由于创作门槛过低之故，"网络文学"从它当前的发展状态来看，呈现出杂乱无章的景象，松散的"写手"群落取代了传统的"作家"群体，应该说，这是对于"作家职业化"这一现象的可喜的反拨，也代表了大众（草根）创作欲望的提升，这对于日渐边缘化的文坛乃至文学本身未尝不是一件好

事……无论如何，作为在主流作家群体之外崛起的一个新兴势力，网络文学的前景是值得期待的——虽然直到现在我依然认为绝大多数网络文学作品不值一看。

陈同学：《红楼梦》中"原来戏上也有好文章，可惜世人只知道看戏，未必能领略其中的趣味"，林妹妹这句话说得好，实际上也是曹雪芹先生借此话表达了他对通俗文化的一种基本看法和态度。我想对于网络文学也是如此，不能简单否定。

两位同学不约而同地借用了中国古典文学中的宋词、元曲、戏词等来讨论网络文学的价值和意义。结合这些文体在文学史上出现的语境来看，认为网络文学当属于"俗文学"一端。也就是说，两位同学从文学的娱乐功能出发，强调了网络文学娱乐大众的俗文学特征。同时，蒋同学以宋词、元曲刚刚出现时所遭的冷遇和后来取得的巨大成就作为例证来进行观照，认为应当以一种包容的心态对待新生未久的网络文学，并且认为网络文学的前景是值得期待的，同时也肯定了网络文学的出现对于繁荣文学本身的意义。正是由于网络文学的出现，使得文学阅读，甚至文学创作的大众化真正成为可能。陈同学则借"原来戏上也有好文章"来反对那些未曾认真研读网络文学就直接否定的粗暴倾向，同时肯定网络文学中也有优秀作品存在。

2. 网络文学与传统文学有融合的趋势，有时难分彼此，但网络文学有着自己的特点。

陈同学：很难给网络文学下一个定义，尤其是当早期网络作家进入传统纸质媒介，而"传统作家"也开始活跃于网络的今天……说到底，网络文学是以网络作为平台将文学大众化的一个途径，它形式多样灵活，门槛很低，内容题材极为丰富，不论是评说热点的博客，还是每天更新、与读者合力完成的网络小说，都可以算作网络文学。

金同学：网络文学多以每日发表几章节的形式不断更新，这就要求作者必须在几乎每一章节都设置包袱、悬念，来吸引更多读者加入阅读。这使得网络文学情节更加紧凑，故事更具可读性……由于创作过程中，读者会以留言或者跟帖的方式与作者交流或猜测情节，作者也从读者反馈的信息中改变情节设置，使读者在阅读中既是读者，也是创作者，从而获得更大的满足。

上述两种观点一方面注意到了网络文学的外延日益扩大，与传统文学渐渐融合的趋势；另一方面也注意到了网络文学始终保有自己的特点，那就是以网络作为发表的平台，创作者可以与读者受众进行即时互动，这意味着网络文学时代的读者已经不仅仅作为被动的受众出现，而是可以有机地参与到创作活动当中，影响创作主体的创作活动。网络文学改变了传统文学那种强调创作主体个性化的特征，创作主体的个性表达有了相当程度的退隐，而读者受众的创作参与热情则得到了空前的发挥和尽情的表达，创作主体与受众客体呈现出一种互相融合的特征。另外，连载的发表方式也决定了网络文学具有注重悬念设置、以情节取胜的特点，而较少地在思想层面进行探索。

3. 网络文学非功利性与功利性并存。

陈同学：网络文学避免了功利性，使得文学不再成为政治的附庸，"为文学而文学"真正成为可能。

郭同学：与网站签订合同后，必须每日更新，写够100万字方付报酬，很难想象一部优秀作品是在规定时间、规定字数限制下完成。这让我想到了考场作文。当文学与金钱发生密切联系时，它的文学意味便因浸透过多铜臭味而大大稀释。

上述两种观点一方面强调了网络文学的非功利性特征，使得真正摆脱功利性束缚的文学创作成为可能；另一方面，网络文学背后商机的浮现和商业的过度介入，却使得网络文学刚刚挣脱了政治的桎梏，又迅速沦入金钱的奴役，这同样丧失了文学的自身立场，不利于网络文学品格的提升和健康发展。

五、网络文学的创作生态

像张炜一样，许多论者在言及网络文学时，将网络文学作为"公民写作"时代到来的一个标志，或者是文学创作"大众化"的一个标志。但是从精英立场出发的传统文学阵营中也有许多人对此不以为然,认为"人人都成为作家"是难以想象的。杨志兵就在一篇文章中对"人人都可以成为作家"的这一"颇具煽动性的口号"提出质疑:"一个具备书写能力的人是否可以冠以作家的名号?换言之,作为一个作家必须具备哪些条件?如果'人人都是作家',还会不会产生真正的作家?"在文章中他将网络文学的繁荣同"大跃进"时期的诗歌运动相比,从而认为"如果人人都是作家,那么没有人会成为真正的作家,真正的作家也会被大量的伪作家淹没"①。然而不论怎样,网络文学的兴起的确迎来了一个写作空前解放的时代。在我们的调查中,只有27.4%的人"从未尝试"过网络文学创作(见表3),而大多数人都曾通过个人博客和微博、空间心情日志、社区门户网站等方式进行过网络文学创作;还有3.9%的人向文学网站投过稿。总体算下来,在公众层面,超过70%的人曾经有过网络文学创作经历。也许目前网络文学贡献出的精品还不太多,出现的"真正作家"也不太多,但是有这样一个巨大的量作为基数,网络文学出现精品和"真正作家"的概率还是很值得期待的。

表3 公众文学创作经历及创作方式统计表

	评价	人数	百分比
有效问卷	文学网站投稿	81	3.9%
	个人博客和微博	366	17.5%
	空间心情日志	405	19.4%
	网络文学比赛	33	1.6%
	天涯等社区门户网站	327	15.7%
	从未尝试	572	27.4%
	尝试过以上多种方式	301	14.4%
合计1		2085	99.9%
缺失问卷		2	0.1%
合计2		2087	100.0%

---

① 杨志兵:《"人人都可以成为作家"吗?——对网络作家身份的质疑》,《文艺评论》2007年第3期。

许多论者在论及网络文学时都谈到了网络文学发表的便捷和"非功利性"特征,发表第一篇华文网络小说的少君也曾在访谈中强调网络文学"与传统的文学的不同之点在于:要在发泄,没有功利,对发表、稿费不在乎……网上写作天马行空,而且百发百中,没有被退稿的挫折……网络文学的重要特征是,作家和读者可以及时进行双向交流。网络文学按照自身规律发展下去,提供宣泄渠道,跟市场没有关系"①。应该说,在少君接受采访之时和更早一些时候,由于网民比较少、上网资费也比较高,网络文学的创作环境还是比较纯净的,利益的产业链也尚未形成,网络文学的确具有非功利性的特征。当然,直到今天,那些通过博客、微博以及空间心情日志等方式参与网络文学创作的作者也基本上都是非功利的。他们的创作只是出于一种自我表达的需要,或者尽管掺杂有功利心,但也只是为了赢得网友的赏识,追求内心的一种满足感,而不涉及经济利益。

但从1999年痞子蔡的《第一次的亲密接触》被出版商看中并以传统方式出版获得成功、随后作品"触电"也同样获得成功之后,网络文学背后隐藏的巨大商机受到越来越多的关注,网络文学的商业化模式也开始悄悄起航。而少君所言的那种网络文学"天马行空"的状态也开始渐渐被套上枷锁,多了许多限制、要求和羁绊。在商业和资本的裹挟之下,网络文学创作也受到较大的影响。创作作为一种审美活动的特质已经受到严重挤压。一些专职从事网络文学写作的写手,生活苦不堪言。"曾任一家文学网站编辑的'狂马'(网名)说,网络写手最大的痛苦是必须每天码几千字。写网络小说的一大特点是每天必须更新,一天不更新读者便会发评论骂街,两天不更新大量读者就会流失,转去看别人的小说。更新的字数还不能少,少则几千字,多则上万字,才能抓住这帮耐心不足的读者的眼球。即使是出了名的作家,如'大神'级写手张威,网名'唐家三少',每天也必须写一万字。写手'西来'说,他写得最苦的时候,半个月只出门一次,一个月才出门采购一次生活必需品,有时候一天要写二三万字……"②

过度的商业化严重扭曲了文学创作的本来意义。而这样组织"生产"出来

---

① 江少川:《北美网络作家少君访谈录》,《世界华文文学论坛》2003年第1期。
② 姜燕:《25岁女写手病逝 记者调查写手群体生存状态》,《新民晚报》2012年4月18日。

的作品，也令人怀疑究竟还有多少文学意味。此外，网络文学网站的这种运营模式也已经影响到了普通读者对网络文学的认知。在我们的抽样调查中，就有同学从这种网络文学生产的运作模式出发，对网络文学现状表示不满。

六、网络文学制约因素与发展态势

如前引《第 29 次中国互联网络发展状况统计报告》所示，2011 年网络文学用户数量较之 2010 年增长了 4%。但同时网络文学用户的使用率却有所下降，2011 年网络文学用户 2.0267 亿，使用率为 39.5%，而 2010 年网络文学用户为 1.9481 亿，使用率为 42.6%。[①] 之所以出现这种情况，是因为中国互联网已经走过了高学历人群的普及阶段，到 2011 年底，大专以上学历人群网民普及率已经达到了 96.1%，互联网正在向高中、初中等学历人群扩散。低学历人群的增加，在一定程度上拉低了网民网络文学的使用率，因为作为一种审美活动，网络文学对网民的受教育水平和欣赏趣味有着较高要求。与电脑网络文学使用情况有所不同，2011 年手机网络文学的使用同上一年度相比呈现出上升态势，使用率从 2010 年第的 41.1% 上升到 44.2%。[②] 由当前电脑网络用户、手机网络用户的普及情况来看，未来几年网络文学发展步伐将会放缓，但网络文学用户的绝对数量仍然会有所增加。而随着网络文学逐渐为大众接受和理解，网络文学的发展前景还是值得期待的。然而过度商业化的束缚，也必然会影响网络文学质量的提升。要想保证网络文学健康稳健地发展，还需要对其商业化进行合理的引导。

（原载《中国现代文学研究丛刊》2012 年第 8 期）

---

① 中国互联网络信息中心：《中国互联网络发展状况统计报告（2012 年 1 月）》，http://www.cnnic.cn/research/bgxz/tjbg/201201/P020120118512855484817.pdf，第 29—30 页。

② 中国互联网络信息中心：《中国互联网络发展状况统计报告（2012 年 1 月）》，http://www.cnnic.cn/research/bgxz/tjbg/201201/P020120118512855484817.pdf，第 43 页。

论新世纪以来的类型化小说

"新世纪"（本文所提"新世纪"均指21世纪）已经过去了13年，"新世纪文学"也已经由最初的概念提出和争论，变为客观存在的文学事实。白烨先生曾经从"传统型文学""市场化文学""新媒体文学"三个方面归纳"新世纪文学"的格局分布。[①] 这样的归纳，基本上呈现了新世纪文学的大致面貌。在新世纪，这三种文学力量彼此共存又彼此互竞，传统型文学或曰纯文学尽管仍然属于当前文学的主流，对当代文学的经典化起着最大的支撑作用，但在市场化文学和新媒体文学的挤压之下正在日趋边缘化；市场化文学在市场和资本的引导之下正迅猛发展，许多作家绕过了原来先在文学期刊发表作品，积累了一定的文坛声誉后再出书的老路，而是直接在市场引导下出版作品，据中国社科院《中国文情报告（2011—2012）》统计，当年出版的长篇小说已经达到4000部，这其中有相当多的作者都没有经过长期在文学期刊发表作品累积声誉的阶段，而是直接出版长篇作品；而新媒体文学则在新世纪借助网络和智能终端的快速普及迅猛崛起，并且为传统型文学的转型和发展提供了巨大的可能性。

这其中，"传统型文学"和"市场化文学"并非新世纪的新事物，市场化文学从20世纪90年代开始就已经显露出强劲的上升势头。如果说"新世纪文

[①] 白烨：《新演变新格局新课题——为新世纪文学把脉》，《海南师范大学学报》（社会科学版）2011年第1期。

学"不单单是作为一个时间上的概念,而从"一时代有一时代之文学"的角度考量的话,那么新世纪以来文学发生的最大变化应该是以网络文学为代表的新媒体文学的迅猛崛起。正是它为文坛增添了新的活力,成为新世纪文学的最大亮点。之所以强调以网络文学为代表的新媒体文学可能具有"划时代"的意义,并非因为这种文学已经在本质上发生了什么变化——那种类似新文学与古典文学的巨大差异,在网络文学和纯文学以及市场化文学之间并没有出现。网络也好,新媒体也罢,只是文学发表、传播的一种媒介,然而媒介的革命有可能也为文学的变革蕴含了生机。正像当年造纸术与印刷术的技术革命不仅大大促进了文学的传播,也为一些鸿篇巨制的出现带来了可能一样,网络和新媒体的出现,很可能也会导致文学本身(比如文体、文风等)发生一些新变。

作为一种依赖新媒体发表和传播的文学,新媒体的普及是其发展的物质基础,而新媒体的快速普及也正是新世纪才出现的现象。关于这个问题,笔者曾在《网络文学生态调查》一文中引用相关数据做过说明,因为《第一次中国互联网发展状况调查统计报告》显示,截至 1997 年 10 月 31 日,我国上网计算机数为 29.9 万台,其中直接上网计算机为 4.9 万台,可见当时网络和计算机的普及率还是比较低的。即便到了被视为影响和带动了整个中国网络文学发展的痞子蔡的《第一次的亲密接触》出版后的 1999 年底,我国上网计算机数也只有 350 万台,其中专线上网计算机为 41 万台,专线上网的用户人数约为 109 万。而当时对上网人数的定义是"平均每周使用互联网 1 小时(含)以上的中国公民"①。因此,当中国第一代网络作者宁财神、李寻欢、邢育森、安妮宝贝、江南、俞白眉等人于 1997 年左右开始上网并从事网络文学创作的时候,计算机还是一件奢侈品,网络也还远未走近大众。尽管他们的创作作为一种文学现象引起了文学研究者的重视和关注,并在媒体上产生了强烈反响,但就其传播的广度和影响力而言,还是有限的。

以网络文学为代表的新媒体文学获得飞速发展,则是新世纪第一个十年间才发生的事。据 2012 年 1 月 16 日中国互联网络信息中心发布的《第 29 次中国互联网络发展状况统计报告》显示:"截至 2011 年 12 月底,中国网民规模

---

① 中国互联网络信息中心:《第五次中国互联网络发展状况调查统计报告》,http://www.cnnic.cn/research/bgxz/tjbg/200905/t20090521_18373.html。

突破5亿，达到5.13亿，全年新增网民5580万。互联网普及率较上年底提升4个百分点，达到38.3%。中国手机网民规模达到3.56亿，占整体网民比例为69.3%，较上年底增长5285万人。家庭电脑上网宽带网民为3.92亿，占家庭电脑上网网民比例为98.9%。"① 正是有了这种飞速发展的外部环境作为依托，网络文学才获得了长足的发展。据统计，2011年网络文学使用用户为20267万，而2010年网络文学用户为19481万，用户的绝对数量增长了4%。5.13亿网民中，就有2.0267亿使用网络文学服务，虽然《统计报告》使用的是"网络文学"的广义定义，包括"动漫"等内容，而且数字本身也可能存在一定的"水分"，但即使挤掉"水分"之后，这个数字依然是相当惊人的。② 基于此，完全可以说以网络文学为代表的新媒体文学已经开启了一个新的文学时代，也为"新世纪文学"命名合法性的最终确立提供了至关重要的助力。也许正因如此，雷达先生在谈及百年来的文学分期时说："……而近十多年的'新世纪文学'，则是以日渐成熟化的市场经济机制为运行基础的新媒体时代的文学。"③

　　新媒体文学尽管在小说、诗歌、散文等各个文体领域都有所斩获，并且随着各种新媒体的不断发展，博客文学、短信文学、微博文学等边缘文学样式也日渐红火并作为新的文学现象受到研究者的关注，但眼下最能代表新媒体文学主流的还是网络文学，尤其是网络小说。现今网络小说题材异常丰富，反映生活的面非常宽广。网络文学作者群体极为庞大，他们生活经历各不相同、职业背景五花八门，可以说三教九流无所不有，这在一定程度上有助于拓展纯文学反映生活的宽广度，创作出适应各种层次读者需要的作品，也对繁荣文学创作起到了巨大的作用。同时，不可否认的是，网络小说也呈现出严重的类型化倾向。甚至从某种程度上说，类型小说已经成为网络小说的代名词。具体来说，网络小说中有讲述带有魔法风格冒险故事的玄幻、奇幻小说，比如树下野狐的《搜神记》、我吃西红柿的《盘龙》、天蚕土豆的《武动乾坤》以及萧潜的《飘

---

　　① 中国互联网络信息中心：《中国互联网络发展状况统计报告（2012年1月）》，http://www.cnnic.cn/research/bgxz/tjbg/201201/P020120118512855484817.pdf，第4页。
　　② 中国互联网络信息中心：《中国互联网络发展状况统计报告（2012年1月）》，http://www.cnnic.cn/research/bgxz/tjbg/201201/P020120118512855484817.pdf，第29—30页。
　　③ 雷达：《新世纪十年中国文学的走势》，《文艺争鸣》2010年第2期。

渺之旅》等;有描写穿越时空的穿越小说,如桐华的《步步惊心》、浅尝辄逝的《浮生萦云》、浮香粉末的《异世医女》等;有讲述"摸金校尉"盗墓故事的盗墓小说,如天下霸唱的《鬼吹灯》、南派三叔的《盗墓笔记》、飞天的《盗墓之王》等;有历史演义类小说,如当年明月的《明朝那些事儿》、高天流云的《如果这是宋史》、曲昌春的《唐史并不如烟》等;有描写官场腐败的官场小说,如石章鱼的《医道官途》、狗狍子的《官术》、梦入洪荒的《官途》、录事参军的《重生之官道》等;有写梦幻同性恋题材的耽美小说,如暗夜流光的《十年》、桔子树的《奢侈品男人》、天籁纸鸢的《天神右翼》等。每种类型的小说皆有大量作品和读者,而且还不断被改编成影视作品、网络游戏,在传播的链条上越走越远,拥有更多的观众和玩家,受众群体越来越庞大。那么,面对这样一种异军突起的类型小说创作,该如何评价呢?有学者认为这是一种"创作主体自由化"的体现,带有"标新立异"的特征:"如果说新世纪类型化小说创作是创作主体自由化的一种体现的话,以往的小说创作便可看作是一种'戴着脚镣'式的创作,受到了多种外在环境的制约与限制,因此文学往往成为一种'遵命文学'的创作模式,掩盖并限制了文学类型化的发展与丰富。基于此,新世纪类型化小说如此丰盛,可以看作是以往被压抑文学在当下宽松环境中的以一种'标新'姿态出现的新现象,更是对以往的文学类型化创作的大归结,成为作家们没有意识到的一种立旧情结的大演练。"①

  尽管单纯用"标新立异"一词很难解释类型化小说突飞猛进的复杂原因,但至少有一点值得重视,那就是新世纪类型化小说其实是"对以往类型化创作的大归结",是"一种立旧情结的大演练"。历史地来考察,新世纪的类型化小说并非一种新的文学现象,晚清鸳鸯蝴蝶派就有谴责小说、黑幕小说、言情小说、哀情小说、武侠会党小说、侦探推理小说、历史演义小说、滑稽幽默小说等类型,并且各有一批代表作家与忠实读者。这些鸳蝴派小说跟今天的类型化小说,从本质上来讲并无不同。当然,"文革"期间也曾出现过娱乐猎奇类的手抄本小说,比如《一只绣花鞋》《一百个美女的塑像》《绿色的尸体》《金三角的秘密》等。一种是故事大多发生在国外,意在娱乐猎奇;另一种写的则是

---

① 耿传明、李国:《"标新"与"立旧"——新世纪小说的双动向》,《山西大学学报》(哲学社会科学版)2011年第4期。

现代公案,主要写新中国成立之初的反敌特斗争。①其实这也是类型小说,只不过受制于当时特殊的文学环境,只能在"地下"以一种潜隐的方式存在……但仅仅注意到新世纪类型化小说的历史渊源,并不能清楚解释类型化小说在新世纪迅速复兴的原因。在笔者看来,新世纪类型化小说迅速复兴,至少有以下几方面的因素。

其一,跟文学的娱乐功能相关。文学的娱乐功能,即文学具有通过阅读使人获得快乐的效用,这跟文学的教育功能与认识功能等本质性功能是并行不悖的,中国传统文学、戏曲主要承担的也正是文学的娱乐功能。鲁迅在《摩罗诗力说》中曾有言:"由纯文学上言之,则以一切美术之本质,皆在使观听之人,为之兴感怡悦。文章为美术之一,质亦当然……"②在这里,鲁迅将"文章"(文学)归为"美术"之一,认为其本质是使人"为之兴感怡悦",强调的正是文学的娱乐功能。20世纪中国新文学发生之初,文学研究会就在《小说月报》第12卷第1号上发表的《文学研究会宣言》中针对偏重文学"娱乐""游戏"功能的"礼拜六派"宣称:"将文学当作高兴时的游戏或失意时的消遣的时候,现在已经过去了。我们相信文学是一种工作,而且又是于人生很切要的一种工作……"文学研究会强调文学的"为人生"即功利性,其实是对文学娱乐功能的明确压抑。但作为一种本质性的功能,娱乐功能其实是任何外力都压抑不了的,因为文学的生命归根结底要看读者的阅读需求。一种不符合读者阅读需求的作品即便再伟大,可从传播学上来讲,只要它退出了传播的链条,它也就死掉了。所以读者对文学娱乐功能的需求,决定了在任何时代都要有这种侧重娱乐、消闲的类型化作品存在。同时,随着读者对文学娱乐功能需求的增长,自然也会相应地带来类型化文学作品的繁荣。当年强调"为人生"的新文学,尽管对鸳鸯蝴蝶派造成了巨大冲击,使其被严重压抑,但就作品出版发行的数量和读者受众的数量而言,鸳蝴派等通俗文学作品是大大超越了新文学或纯文学作品的。时至今日,鸳蝴派名家张恨水的《金粉世家》《啼笑因缘》等作品仍然被一再改编成电视剧,受到大量观众的追捧,而电视剧的热播反过来又带动

---

① 董健、丁帆、王彬彬:《中国当代文学史新稿》,人民文学出版社2005年版,第321—322页。

② 鲁迅:《摩罗诗力说》,见《鲁迅全集》(第1卷),人民文学出版社2005年版,第73页。

了小说的热销，形成了良好的互动。即便是前面提及的"文革"期间的地下手抄本小说《一只绣花鞋》，也在被改编成电视剧之后取得了不错的收视率。因此，如果单从受众群体的角度来看，20世纪中国文学占据主流地位的并不是精英的文学史叙述中所描画的新文学，而恰恰是受到新文学挤压而自甘"边缘"的那些侧重文学娱乐功能的通俗文学。即便在特殊的历史时期，受制于当时的政治环境与文学环境，那些侧重娱乐功能的类型化作品不能公开存在，但也会以地下的方式潜隐地存在，并且继续受到普通读者的追捧。因此，从根本上来说，新世纪类型化小说的勃兴，跟读者对文学娱乐功能的需求有关。

其二，新世纪类型化小说的繁盛跟市场化的文学环境有关。范伯群先生曾指出："新文学的诞生地在北京，五四运动的发源地在北京，因为当时的政治文化中心在北京。尽管它在北京坚持不了两年，就移位至上海。但早于新文学而掀起的近现代通俗文学热却只能发祥于上海，北京仅是日后才受到上海的辐射而已。发祥于上海也好，移位至上海也好，这说明了一个问题，纯文学与通俗文学的繁荣皆离不开现代化。"① "现代化"是一个内涵丰富的概念，当年印刷业的现代化、传播手段的现代化等，都曾为鸳蝴派的繁荣提供了必不可少的助力。其实可以说得更明确一点，那就是鸳蝴派的繁荣离不开市场的调节，离不开城市以及作为最大受众群体的市民读者阶层。所以范伯群先生在谈及20世纪70年代末至80年代初的通俗文学"复苏"时说："市场经济与开放政策将台、港一些所谓政治上'无害'的作品，开放了进来，使与通俗文学久违了的民众读得津津有味……"② 尽管范先生也在文中谈到，1983—1986年，国内的通俗文学期刊达到270种，有的发行量达270万份，但20世纪80年代，类型化小说并未形成规模，主要原因就是其时市场尚未开始发挥足够的作用。20世纪70年代末，尽管在改革开放的文学大潮中，文学重新回归多元，但这种多元在一定程度上只是相对于过去的政治环境而言的，是纯文学对文学过于政治化的"拨乱反正"。从文学作品的发表、出版体制和流程来看，仍然跟过去没有太大的差别。只有当市场大潮涌起之后，娱乐猎奇类的类型化小说才迎来

---

① 范伯群：《中国近现代通俗文学时·绪论》（上），江苏教育出版社2010年版，第8页。

② 范伯群：《中国近现代通俗文学时·绪论》（上），江苏教育出版社2010年版，第18页。

了其发展的黄金时期。而从社会环境看，20世纪70年代末以来，中国社会也经历了城市逐渐恢复、城市文学逐渐复苏、市民阶层逐渐形成的过程。在这一过程中，中国开始迅速走向"现代"。也正是由于城市的恢复、市民阶层的大规模形成，才为新世纪通俗小说——类型化小说的迅速发展准备了必要的读者基础。

现今，人们在谈及20世纪90年代以来市场大潮兴起时，往往会强调相伴而来的文学的边缘化和人文精神的失落。"在文学界，'多元化''个人化''边缘化'话语取代了以往的启蒙指向，日益膨胀的文化市场以及商品意识，使知识分子整体的同一性不复存在。在市场化原则和西方后现代文化理论的影响下，一些人开始提倡'集体自焚，认同市场，随波逐流，全面抹平'的'后知识分子'角色，产生了一个能快速地接受商品意识、洞悉市场规律的新知识分子群体……"① 的确，站在启蒙的立场或者精英文学的立场来看，20世纪80年代的确是文学的黄金时代之一，作家、知识分子一反"十七年"以及"文革"期间备受压抑的状态，成为社会瞩目的焦点。而到了20世纪90年代，在市场大潮的冲击之下，启蒙遭遇调侃，崇高被躲避，文学不再被当作"经国之大业、不朽之盛事"，不再被当作一种承担着崇高的社会使命的事业来看……这当然是边缘化。但从另一方面来看，这其中也蕴藏着文学从教育功能向娱乐功能回归这一趋向。中国新文学从发生开始，其功利性就一直被强调，无论是启蒙还是救亡，无论是革命宣传还是政治鼓动，文学都被当作一种工具使用。文学的其他功能向度一直是被压抑的，即便当年鸳蝴派曾经拥有如此多的读者和如此骄人的发行量，可是在新文学的强势挤压面前，也只能羞羞答答地自居另类和旁门左道。随着全国范围内市场大潮的涌起，文学的功利性遭到放逐，它不再承担一个世纪以来加诸其身上的重负，而是回归其本来面目，回归其自身，这对文学来说未必是一件坏事。因为卸却了重负之后，文学才能够自由地生长。市场化的文学环境宣告了文学的"读者时代"已然取代了文学的"作者时代"，读者的阅读需求实际上成为文学生产的主导。如果说在过去，作家可以不理会读者的反应而创作的话（这种创作实际上只满足文学编辑及少数精英

---

① 董健、丁帆、王彬彬：《中国当代文学史新稿》，人民文学出版社2005年版，第557页。

读者的需要），那么在市场化的文学环境中，作家就再也不能无视读者的阅读需要了。读者对文学娱乐功能的需求在市场化的环境中终于不用再羞羞答答遮遮掩掩，而是理直气壮地用文学消费表明了自己的态度，这是类型化文学作品迅速复苏的重要原因。

其三，互联网、个人电脑、智能终端设备的迅速普及，原有的文学生产模式发生革命性变革，是新世纪类型化小说迅速发展的物质基础。如果说市场化的文学环境为类型化小说的"复兴"准备了外在的生存空间的话，那么借助互联网、移动互联网快速生产和传播则为类型化小说的繁荣插上了双翼，直接导致了其在新世纪的辉煌。网络写作使得作品发表在一定程度上首次实现了"大众化"，开启了一个"全民写作"的时代，而且作品发表变得前所未有的"容易"和"简单"。这样，读者的阅读需求和作者的创作概况借助互联网的传播便利第一次能够比较清晰且随意地呈现出来。当然，其中最重要的是读者的阅读需求。网络文学创作一开始并没有商业化，类型化作品之所以在网络上大量涌现，最大的原因仍然是有读者的需求。在20世纪30年代，读者的这种阅读需求被新文学压抑，以为是只求娱乐的庸俗要求。在1949年后逐渐走向一元化的文学环境中则被政治所压抑，只能以地下手抄的方式秘密传播。但在市场化和互联网时代，这种需求就变成一种显性的存在。读者的需求被敞开，电脑写作、网络发表空前便利化，极大地提高了文学生产和传播的效率。现今的网络写手们一天更新上万字甚至数万字，在过去靠笔写作的年代是无法想象的。而现今网上一篇作品贴出来以后，短时间内就会有成千上万人点击、评论，这在过去也是无法想象的。而且网络写手们大都生活在民众中间，他们非常清楚普通读者的阅读需求，再加上一些网络文学网站在市场的引导下有意识地推动，于是侧重娱乐的类型化作品便迅速成长。在"文革"期间，《一只绣花鞋》等侧重娱乐猎奇的手抄本小说无法正式出版，只能靠手抄的方式在地下传播。而今写作方式和发表方式发生了革命性变革之后，类型化文学作品就可以迅捷地出现在公众视野之内。因此，新世纪类型化小说的"井喷"是跟这种文学生产方式和传播方式的巨大革新相伴而生的。

当然，市场化的文学环境，加之网络时代文学发表与传播的相对自由化，使得文学创作乍一脱离束缚之后，可能短时间内显得无所适从，甚至在一定时期内出现庸俗的商业化写作扎堆出现的现象，但随着时间的推移，文学肯定会完成自身的调试,走向健康的轨道。所以对于市场化的文学浪潮,笔者以为不必为之顿足捶胸或者扼腕叹息。那种面向市场、迎合读者需求的类型化文学创作只是文学娱乐功能得以恢复的体现,并不意味着文学的堕落。而且这类小说也自有其存在的价值和意义。其实在许多类型小说中,情节设计和人物塑造都是相当不错的。当一个作者刚开始这种叙事实验时,其开风气的功绩是不可抹杀的。比如备受诟病的"穿越小说",设想一个人"穿越"回到古代,或者"穿越"到未来,这种情节设置原本是非常新奇的,符合人们"白日梦"的幻想,而且也可以在不同时代的多维穿插中彰显人性的复杂性,是既有趣、好玩又具有探索精神的一种叙事模式,对于丰富文学表现的宽度和深度都具有重要的意义。但是当模仿之作风起云涌,一种创新被批量复制之后,庸俗甚至恶俗的模式化倾向也就形成了,其价值和意义也自然要大打折扣。实际上,当一种文学进入模式化生产阶段之后,其离消亡也就不远了。中国新文学史上曾经出现过不少模式化的文学潮流,无论是 20 世纪 20 年代的"革命+恋爱"还是"十七年文学""'文革'文学"中的"两条路线斗争"的情节设置,其实都是模式化的。我们尽可以对文学中的这种模式化的懒惰与重复生产表现出鄙弃与厌恶,但用不着反应过度。因为在市场化的文学环境中,读者的需求(市场需求)最终会成为"看不见的手",完成这种调控。当一种类型小说的模式化倾向越来越严重,复制和拼贴的痕迹越来越清晰之后,自然也就会逐渐丧失对读者的吸引力,变得难以为继。而为了继续在文学市场中占据足够的份额,创作者就必须另辟新路,以求保持对读者的吸引力,这样,在不断类型化、模式化的过程中,其实也必然蕴含着创新的生机。

(原载《时代文学》2014 年第 1 期)

新世纪网络小说的伦理叙事

20世纪中国新文学从发生之日起就同社会的伦理变革紧紧联系在了一起。推倒传统伦理秩序,重建现代伦理秩序不仅是五四新文化运动的重要内容,也是五四新文学运动的应有之义。如果说文学是外部伦理环境的反映,并推动着现实世界伦理秩序的变革,那么反过来,外部的伦理秩序与伦理环境又是文学赖以产生和存在的条件,也是从伦理学角度切入研究文学的重要参照。20世纪初叶以来,中国社会的伦理环境几经变化和转型。五四时期,中国传统的封建伦理秩序遭遇了前所未有的挑战,个性解放的伦理诉求成为时代的强音;到了20世纪三四十年代,革命伦理或政治伦理集体诉求日渐崛起,个性解放则逐渐退隐。1949年后国内的伦理环境,基本上成了20世纪40年代解放区的延续和强化,革命伦理或政治伦理成了社会伦理生活的主线;新时期以后则迎来了个体自由伦理诉求的复归;到20世纪90年代以后,经济伦理或商业伦理又迅速崛起,同时,社会伦理环境也变得空前复杂化和多样化。历史地来看,外部伦理秩序与伦理环境的任何变化和转型,都会反映在文学作品之中。张艳梅在考察20世纪中国小说发展历史后曾做过一番梳理:"回顾20世纪中国小说的发展历程,以20世纪初白话小说对传统文化和传统伦理的批判为开端,到五四新文学对传统文化伦理规范的全面否定为止,形成了第一次全面的文化反思热潮。革命小说、解放区小说和十七年小说则注重文化伦理的现实主义功能。新时期以来,伤痕小说和反思小说是对人性伦理的追问和寻找,寻根小说再度引发中西文化论争。此后,世俗生活逐渐成为小说表现的主要内容,后现代小说重在日常生活审美,小说中所蕴含的道德评价和道德批判力量逐渐减弱……"①而面对新世纪(本文所提"新世纪"均指 21 世纪)以来复杂的伦理环境,作为新世纪文学重要呈现之一的网络小说,也就成了从伦理学角度切入研究新世纪文学的重要文本。

  当然,从伦理学角度研究文学,首先需要解决一些理论问题,并对一些概念进行厘清。好在在这一领域聂珍钊先生等人已经做了重要开拓。就文学本身来看,文学作品的伦理叙事是文学较为本质性的规定之一。文学与伦理学的研究对象都是人,文学是人学,反映的是人性,而伦理学同样也是以人的"道德、规范和行为"以及"美德、品德和行为者"为研究对象。② 因此,从伦理学角度研究文学,无疑是读解文学的重要路径。然而作为一种研究方法的文学伦理学批评,又与单纯的伦理学研究不能简单等同,二者的关系是既相互区别又相互交融的:"一般来说,伦理学重在研究现实社会领域,但是文学伦理学批评不仅要研究虚拟化的社会,而且要对虚拟化的社会同现实社会的关系进行研究。伦理学运用逻辑判断和理性推理的方法研究社会,而文学伦理学批评则运用审美判断和艺术想象的方法研究文学……"③ 在厘清了这些基本理论问题之后,本文拟对新世纪网络小说的伦理叙事做一探讨。

  研究新世纪网络小说的伦理叙事,离不开其所产生的伦理环境,也就是说,网络小说必须放置在当代文学发展的大的外部伦理环境中去观察才有意义。伦理环境会直接影响创作者的伦理意识,并进而影响到作品中人物的伦理身份与伦理选择。新世纪中国社会的伦理环境是极其复杂的,20 世纪 90 年代市场经济的崛起对此前的诸种伦理形态都构成了巨大的冲击,并在事实上造成了国民伦理准则和规范的虚无状态,是非、善恶、崇高与卑劣变得界限模糊,欲望却在市场经济的旗号下无限膨胀。同时,有感于这种伦理的虚无和道德的失范,又有各种重建伦理秩序的努力,比如传统伦理道德复兴的努力、人文精神的呼唤、生态伦理的倡导等等,这共同构成了新世纪多元而复杂的伦理环境。新世纪网络小说正是在这种伦理环境中产生和发展的。

---

  ① 张艳梅:《文化伦理视阈下的中国现当代小说研究》,中国社会学科学出版社 2012 年版,第 10 页。
  ② 郑淑媛主编:《伦理学》,东北大学出版社 2006 年版,第 3 页。
  ③ 聂珍钊:《文学伦理学批评与道德批评》,《外国文学研究》2006 年第 2 期。

情爱伦理叙事和家庭伦理叙事，自然是网络小说伦理叙事的最重要的组成部分，这方面的研究也最多，讨论已比较充分，故而这不是本文论述的重点。简而言之，这类作品中既有对"纯爱"与温暖家庭生活的追怀与向往，也有在滚滚红尘中任意翻滚的"心随欲动"。当然，作为新世纪文学新现象的是，"纯爱"中也加入了同性之间纯美之爱的叙事内容，并且成为颇受追捧的"耽美小说"，而"心随欲动"则空前泛滥，在"奇幻、玄幻小说""穿越小说""盗墓小说""官场小说"等类型小说中，几乎每种类型都有大量三角恋、多角恋、"小三小四"情节的融入。同性恋叙事的大量涌现，当然意味着一种传统伦理禁忌的逐渐消解和当下伦理观念对特殊性别取向群体的日渐宽容。但铺天盖地的三角恋、多角恋叙事，则无疑意味着现实世界传统家庭伦理秩序的岌岌可危。写作者和读者对三角恋、多角恋的热衷和习以为常，都与外部伦理环境的混乱有关。

当然，还有一种文本研究者们在讨论网络文学情爱叙事时常常有意无意地加以忽略，那就是网络上那些侧重描写性生理或性心理的"成人小说"。实际上，这类小说创作数量极为惊人，读者群也相当庞大。只是囿于现实的道德准则和法律的限制，创作和阅读都处于一种半地下状态。其实这类小说跟"文革"时期曾经广为流传的手抄本小说《曼娜回忆录》《少女之心》以及《幸福的秘密》等同出一脉，都是赤裸裸的欲望宣泄。尽管今天的时代已同"文革"那个禁欲的年代相去甚远，不再是谈性色变，视"性"为畏途，但"性描写"与"政治倾向"以及"历史观"一样，仍然是制约文学作品出版或发表的重要因素之一，有许多作品（包括名家名作）都曾因为性描写而被禁。因此，在新世纪"性描写"仍然是文学作品的一个敏感地带。相对于纸媒文学的半遮半掩，网络小说的性描写便彻底撕去了羞羞答答的面纱，性欲望被赤裸裸地宣泄出来，甚至充斥着各种混乱的伦理想象。而当欲望一旦失去了理性的规约，伦理禁忌也就形同虚设，各种乱伦题材的作品便粉墨登场了。对于此类小说，不能简单地从人性合理欲望抒发的立场给予肯定。如果说"文革"时期的《少女之心》等欲望写作还有对禁欲主义进行反抗的合理因素在内的话，那么今天网络上的这种欲望宣泄已经不具备这种积极意义了。听凭本能的驱使，并不意味着人性的彻底解放，恰恰相反，这意味着人性的迷失。将纯粹的欲望本能当作合理人性要求来予以肯定显然是错误的，纯粹的欲望本能是兽性的表现，并非人性。网络上的这类"成人文学"恰恰是对人类伦理秩序的彻底践踏，展现了人类兽性的一面。

至于新世纪网络小说中的后宫题材以及官场题材对伦理的叙写，同样也是乱象丛生。用陶东风先生的话来说："这些作品的一个共同主题是权谋：谁的权术高明谁就能在社会或职场的残酷'竞争'中胜出；好人斗不过坏人，好人只有变坏、变得比坏人更坏才能战胜坏人。"而针对这种叙事所产生的伦理环境，陶先生也分析说："文艺作品中的以恶抗恶、以坏抗坏的主题并不是空穴来风，根本问题是现实社会存在鼓励学坏的土壤或鼓励作恶的环境。在一个恶币驱逐良币的环境中，一个人如果学做遵纪守法的好人，用自己的行动去实施合乎道德的行为，有可能会发现自己和环境、和周围的人群格格不入，发现自己总是吃亏，被嘲笑和冷落；相反，做坏事、做不道德的事则可能风险很低，甚至没有风险……"① 当然，单纯对这种类型小说的伦理叙事进行批评，以为其宣扬了一种"好人只有变坏、变得比坏人更坏才能战胜坏人"的理念，背离了公序良俗，容易对社会风气产生不好的影响，这种批评方式实际上仍然属于道德批评的范畴。而按照聂珍钊先生的理论，文学伦理学批评还应当回到文学叙事所营造的虚拟现实中，对其所呈现出来的伦理关系进行历史地分析评论。

以《后宫·甄嬛传》为例，小说以清朝雍正年间的后宫生活为背景展开叙事。那时尽管满人入主中原，但为稳固自己的统治，清朝还是积极拥抱以儒家为代表的汉文化，特别是康熙以后，汉文化更是得到大力推广。而汉文化不但包括语言、文字，还包括伦理道德和风俗礼仪。在儒家的伦理体系中，"贵贱、尊卑、长幼各有其特殊的行为规范。只有贵贱、尊卑、长幼、亲疏各有其礼，才能达到儒家心目中的'君君、臣臣、父父、子子、兄兄、弟弟、夫夫、妇妇'的理想社会"。同时，对于女子又有"三从四德"等要求。而儒家也主张"以道德去感化教育人。儒家认为，无论人性善恶，都可以用道德去感化教育、这种教化方式，是一种心理上的改造，使人心向善，知道耻辱而无奸邪之心"②。例如《孟子·公孙丑章句上》中就有言："以力服人者，非心服也，力不赡也；以德服人者，中心悦而诚服也……"强调的正是道德感化的力量。以此观照，《后宫·甄嬛传》中的叙事，显然有许多是属于"越轨"和"乱伦"的。在小说中，表面上后宫争宠都是为了得到皇帝一人的宠爱，但实际上大多

---

① 陶东风：《比坏心理腐蚀社会道德》，《人民日报》2013年9月19日。
② 沈连柱：《儒家伦理》，湖北教育出版社2011年版，第1页。

数争斗都涉及了政治、情感与利益纠葛。甄嬛从刚入宫时一个纯洁、善良的少女到最后成长为一个工于心计、阴险狡诈的"厚黑"高手，这种只有比别人更阴险、更歹毒、更会算计才能最终胜出、获得成功的逻辑，尽管有可能是真实的后宫生存法则，但本身却是有违当时的伦理道德的。因为表面上后宫不许干政，但实际上后宫的政治斗争却丝毫不逊于朝堂之上的争斗，甚至与朝堂上的争斗丝丝勾连在了一起。

  小说中对人际关系的描绘与传统的伦理道德相去甚远。作品在后宫唯一的男主角"皇帝"之外，还设置了一个皇帝的弟弟"果郡王允礼"的形象，而无论是甄嬛，还是叶澜依，这些皇帝的妃嫔都喜欢上了皇帝的弟弟果郡王，甄嬛甚至为果郡王生下了一对龙凤胎。其实不管放到任何年代，甄嬛与果郡王的这段感情都属于叔嫂乱伦。然而这种触犯伦理禁忌的行为却在"爱情"或"真爱"的掩饰下堂而皇之地进行，并且显然也获得了处于现今这个时代的作者和读者的同情。这背后其实显示出现代人伦理意识的逐步淡化和伦理身份认知的日益欠缺。除了"叔嫂乱伦"之外，小说中写到的皇太后与隆科多的私情、眉庄与温太医的偷情、孙答应与宫中侍卫的私通，也都属于"乱伦"的范畴，因为这些后妃都是皇帝的女人，按照传统伦理道德来说只能忠于皇帝一人、从一而终的，因此她们无论与大臣、太医还是侍卫私通，都是跨越了伦理的界限。从传统伦理道德来进行评判的话，她们都是"道德败坏"的女人。而三阿哥弘时与瑛贵人的私通就更不用说了，这是典型的"母子乱伦"。而这样一些乱伦的行为，在今天的读者和观众们那里却都可以用无法得到丈夫（皇帝）的爱、情感空虚或者"年纪相仿""更适合在一起"等理由来加以宽容！

  除去涉及情感的伦理叙事之外，《后宫·甄嬛传》中还有许多伦理叙事也同传统伦理格格不入。比如中医的职业伦理是讲究心存仁爱、以人为本，不为名利所诱也不为权势所屈的。医生最崇高的职业追求就是"救死扶伤"，这一点其实中西医概莫能外。而在《后宫·甄嬛传》中，太医院的医生们却几乎毫无例外地都深深卷入了后宫的争斗，刘畚受华妃指使陷害眉庄，江慎、江诚窃取同僚研究出的治疗时疫方子据为己有，而无论"纤润膏""息肌丸"还是"舒痕胶"，其实都是害人的毒药，也都出自本该治病救人的医生之手。即便小说中被作为正面人物塑造的太医温实初，也曾用药帮助甄嬛装病，而这其实同样是违背医生的职业伦理的。再如佛教原本是讲究超凡脱俗、慈悲为怀、四大皆空的，但在《后宫·甄嬛传》中，佛门清净之地也不再清净，甄嬛遁入甘露寺修行，甘露寺众尼姑却在皇后的授意之下百般挤压她，后来又将她赶出寺外……即便是出家人也难以在宫廷斗争中置身事外，甚至主动充当了斗争的工具，这同样是有违宗教伦理的。

至于作品主人公甄嬛，除去她与果郡王的私情属于乱伦外，她为了扳倒皇后，不惜饮下滑胎药，杀掉自己的孩子而嫁祸皇后，也是有悖人伦的。著名的古希腊悲剧《美狄亚》中也有美狄亚杀子的情节，可是回到当时的历史语境中，美狄亚之所以杀子，除了将儿子看作丈夫生命的延续，杀死他们可以向丈夫同时也向男权社会报复之外，还有一个重要原因，那就是即便美狄亚不杀子，她的儿子们也逃不过仇家的杀戮，而且如果被仇家杀戮的话，还可能遭受更加难以忍受的折磨。纵使如此，美狄亚的杀子计划也是始终伴随着激烈的内心冲突，直到最后在完全被仇恨迷失了心智的情况下才最终实施。因此，美狄亚的杀子这种有悖人伦的行为才可以被当时以至后来的观众所接受，甚至会给予她同情。但甄嬛的杀子就不一样了，尽管作品当中也有铺垫，说甄嬛认为自己多年以来身体虚弱，腹中的孩子注定不保，来消解她用杀子来扳倒皇后的罪恶，但这样的铺垫显然是牵强的，因为作为一个母亲，甄嬛不是千方百计地去调养身体，试图保住自己的孩子，而是冷静地将之当成了一场阴谋的契机。这不仅有违传统的伦理道德，就是在当下的伦理环境中也是难以被认同的。凡此种种，其实都彰显出《后宫·甄嬛传》文本叙事中伦理关系的混乱，里面的人际关系仿佛全然成了乱伦与越轨的展览。

不可否认，中国的传统伦理体系中缺少对"爱情"的阐述，爱情长久以来一直是被压抑的，但是对爱情的张扬也并不意味着可以跨越一切传统伦理的界限。即便到了今日，叔嫂、母子（哪怕没有血缘关系）从伦理上来说仍然是有禁忌的。而且，即便这样的叙事符合人性发展的轨迹，也符合当时历史语境下的真实生存法则，但是作为叙事者，还是应该有其叙事立场和价值判断，不应一概照单全收。小说作者对这些伦理关系的处理显示出自身伦理意识的模糊，而读者（电视观众）对这些混乱伦理关系的"宽容"则同样显示出当下伦理环境的混乱与复杂以及重建当代伦理秩序的必要。其实，不光是《后宫·甄嬛传》，官场小说中的那些权术展览、玩命比"厚黑"的阴谋算计等情节叙事同样存在这一问题。尤其是以当下为背景展开的小说创作，它不能不与现实的伦理秩序发生联系，也不能不依据当代的伦理道德标准对其做出价值判断。总是以这种模糊的伦理意识回避评判也是不合适的，长此以往，只能加重现实伦理秩序的混乱，是非、善恶的界限也会变得越来越模糊。

宫廷小说、官场小说之外，盗墓小说也是新世纪网络小说的重要组成部分。天下霸唱的《鬼吹灯》系列、南派三叔的《盗墓笔记》以及飞天的《盗墓之王》等等，都是盗墓叙事的名作。另外，《盗墓迷城》《盗墓往事》《盗墓家族》……就更多了。这类小说有的将背景放在国内，但从雪域高原到沙漠腹地，从原始森林到荒凉戈壁，充满西部色彩。有的则直接放在海外，更是充满异域风情，能够极大地满足普通读者娱乐猎奇的文学想象。盗墓现象虽然古已有之，并且盗墓者动机也各不相同，有为财的，有为复仇的，甚至还有取僵尸人肉为药的等等，但都是上不得台面的。一个例证就是盗墓者们为防见财起意对同伴下手，因而往往有亲戚，却鲜有父子，原因就是很少有父亲愿意在儿子面前坦承自己盗墓贼的形象。至于曹操、唐宪宗纵容部下公然盗墓，则是公开抢掠，而明军挖李自成祖坟，清军挖郑成功祖坟则是作为战争中进行心理征服和毁掉对方风水，使其遭殃的一种手段，另当别论。而历朝历代对于盗掘坟墓者也都是用重典惩治的，民间普通民众更是对盗掘坟墓极为反感，因为中国文化讲究"入土为安"，盗人祖坟是"伤天害理"的一种恶行，会"遭天谴"的，因此民间也有大量关于盗墓者的"恶报"传说。在中国传统文学作品中，虽然也有盗墓叙事——如《搜神记》《太平广记》《聊斋志异》等均有若干篇是写盗墓的，但或者写盗墓者的"恶报"或者写盗墓者发现小姐"复苏"将其救出，从而结为夫妇的浪漫故事——当然也因此获得了逝者家属的原谅，正面描写盗墓贼并且不加针砭的作品似乎并不多见。传统小说中大量出现的"侠盗"形象也罕有以盗墓为主业的。而当下的盗墓小说则不然，"摸金校尉"们丰富的阅历、渊博的知识、开阔的视野、高超的技术以及过人的胆识、强健的体魄、旺盛的冒险精神等等都被一一正面肯定。不可否认，这些的确都是人类的一些美好品质。但是把这些美好的品质跟主人公所从事的盗墓活动割裂开来，或者甚而完全认同盗墓的行为，将之视为"探险"，人格"锻炼"的机会，则是一种忽视伦理禁忌和法律约束的蒙昧之举了。

事实上，盗墓小说中的有些人物形象塑造还是比较成功的，例如《鬼吹灯》中的"胡八一"，他祖上是财主，祖父曾经拜会看风水算命、又通遁甲五行的阴阳眼孙先生为师，并且从师傅那里传得半卷残本《十六字阴阳风水秘术》。因此胡八一在盗墓这行算是"家学渊源"，他本人也经历异常丰富，内蒙古边疆插过队，昆仑山口当过兵，参加过战争，见识过枪林弹雨、血肉横飞，练就了强健的体魄和过人的胆识,勇猛刚毅、临危不乱,是条不折不扣的汉子。同时他又精研那半部家传的《十六字阴阳风水秘术》,懂阴阳会看风水,算得是文韬武略兼具、战斗力与智慧并存。这样的人物形象自然焕发出令人瞩目的人格魅力,是读者心目中理想人物的典范。而在此后的盗墓、寻宝探险行动中,他的这种人格魅力又不断层层叠加、渲染,更加焕发出光彩。可是这样一个浑身焕发出魅力的人物,所从事的却是"盗墓"这种自古以来就见不得天光并且为法律所严厉禁止的活动,这就不免要面临一种伦理的困境。其实当初《鬼吹灯》在网上连载时,由于是以第一人称展开叙述,就曾有一位读者跟帖评论道:"盗墓贼盗窃国家文物,还自吹自擂,真是厚颜无耻!"结果引来一堆网友的围剿和怒骂,于是从此再无这种声音出现,网友转向一边倒的推崇、赞赏。这种现象同样是颇有意味的。倒不是说这已表明当下的读者已经在现实层面对盗墓行为熟视无睹,但至少表明在虚拟的世界中已经无法对这些有悖文化传统和法律规定的行为进行批判了。读者不再关心是非、善恶,而是关心惊险、刺激、悬念和可读性,背后折射出的则是精神的空虚与伦理意识的虚无。

  总体来看,新世纪网络小说的伦理叙事,向我们呈现的是一幅杂乱无章、难以规约的时代伦理图景,而这恰恰是我们所处时代的伦理环境的反映。当年陈独秀先生曾经有言:"自西洋文明输入,吾国最初促吾人之觉悟者为学术,相形见绌,举国所知矣。其次为政治,年来政象所证明,已有不克守缺抱残之势。继今以往,国人所怀疑莫决者,当为伦理问题。此而不能觉悟,则前之所谓觉悟者,非彻底之觉悟,盖犹在惝恍迷离之境。吾敢断言曰,伦理的觉悟,为吾人最后觉悟之最后觉悟。"[①] 而今,将近一百年过去了,从新世纪小说的伦理叙事来看,诚如陈先生所言。它所呈现出的伦理图景仍在"惝恍迷离之境",伦理觉悟实难谈起。因此,面对此情此景,文学创作也应重新肩负起重建伦理秩序的责任,写作者应有清醒的现代伦理意识,应该有意识地用作品促进民众的伦理觉悟,而不是同民众一起沉沦于伦理蒙昧。

  (原载《百家评论》2014 年第 5 期)

[①] 陈独秀:《吾人最后之觉悟》,《青年杂志》1916 年第 1 卷第 6 号。

网络小说影视改编调查研究

相对文学来说，电影与电视成为一门艺术的时间并不长。电影艺术不过百余年的历史，电视则更短。但自从电影被承认为一种独立的艺术门类开始，它与文学便有了不解之缘。优秀的文学作品成为电影、电视艺术发展的重要资源，而文学作品的影视改编也成为传播学史上备受关注的一个现象。在当下的中国，随着网络文学在21世纪的异军突起，网络小说也成为影视改编的重要对象，随着时间的推移，越来越多的网络小说被改编为影视作品。那么网络小说影视改编的状况究竟怎样？其发展又面临着哪些机遇与隐忧？本文拟结合相关调查数据进行探析。

网络小说影视改编的发展历程

热门网络小说的影视改编几乎是伴随着网络文学的出现而发生的。尽管华语网络文学从1991年少君发表《奋斗与平等》就已经产生了，但受制于互联网的普及速度以及网民的规模等众多外部因素，直到1998年痞子蔡的《第一次的亲密接触》在网上连载并迅速风靡，才引发人们对网络文学的热切关注。痞子蔡的《第一次的亲密接触》随后由金国钊、高璇改编成电影，并在金国钊的导演下于2000年上映。这可以说是网络小说影视改编的第一部作品，然而首战不利，票房遇冷。电影《第一次的亲密接触》被指与小说相去甚远，完全不符合小说粉丝们的审美期待。而2001年上映的根据筱禾的网络小说《北京故事》改编的电影《蓝宇》(关锦鹏导演),虽未能在内地公映,却斩获第38届台湾电影金马奖、第8届法国费索尔亚洲影展最佳影片——金杯奖等许多大奖。从创作的角度来说,《蓝宇》可以说取得了成功,但从票房的角度来看,由于失去了内地市场,显然难以取得较理想的票房收入。网络小说"触电"的最初两次尝试,可谓并不圆满。随后的2002—2003年,网络小说的影视改编同网络小说一起经历了一次低谷。2002年前后,曾经一度红火、备受热炒的网络文学突然面临青黄不接的局面,宁财神、李寻欢等第一代网络文学作者纷纷"断网",许多小的网络文学网站纷纷倒闭,大网站也经营惨淡。网络文学本身的不景气,直接影响了网络小说的影视改编,这两年间,没有新的由网络小说改编的影视作品出现在公众视野。

经历了两年的沉寂后,2004年,由崔钟导演的电视剧版《第一次的亲密接触》上映。同年,由蔡骏的网络小说《诅咒》改编的电视剧《魂断楼兰》(王强导演)、由胭脂的网络小说《蝴蝶飞飞》改编的同名电视剧(何洛导演)也登陆荧屏。网络小说"触电"再度起航,这次瞄准的不是电影而是电视剧。相对于电影,电视剧有着更大的容量,故事的讲述显然更加从容。而制作过程显然也更加关注原先网络小说粉丝群体的观赏期待,因为这也是改编影视后最重要的预期消费群体。比如电视剧《蝴蝶飞飞》在制作过程中就曾向网友公开征集男一号人选,最终结果是佟大为比较符合粉丝们的审美期待而成为男一号。此后,网络小说的影视剧改编可谓发展平稳。据笔者粗略统计,2005年到2009年5年间,总共大约有16部由网络小说改编的影视作品上映,每年少则一两部,多则三五部,具体如下:

表4　2005—2009年网络小说改编影视作品上映一览表

上映年份	影视剧名称(导演)	网络小说名称	网络小说作者
2005	电视剧《爱上单眼皮男生》(王丽文导演)	《爱上单眼皮男生》	胭脂
2005	电视剧《爱你那天正下雨》(何洛导演)	《爱你那天正下雨》	胭脂
2005	电视剧《一言为定》(潘峰导演)	《你说你哪儿都敏感》	西门大官人
2006	电视剧《谈谈心恋恋爱》(朱传光导演)	《谈谈心恋恋爱》	棉花糖
2006	电影《谈谈心恋恋爱》(周永才、曹荣导演)	《谈谈心恋恋爱》	棉花糖

续表

上映年份	影视剧名称（导演）	网络小说名称	网络小说作者
2006	电视剧《我的功夫女友》（何培导演）	《爱，直至或伤》	左恋夏至
2006	电视剧《会有天使替我爱你》（叶鸿伟导演）	《会有天使替我爱你》	明晓溪
2006	电视剧《向天真的女孩投降》（傅育东导演）	《向天真的女孩投降》	冷眼看客
2007	电影《意乱情迷》（徐宏辉导演）	《我和一个日本女生》	抗太阳
2007	电影《第十九层空间》（黎妙雪导演）	《地狱的第19层》	蔡骏
2007	电视剧《双面胶》（滕华涛导演）	《双面胶》	六六
2007	电视剧《国家宝藏之觐天宝匣》（刘一志导演）	《天眼》	景旭枫
2008	电影《PK.COM.CN》（小江导演）	《谁说青春不能错》	何小天
2008	电影《荒村客栈》（张箐导演）	《荒村》	蔡骏
2008	电视剧《给我一支烟》（赵宝刚导演，2006年发行，2008年上映）	《给我一支烟》	美女变大树
2009	电影《恋爱前规则》（蒋钦民导演）	《和空姐同居的日子》	三十

这样的发展速度显得不温不火，而影视剧上映后观众的反应同样有些"闷"。正像有记者观察，直到2009年，尽管网络小说已经成为影视改编的"富矿"，但真正"主导中国电影和电视剧走向的影视大鳄们"那时"还不太重视网络小说，购买网络小说影视版权的多是中小制作公司"。①

不过从2010年开始，这种情况就发生了极大的变化。2010年，由网络小说改编而来的影视剧上映出现了前所未有的"井喷"状态。据不完全统计，2010年全年有电视剧《美人心计》（导演吴锦源、梁欣全、陈国华，改编自瞬间倾城的网络小说《未央·沉浮》）、电影《山楂树之恋》（张艺谋导演，改编自艾米的同名网络小说）等不下10部影视作品上映，不但许多电视剧都取得了较高的收视率，成为街谈巷议的话题，而且也首次出现了由张艺谋这样的影视界"大鳄"导演的网络小说改编作品。一时间，网络小说的影视改编成为备受瞩目的现象。

---

① 韩皓月：《网络小说成影视剧改编富矿》，《深圳商报》2009年6月25日。

2011 年，网络小说改编的影视作品继续"热情不减"，由流潋紫的小说《后宫·甄嬛传》改编的电视剧《甄嬛传》（郑晓龙导演）、由桐华的小说《步步惊心》改编的同名电视剧（李国立导演）、由莫容湮儿的小说《倾世皇妃》改编的同名电视剧（梁辛全、林峰导演），以及由鲍鲸鲸的小说《失恋三十三天》改编的同名电影（滕华涛导演）等等都取得了不俗的收视率与超出预期的票房收入。尤其是《甄嬛传》的播出，更是在海峡两岸掀起了一股收视热潮，而"甄嬛体"也一时间红遍网络，成为众多网友模仿的对象。不仅如此，《甄嬛传》还走出国门，由美国团队打造了美版播出，虽然遭遇不少吐槽，但其火热程度可见一斑。随后的 2012 年，由文雨的《请你原谅我》改编的电影《搜索》（陈凯歌导演）、由崔曼莉的《浮沉》改编的同名电视剧（滕华涛导演）等等，也各自引发社会关注。《请你原谅我》（后易名《网逝》）此前还曾作为网络原创作品入围 2010 年第五届鲁迅文学奖，也是被热烈关注的焦点之一……而被许多人都认为网络文学影视改编变得"消沉"的 2013 年，其实也有由宗昊的《小人难养》改编成的电视剧《小儿难养》（曹盾导演）、由柳晨枫的《盛夏晚晴天》改编的同名电视剧（麦贯之导演）以及由辛夷坞的《致我们终将逝去的青春》改编的同名电影（赵薇导演）等数部网络小说改编作品上映。2014 年不光有由顾漫网络小说《杉杉来吃》改编的电视剧《杉杉来了》（刘俊杰导演）以及根据却却小说《夜深沉之战长沙》改编的电视剧《战长沙》（孔笙、张开宙导演）热播，并且据统计，2014 全年"共有 114 部网络小说被购买影视版权……其中，90 部计划拍成电视剧，24 部计划拍成电影"①。2015 年开年之初，根据顾漫小说《何以笙箫默》改编的同名电视剧（刘俊杰导演），再次引发收视热潮……可以说，时至今日，网络小说的影视改编之火爆现象已不容回避。那么，在这种网络小说"触电"热潮的背后，监管者、网络文学公司、网络文学作者、网络文学读者等各方面又是如何看待这股"改编热"的呢？

各方对网络小说影视改编关注状况

　　网络小说的扎堆改编，引起社会各界的热议，当然也引发监管部门的关

---

① 刘磊、沈梅：《网络小说承包电视荧屏》，《现代快报》2015 年 1 月 9 日。

注。2012年8月，国家广电总局对电视剧创作提出"六项要求"。8月2日，"六项要求"当中的最后一项就是"不提倡网络小说改编，网游不能改拍"，其余五项虽然表面上与网络小说的改编没有直接关系，但实际上有的也会对网络小说改编形成隐性制约，比如"不能无限制放大家庭矛盾""古装历史剧不能捏造戏说"等等，其实都跟网络小说有关。因为情感纠葛、家庭矛盾冲突、架空历史进行天马行空式的演绎等等，恰恰都是网络小说所擅长的，若这"六项要求"被严格贯彻实施，必定会对网络小说的影视改编造成巨大冲击，2010年以来掀起的网络小说改编热潮也会遭遇寒潮。而对众多的网络文学网站来说，则面临着巨大的利益损失。所以这"六项要求"一出，顿时引起轩然大波，首当其冲的是湖南卫视正在播出的电视剧《轩辕剑》，因为该剧正是改编自热门网络游戏。依据"要求"，网游是不能改拍的，可是已经拍摄完毕并正在播出的该如何处理？《新京报》记者询问广电总局，负责人的答复是"任何事都会有一个过程，管理也一样"。针对这"六项要求"，有网友评论道："电视剧如此，电影将如何？盛大文学心碎了！"① 就后来上映的影视剧来看，广电总局的"不提倡"表态显然产生了一定影响，2013年网络小说改编的影视剧数量锐减。

但文学网站显然不会坐以待毙，"不提倡"并非"禁止"，所以在"六项要求"出台后，文学网站的"龙头老大"盛大文学于当年10月25日召开了一场主题为"文学改编影视的第二次浪潮"的论坛。"几十名影视行业资深人士和数十名编剧，共同回忆了90年代文学改编影视的热潮，并将当下网络文学频频被改编为影视作品命名为'第二次浪潮'……据介绍，近年来优秀网络小说遭到抢购，盛大文学2011年共售出版权作品651部，其中旗下七家文学网站影视改编售出74部（含晋江文学城）。仅2012年1至9月份，盛大文学旗下七家文学网站就售出75部小说的影视版权……"面对关于网络文学之于影视作品的源头作用能持续多久的论争，盛大文学CEO侯小强表示："网络小说改编影视，这两年也刚刚开始，至于现在已经拍竣或播出的作品会不会为观众所记得，需要时间的考验，但我相信网络小说一定会诞生多种类型的经典作

---

① http：//www.huxiu.com/article/2301/1.html。

品。"① "第二次浪潮"论坛无疑是对广电总局"不提倡网络小说改编"的一个回应。一个以营利为目的的文学网站,当发现自己的"奶酪"被无端动了之后有所回应是正常反应,况且行政要求也只是"不提倡"而非"禁止"。而行政层面的"不提倡"显然无法阻挡市场和利益的巨大诱惑,因为据中国互联网络信息中心所做的《中国网络文学用户调研报告(2010年12月)》显示:"网络文学改编影视有很大市场空间。表示会观看网络文学改编的电影/电视剧的用户比例最大,达79.2%。"② 面对如此大的市场需求,文学网站当然不会错失商机。因此,许多网站在同作者签约时就已经做了相应规定,比如"全约"的作者,网站会代理其作品的所有改编事宜,不仅会定期向影视公司推荐适合改编的作品,而且当与影视公司有了合作意向后,会代表作者去同影视公司谈判包括改编费、版权年限等一干事宜,实际上充当了"经纪人"的角色。不但如此,一些大型文学网站比如盛大文学不仅投入巨资成立编剧公司,还连续数年邀请好莱坞著名编剧举办编剧培训营,对众多的网络文学作者进行培训,为网络文学作者"触电"转型提供助力。盛大文学的CEO侯小强甚至将"进一步推进对编剧的选拔、培训、经纪领域的尝试"当成自己新一年的"职业理想"之一。③ 可以说,在市场和利益的驱动下,网络文学影视改编的产业化进程已经起步并且迅速走入了快车道。

那么,网络作家们如何看待网络小说的影视改编热潮,"触电"又对他们的写作产生了怎样的影响呢?《北京青年周刊》对唐家三少、月关以及猫腻的访问似乎可以为我们提供一些答案。在被问及网络文学影视改编的优势与难点时,唐家三少说:"我觉得对于网络小说来说,优势首先在影响力上。现在有网络共享的大平台,相对于传统作品会更有影响力……"在被问及创作过程中会不会考虑或者迁就改编的因素时,月关答道:"以前作品没有涉及影视这一块的时候,确实没有考虑改编,完全是根据网络市场来设计的。后来有几部作

---

① 《盛大文学推介五星级作品 网络小说改编成第二次浪潮》,http://www.cloudary.com.cn/News/1021580。

② 《中国网络文学用户调研报告》,http://www.cnnic.cn/hlwfzyj/hlwxzbg/mtbg/201206/P020120612508648894476.pdf。

③ 《盛大文学盘点2012影视改编作品 都市、古代言情、军事类题材受热捧》,http://www.cloudary.com.cn/News/1021740。

品卖给影视公司,他们会跟我们沟通,我会了解他们改编过程中遇到的难处。这之后我在写书过程中会更注意到接口,在不影响到趣味性的前提下,我会把一些角色设定、情节设定更贴近容易改编的剧本。"而在被追问这种"迁就"会不会给创作带来困扰,对创作自由造成束缚时,猫腻答道:"……影视出品方对我们网络小说感兴趣,是因为成熟编剧不愿意涉及比较新奇冒险的写法,比较不一样的故事,所以我们优点和长处在这里。如果我们为了现在的影视出品方改编写作风格,可能反而把自己最大的长处丢掉了。"① 由此看来,网络作家们一方面清楚地看到了网络小说影视改编所具有的粉丝优势,另一方面影视改编也已对他们的写作产生了影响,甚至在某种程度上形成了制约。虽然他们也意识到网络小说的价值所在就是新奇冒险的写法,但在影视改编的倒逼下,这种长处和优势正在面临逐渐丧失的危险。猫腻提出了一个非常有意味的问题,即影视改编有可能"杀死"网络小说。因为丢掉自身的长处之后,网络小说根本无力跟传统的写作抗衡,这也为我们理解网络小说与影视改编的双向互动提供了另外一个思路。

至于网络文学读者对影视改编的态度,一方面如前引《中国网络文学用户调研报告》所呈现的,有 79.2% 的网络文学用户表示愿意看网络文学改编的电影或电视剧。但另一方面对于影视改编,许多年轻网络文学用户的看法并不狂热,有些分析异常冷静,甚至还表现出了某种清醒的忧虑。针对网络文学的影视改编,笔者曾于 2012—2014 年连续三年在山东大学本科生中做过调查。在收回的 300 余份有效问卷中,统计显示几乎全部的被调查者都看过由网络小说改编的影视剧,或者玩过由网络小说改编的游戏。摘录几条有代表性的看法如下(由于调查涉及网络小说的影视改编与游戏改编,所以部分回答也涉及游戏):

> 康同学:被改编的网络文学作品都是网络上大红大紫,拥有无数粉丝的作品。改编后既可以吸引"原著粉"又可以吸收新观众,可以说使网络与影视双方都获得了更大的关注。
>
> 张同学:影视、游戏改编在面对文学作品时已不再是把它看作作品,

---

① 《网络作家,抢戏!》,《北京青年周刊》2013 年第 19 期。

而是看作一个文本，一个超文本。而网络文学以网络为依托决定了它可以迅速地适应市场的需求，不像传统文学要经历一个漫长的阵痛才可以迎来新生事物的诞生。

李同学：网络文学的改编现象还是影响了文学生产主体——作家。作家的自身定位、观念、叙事方式都会有改变、调整。如作家到编剧的转变，创作题材的通俗化，创作动机的功利化，叙事倾向口语化等。

何同学：从长期来看，网络文学的影视改编并不能维持长久的热度，这主要基于网络文学本身的创作缺陷及文学抄袭和作品的泛滥性，文学自身的粗制滥造和艺术价值的丧失是重要原因；其次，从大众对网络文学改编影视的热度来看，文学作品本身的粗制滥造在改编后弊端依旧存在，长久来看，所形成的模式固定化，将为大众热度降温。

大学生，一直是网络文学最重要的用户群体，他们对于网络文学影视改编的看法非常重要，也非常有代表性。从调查反馈看，绝大多数同学的表述并不情绪化，并没有陷入"捧杀"或"骂杀"的宣泄式表达之中。面对一种伴随着他们成长记忆的重要文化现象，许多同学的思考还是非常认真的。比如上面引述的四位同学的看法，既看到了基于"原著粉"市场预期的影视改编可能带来的网络小说与影视改编的双赢可能，又能从"超文本"的视角审视网络小说、动漫、游戏、影视之间的改编与融合；既看到了影视改编对创作主体的自身定位以及题材、语言等方面产生的影响，又从网络小说本身的粗制滥造出发对影视改编热度的持久性表示了怀疑。应该说这些思考都是很有意义的，非"脑残粉"那种缺乏理性支撑的热爱或决绝可比，这也可以让人对网络文学包括网络文学影视改编未来走向良性发展抱有期待。

网络小说影视改编的走向与分析

对于网络小说的影视改编热潮，我们不能脱离当下的时代背景和文化环境孤立地看待。早在21世纪之初，就有学者断言"视觉文化"的时代已经到来，视觉"已经凌越语言文字而成为我们的新宠"，"我们现实的生活世界，视觉图像僭越文字的霸权几乎无处不在！从主题公园到城市规划，从美容瘦身，到形象设计,从音乐的图像化(MTV),到奥运会的视觉狂欢,从广告图像美学化,到网络、游戏或电影中的虚拟影像……图像成为这个时代最富裕的日常生活资源,成为人们无法逃避的符号语境,成为我们的文化仪式"①。十几年过去了,随着工业化程度的不断提高和智能设备的大幅普及,影像已经成为我们这个时代的主导文化形态。网络小说影视改编热潮的出现应该说是与视觉文化时代的大背景相适应的。文字阅读正在越来越边缘化,图像或者影像阅读越来越受到青睐。表面上看来,这似乎与网络文学蓬勃发展、网络小说的粉丝经济突飞猛进的现实状况相矛盾,实际却不然。

据最新的第 35 次 CNNIC 报告显示,截至 2014 年 12 月,我国网络文学用户规模为 2.94 亿,较 2013 年底增长 1944 万人,年增长率为 7.1%。网络文学使用率为 45.3%,较 2013 年底增长了 0.9 个百分点。② 单从统计数据来看,网络文学发展势头依然强劲,不过如果联系 2012 年 7 月的第 30 次 CNNIC 报告来看的话,那么这"发展势头"其实并非是一直上扬的。第 30 次的统计报告表明:"截至 2012 年 6 月底,我国网络文学用户数为 1.9 亿,较 2011 年底减少 4.0%,网民使用率为 36.2%,比 2011 年底减少 3.3 个百分点。"在数据呈现之后报告中还做了如下分析:"近年来,网络文学发展持续慢于整体互联网发展。自 2010 年下半年起,网民对网络文学的使用率不断下降,与 2010 年 6 月底(44.8%)相比,目前使用率已减少了 8.6 个百分点,在 2012 年上半年,网络文学用户规模出现下降。导致这一现象的最根本、最长期的因素是网络文学作品质量整体较低。虽然网络文学以其类型多样、开放包容、自由多元等特点满足了不同阅读口味和爱好的需求,个别作品还被改编成网络游戏、影视剧等,但整体上,网络文学作品质量是较低的。创作者的低门槛,创作速度的快节奏,使得网络文学作品质量难以保证,题材雷同、情节拖沓、文字累赘、个别作品品位较低等问题较为突出,难以长期满足用户的阅读需要。"③ 将这两份报告联系起来解读,我们会看到,经过两年的发展以后,网络文学的用户使用率其实刚刚恢复到 2010 年 6 月底的水平,并且稍稍有了起色。况且中国互联网中心所使用的"网络文学"定义也是在广义层面上使用的,它指涉

---

① 周宪:《视觉文化与消费社会》,《福建论坛》(人文社会科学版)2001 年第 2 期。
② 中国互联网络信息中心:《中国互联网络发展状况统计报告(2015 年 1 月)》。
③ 中国互联网络信息中心:《中国互联网络发展状况统计报告(2012 年 7 月)》。

的是"通过互联网发表或传播的小说、散文、诗歌、连载漫画等文学作品"①，而"连载漫画"已经属于"视觉文化"的范畴了，若单纯考虑"文字阅读"部分，显然还要打个折扣。所以，"网络文学"的发展其实已经显露出了低迷状态。而与"网络文学"发展呈现低迷相对的是"网络视频"用户数量和使用率的持续增长。2008 年以来，网络视频行业的用户规模一直呈增长态势，截至 2014 年 12 月，网络视频用户规模达 4.33 亿，比 2013 年底增加了 478 万。②不仅如此，有感于网络视频用户的迅速增长，2005 年 1 月发布的《中国互联网络发展状况统计报告》也首次将"网络视频状况发展状况"专章列出，并进行统计分析。因此，即便单从统计数据来分析，我们也可以很容易得出结论：视觉文化正在越来越占据主导地位。在这样的背景下，网络小说的影视改编热只不过是时代文化主潮的一种体现而已，并且在一段时期内还可能会呈现快速发展趋势。

  至于网络小说的影视改编之所以被热议，甚至出现官方的"不提倡"与相关企业推动的"浪潮"之间的对垒，究其原因仍然在于影视改编的对象是网络小说这种虽然获得了越来越多的认可，但依然争议不断的文学资源。文学作品的影视改编由来已久，"自有声片问世直至'二战'前，文学和电影度过了一个长长的蜜月。仅仅在好莱坞，就形成了一股强劲的'文学电影'潮流，那个时代生产的每一部电影精品，基本上都是以文学作为先导的，如《乱世佳人》（维克多·弗莱明导演）、《呼啸山庄》（威廉·惠勒导演）、《关山飞渡》《告密者》《怒火之花》（约翰·福特导演）、《茶花女》《罗密欧与朱丽叶》《大卫·科波菲尔》（顾柯导演）等等"③。而具体到中国文学作品，不仅以四大名著为代表的古典文学作品频频被改编为影视作品上映，许多优秀的现当代文学作品也是影视改编的热门选择。鲁迅、茅盾、巴金、老舍、曹禺、沈从文等著名作家的许多作品都被改编成电影上映，到 20 世纪 90 年代更是形成了文学作品影视改编的一次"热潮"。但对于文学作品的影视改编，除了偶有理论上的不认同或者对改编成功与否的讨论之外，似乎并没有掀起太大的波澜，人们对于经典

---

① 中国互联网络信息中心：《中国网络文学用户调研报告（2010 年 10 月）》，http://www.cnnic.cn/hlwfzyj/hlwxzbg/mtbg/201206/P020120612508648894476.pdf。
② 中国互联网络信息中心：《中国互联网络发展状况统计报告（2015 年 1 月）》。
③ 张宗伟：《中外文学名著的影视改编》，中国广播电视出版社 2002 年版，第 8 页。

文学作品的影视改编是习以为常的。而且,无论改编成功与否,从传播学角度来说,文学作品都是受益者,因为借助影视改编文学作品会使得自身在传播的链条上走得更远。许多作品之所以还一再被人提起并阅读,是跟影视传播所带来的广大受众分不开的。很多观众是看了改编的影视作品才知道了原著,并进而去了解作者,阅读原著。比如莫言的《红高粱》,在1987年张艺谋执导的电影《红高粱》上映之前,尽管《红高粱家族》在文学界已颇受好评,但影响也仅限于文学界,正是电影《红高粱》的上映所产生的巨大影响极大地提高了莫言及其创作的国际声誉。而有的作品尽管改编过程中出现矛盾或争议,甚至导致原作者与改编方对簿公堂(比如由姜文执导改编自尤凤伟中篇小说《生存》的电影《鬼子来了》),但其实传播效果本身并没打什么折扣,反而往往会影响更大、传播效果更佳。

而网络小说影视改编的传播路径则恰恰相反,影视改编选择的都是网上"人气"很高的作品。也就是说不是文学作品要借助影视改编来延伸自身的传播轨迹、扩大自身的影响——客观上也会起到一定的效果,而是影视作品要借助网络小说已有的"粉丝效应"来做合理的市场预期并确定改编的目标。并且,如果说此前文学作品的影视改编更侧重艺术方面的探索与呈现,因而改编的作品大多属于文艺片的话,网络小说的影视改编则更看重市场,走的完全是类型片的商业化路子。这种过于专注票房收益的商业化运作跟过于迎合读者、追求点击率的网络小说创作一样,是引起争议的最主要原因。对网络小说最主要的批评就是这类作品以故事情节取胜、缺乏蕴藉与深入的人性探索,定期更新的任务要求以及连载的形式,也使得作品在艺术上来不及精心打磨,显得过于粗糙。而玄幻、官场、盗墓、穿越、耽美等类型化的创作取向,又使得网络小说陷入不断的自我复制与模式化困境,难有创新。同样,以网络小说为蓝本改编而成的影视作品也相应地呈现出严重的类型化、模式化倾向。总之,产业化的运营模式使得网络小说创作呈现出了与传统文学创作完全不同的景观,这是坚持艺术至上观的人们无法接受的。但我以为其实也不必对这种文学与影视的产业化现状痛心疾首。无论文学或影视,娱乐功能都是其本质性规定之一,是无法通过引导或强迫手段加以改变的。同样,无论文学或影视,只要一种模式或类型一旦形成,那么离消亡也就不远了。因为很快就会给读者或观众带来审美疲劳,而在市场化条件下,读者或观众一旦厌弃了某种食物,是不会再委屈自己的肠胃硬去吞下让他恶心的东西的，他们会用手中的钞票来做出选择。从这个意义上来说，眼下这种网络小说的影视改编热潮的确存在隐忧，如果不打破这种模式化的怪圈，观众迟早会用手中的遥控器和钞票为网络小说的影视改编降温。

（原载《当代文坛》2015年第6期）

文学期刊与典律的构建

在一个文学边缘化之后的"后文学"时代谈论文学，在一个"解构经典"或者说"非经典"的时代谈论经典，多少有些尴尬，尤其谈论的还是中国现当代文学的经典问题。其实关于什么是"经典"，"经典"的标准到底是什么，古往今来的许多文艺学家都做过阐述，但很难形成一个普适性的界说。2004年，黄曼君在《中国现代文学经典的诞生与延传》一文中认为经典本身就存在一系列悖论："既是永恒的和绝对的，又是暂时的和相对的；既是自足的和本体的，又是开放的和超越的；既是群体的，又是个人化的。"在对"经典"进行了词源学意义上的考察之后，他认为经典的内涵和特征至少应从三个方面进行把握："从本体特征看，是原创性文本与独特性阐释的结合"；"在存在形态上具有开放性、超越性和多元性的特征"；"从价值定位看，经典必须成为民族语言和思想的象征符号"。具体到文学经典，黄曼君也指出，文学经典除了具备一般的经典特质外，还有自身的特点，它"更强调从艺术和审美的角度来理解'人'"①。这种观点应该代表了中国学者对"经典"的最新认识。当然，这一认识是预先假定了一个本质主义的基点，即认为"经典"内部存在一些永恒的质素，不论时代如何变迁、政治风云如何变幻，只要具备上述质素，一部作品就有成为经典的可能，反过来说，也只有具备上述质素，一部作品才有可能成为经典。

---

① 黄曼君：《中国现代文学经典的诞生和延传》，《中国社会科学》2004年第3期。

但历史地考察,任何作品的经典化都是一个动态的历史过程,并非一部文学作品只要具备了经典的必要质素,就会自然而然地成为被人们认可的经典,经典的身份是在不断地阅读、阐释、批评中逐渐被赋予的。因此,如果说对于什么是经典或者经典的本质要素究竟为何,由于往往受制于视阈的局限而很难超越时代并且获得今人以及后人的认可,从而带有不确定性的话,那么"经典化"则是一个确定无疑的过程。一部作品从发表进入传播的流程开始,就不可避免地开始了其经典化的历程。当然在经典化的道路上,有的作品走得比较远,最终可以跻身被认可的经典作品之列;而更多的作品则是刚刚起步就被淘汰,丧失了成为经典的机会;当然也有的作品会在某一时间段内跻身于经典之列,但时过境迁之后,随着那种时代性的经典质素即其价值意义的丧失,经典的身份又会悄然退去。阶段性的经典,或者带有某种限制性定语的经典——比如"民国文学经典""共和国文学经典""红色经典"……其实未必会成为真正的经典,因为真正的经典是超越时代,也不须加以修饰限定的。加有限制性定语的经典,充其量只能算是某一限制性范围内的较为优秀之作,离普遍认可的经典还有一定的距离。反过来说,也正是由于这种距离的存在,才需要在"经典"二字之前戴上一顶限制性帽子,以显示其与真正经典的区别。说白了,带有限制性定语的经典,都是非经典或者伪经典。而这种带有限制性定语的经典一旦铺张开来,经典也就会随之泛化,实际上构成了对经典严肃性的一种消解。

当然,经典性作品的筛选过程或者说经典作品的建构过程,会涉及各种权力的博弈。政治权力、宗教权力、知识权力等等在经典的建构过程中都会以单独或者合力的方式参与其中并且发挥作用。在相当长的一段历史时期内,那些不具备话语权的普通读者大众是被排斥在经典的建构程序之外的,他们只能被动地接受经典。只有到了大众文化蓬勃兴起并且与主流意识形态文化及知识分子精英文化形成一种三足鼎立的局面之后,作为大众文化主体的普通读者才开始在经典的建构过程中拥有一定的话语权,并且发挥越来越重要的作用。而相应地,政治权力、宗教权力、知识权力等这些在历史上对经典建构起到决定性作用的因素,其作用力逐渐弱化。

经典建构的过程其实也是作品经典性逐渐累积的过程。依据斯蒂文·托托西"经典化产生在一个累积形成的模式里"的观点,黄万华先生曾著文指出:

"在文学作品经典性累积的过程中,'选辑''论述''改编'构成最重要的环节。而一般读者在这三个环节上的参与也越来越明显。"而对于"选辑",黄先生认为:"就是运用一定的选择原则,在某段时间里从众多作品中编选一套文本提供给读者,除了大系(包括文库、选集等)和文学教学课本等具有传统影响力的选辑外,文学评奖、评选、排行榜等选辑行为也日益具有影响力。"① 历史地考察经典化的过程,"选辑"的确是作品走向经典化的第一步也是关键一步,不过具体到中国当代文学,尤其是考虑到当下的文学生态,"选辑"的内涵还可以扩大,或许还可以在"文库""选集""文学教学课本"等"具有传统影响力的选辑"之前加上"文学期刊"。

在传统纸质文学生产的流程中,文学期刊只是文学作品发表的第一个场域,编辑在编选作品时尽管也有个"选择"的过程,但将其视作经典化的第一步似乎有些言过其实。当然,这只是就发表原创作品的文学期刊而言,而那些"选刊"类文学期刊,如新时期以来的《小说选刊》《中篇小说选刊》《小说月报》《长篇小说选刊》《散文选刊》《诗选刊》等等,则在实际上已经在做"选辑"的工作,自然是文学作品经典化的重要步骤和助力。比如 1980 年创办的《小说选刊》原本就是为每年小说评奖做前期准备用的:"为评奖活动之能经常化,有必要及时推荐全国各地报刊发表的可作年终评奖候选的短篇佳作。为此,《人民文学》编委会决定编辑部增办《小说选刊》月刊。"② 在这个意义上,《小说选刊》不仅本身就是一种"选辑"实践,同时也为另外一种"选辑"——评奖奠定了基础。"据统计,1981 年获全国优秀短篇小说奖的 20 篇作品中,有 14 篇在《小说选刊》上选载过,占 70%;1982 年获奖的 20 篇作品,全都在《小说选刊》选载过,占 100%。"③ 1983 年《小说选刊》从《人民文学》分出后,"新版《小说选刊》不同于其他兄弟选刊的另一特点,是在选发作品的同时配发评论文字,尤其看重入选作者的创作经验谈"④。而这也就涉及"选刊"类文学期刊在作品经典化过程中具备的另外一种功能,那就是

---

① 黄万华:《经典性阅读:中国现当代文学"典律构建"的基石》,《天津社会科学》2012 年第 1 期。
② 茅盾:《发刊词》,《小说选刊》1980 年第 1 期。
③ 傅活:《〈小说选刊〉创刊始末》,《传媒》2001 年第 4 期。
④ 阎纲:《想起〈小说选刊〉的日子》,《中国文化报》2010 年 4 月 25 日。

为"论述"——文学批评与文学研究提供文本。事实上，在《小说选刊》创办之初，就有批评家注意到了这种"选辑"工作为文学批评带来的便利："广大读者，当然也包括如像我们这样的、从事文学组织和文学评论工作的读者，为了能够在有限的时间中，较少遗漏地阅读到一个时期内所出现的优秀作品（其中包括那些引起争议，却具有明显艺术特色的作品）就自然而然地出现了这样的需求：希望能有人来从事一种'拔萃'的工作，从数量浩繁同时又是水平不一的新作中选拔出具有代表性的优秀作品，并将之推荐给广大读者。——现在，呈现在读者面前的《小说选刊》，就是一种将要努力进行这种'拔萃'工作的文学读物。"① 考察那些已经被写入文学史的优秀作品（或者说经典作品），可以发现，新时期以来进入文学史的大多数作品都有被各类"选刊"选载并重新发表的经历，例如池莉的《烦恼人生》、阿城的《棋王》、刘恒的《狗日的粮食》……都是由"选刊"重新发表，从而引起评论界的关注，被不断阐释、论述，最后作为一个时代的文学经典而进入文学史的。因此，正如张颐武所言："经典成为经典的道路是由刊物的编辑发现，然后进了选刊，同时被评论家所发现，进而走入经典行列。"② 关于作品经典化的过程，吴义勤也有过精彩论述："对于一部经典作品来说，它的当代认可，当代评价是不可或缺的。尽管这种认可和评价也许存有偏颇，但是没有这种认可和评价，它就无法从浩如烟海的文本世界中突围而出，他就会永久地被埋没。从这个意义上说，在当代任何一部能够被阅读、谈论的文本都是幸运的，这是它变成'经典'的必要洗礼和必然路径……"③ 这种当代评论家对作品的"当代认可、当代评价"，其文本选择在很大程度上要依赖各种"选刊"类文学期刊所做的"选辑"工作。因此，"选刊"类文学期刊对于文学作品经典化的重要作用是不言而喻的。当然，在作品经典化过程中还有一种专门从事批评、阐释等"论述"性工作的"批评"类或"研究"类文学期刊，如《文学评论》《文艺争鸣》《小说评论》《当代作家评论》《南方文坛》等，这些刊物以批评、阐释介入典律的建构，其重要作用不需赘言。

---

① 冯牧：《祝贺与希望》，《小说选刊》1980年第1期。
② 张颐武：《打捞文学的记忆——关于文学经典、作家和作品标准的对话》，《延安文学》2002年第3期。
③ 吴义勤：《2003年中国短篇小说经典》前言，山东文艺出版社2004年版。

如果说在20世纪80年代，相对其他发表创作的文学期刊，《小说选刊》等"选刊"类期刊已经在为作品经典化做一种"选辑"的基础性工作的话，那么在当下的文学场域中，"选辑"工作已经不再局限于这种专门的"选刊"，原先那些单纯发表原创作品的文学期刊也已经具备了"选辑"的功能。当下，我们在考虑文学生态场域的时候，不仅应当注意纸质文学这一传统领域，更应当关注日益发展壮大的网络文学领域。因此，今天的文学场，是由纸质文学跟网络文学共同构成的。而在网络文学的发表过程中，除一些专门的纯文学网站在发表作品时会有编辑的有限介入之外，其他绝大部分网络文学作品的发表都处于一种随写随发的自在状态，没有经过任何的编选或者"选辑"。一些优秀的文学作品先是作为网络文学发表，在网络上受到读者关注和欢迎之后，才被纸质文学期刊或出版社的编辑注意到，并推出纸质版重新进入文学场。在这种意义上，网络文学作品的平面化或纸质化，已经可以看作是其朝经典化迈出的第一步，也就是说，不仅以往的"选刊"类文学期刊，其他"原创"类文学期刊也已经参与了经典的建构。以2011年由《山东文学》《齐鲁晚报》和网易共同主办的"中国首届网络文学大奖赛"为例，在收到的53600余部参赛作品中，先由评论家对大赛平台上各网站推荐的驻站写手和作品中选出优秀之作进行点评，然后《山东文学》《齐鲁晚报》选取初评得分比较高、获得初评委肯定的作品开辟专栏发表。而这些被《山东文学》《齐鲁晚报》选登的作品自然就获得进入终评的资格，参加终评角逐……同时，这些被《山东文学》等纸质文学期刊选载的网络文学作品有的又被《诗选刊》等"选刊"类文学期刊再次选载……在此过程中，《山东文学》等以往不具备"选辑"功能的纸质文学期刊就已经参与了"选辑"，并为作品的经典化迈出了第一步。这可以说是网络文学兴起之后，文学经典化过程中出现的一个新变化。

当然，无论是"选刊"类文学期刊还是"原创"类文学期刊，在选择什么作品发表或是重新发表时都有一种话语权在起作用，体现出编选者的文学欣赏趣味与倾向性。在中国现代文学阶段，文学期刊大都是同人刊物，刊发作品时侧重刊发那些符合或者接近期刊同人文学理想和审美趣味的作品。比如文学研究会的刊物侧重刊发"为人生"的文学作品，而创造社的刊物则侧重刊发那些感伤浪漫的文学作品。如果用经典建构过程中的权力关系来加以解读的话，此时经典建构过程中期主要作用的还是知识权力。而1949年以后（实际上从20

世纪40年代的解放区文学开始),在经典的建构过程中,尽管表面上经典化过程中的各个环节仍然是知识分子在做,但知识分子的个人话语空间已经被高度压缩,起主要作用的已经代之以政治权力了。但随着"文革"结束后新时期的到来,文学经典化过程中政治权力逐渐淡出——并非完全淡出,知识权力又在起着比较重要的作用。可以说在"改制"以前,文学期刊在发表或者"选辑"文学作品时,思想性、文学性和可读性成为考量作品的最重要标准,而政治倾向性则逐渐退居次要位置。当然其中也仍然贯穿着"二为"方向、"三贴近"原则等更为具体的要求,比如《长篇小说选刊》"发刊词"就表示刊物侧重选的是"那些将思想性、艺术性融为一体,既能够反映现实生活、弘扬民族精神,又能够陶冶情操、获得审美愉悦的作品"[①]。

但随着20世纪90年代以来市场经济的推进,第一次文代会建立并延续了数十年的文学体制也在发生着变化,文学期刊依靠政府拨款而维持运转、完全无视市场反应的局面被打破。随着政府拨款的逐渐减少乃至完全断绝,文学期刊被迫开始面对市场并适应市场。在此情势之下,无论是"原创"类文学期刊还是"选刊"类文学期刊,要想在市场化的浪潮中生存下去,就再也不能无视普通读者的欣赏趣味与阅读反应。因为在市场化浪潮中,文学期刊尽管可以跟企业合作,通过挂名理事单位、拉赞助等等手段来解决生存危机,但最为根本的还是要拥有读者。失去了读者的信任和支持,纵然在外来资金的支持下期刊可以勉强支撑下去,但文学期刊本身的意义也就不存在了。因此,"可读性"开始被越来越多地强调。这也意味着,在高度政治化的文学体制趋于瓦解之后,经典建构过程中,普通读者也拥有了话语权。换言之,大众趣味成为一种权力,并且在典律建构过程中成为一种不能回避的存在。于是,改版后的《小说选刊》一方面重申"现实观照,人文关怀,独特视角,中国气派"的办刊宗旨和"贴着地面行走,与时下生活同步"的编辑理念,同时"也注重'群众性、现实性与多元性'在具体的社会环境中争取不同层面的读者"[②]。2004年新创办的《长篇小说选刊》一开始就认识到"为读者办刊而不是为作家办刊,

---

① 金炳华:《发刊词:好中选优 繁荣创作》,《长篇小说选刊》2004年第1期。
② 杜卫东:《新华网专访〈小说选刊〉主编杜卫东》,http://www.xsxkzz.com/Article/201201/30602.html。

这是一个常识问题，其实却也是一个顿悟"①。当然，随着文学期刊与市场的关系越来越融洽，"可读性"标准也越来越成为一种基础标准，或者一种"常识"，尽管被言说得越来越少，但对它的强调却越来越多。

当然，当下文学期刊对于文学作品编选理念的最为集中的表达，是 2010 年由中国作家出版集团、小说选刊杂志社主办的"全国文学期刊主编 2010 年北京峰会"上发出的倡议书，倡议书强调：面对文学市场的激烈竞争和文学边缘化的危机，"我们应更加关注那些用事与思的精神观照生命，勘探和还原生存本相，引领人类疲惫的精神走向还乡之旅的作品，以使我们的生活和生命能在凤凰涅槃之后，能在大地上诗意地栖居"；在世界文学的大格局中"我们应更加关注那些既具有中国作风、中国气派，又具有世界眼光、世界情怀的作品"②。这样一种编辑、选辑理念，势必会影响文学创作的走向，进而影响经典的选择与生成。内中尽管没有提"可读性"，但实际上"可读性"是基石。

总之，文学期刊在作品的经典化过程中无论在"选辑"还是"论述"方面都发挥了不可或缺的作用，而其对典律的构建，也反映出各种权力关系的博弈与消长。正是文学期刊，构成了作品经典化过程的第一个重要场域。

（原载《小说评论》2013 年第 1 期）

---

① 见中国作家网主编胡殷红与《长篇小说选刊》主编高叶梅的对话《〈长篇小说选刊〉的理想是什么?》，http：//cpxsxk.com/message/522.html。
② 《让我们共同点亮文学的灯火——推进文学期刊发展，繁荣中国文学的倡议书》，《长江文艺》2010 年第 6 期。

区域文化与现当代文学研究再思考
——以齐文化与张炜、莫言等作家的研究为例

一

20世纪90年代以来,从区域文化角度研究20世纪中国文学,逐渐成为现当代文学研究界的一个学术生长点,出现了一批重要成果,其中最具代表性的当属1995—1997年湖南教育出版社出版的由严家炎先生主编的"二十世纪中国文学与区域文化丛书"。这套丛书分别从湘楚文化、三秦文化、三晋文化、巴蜀文化、齐鲁文化、黑土地文化、江南文化、雪域文化、消费文化等多个角度切入,对不同地域文化孕育、影响下的文学创作进行了系统深入的研究,开创了中国现当代文学研究的新格局。这批研究成果的"集体亮相",在学界产生了重要影响,随后,许多学者加入这一研究行列,发表和出版了一系列研究成果,许多研究机构也不断推动这一研究继续前行。迄今,由中国社会科学院《文学评论》编辑部、重庆师范大学文学院等单位联合举办的全国"区域文化与文学"学术研讨会已经召开了四届。其中2009年召开的第二届会议,还成立了"中国当代文学研究会区域文学委员会",编辑出版了《区域文化与文学研究辑刊》;重庆师范大学也专门成立了区域文化与文学研究中心……可以说,区域文化已经成为新时期以来学术界解读和阐释中国文学的一条重要路径,对于研究特定作家、创作群体的创作,彰显其独特价值和魅力发挥了不可替代的作用。

这样一种研究之所以蔚然成风，既与倡导者们的推动有关，同时也是学术界面对新的文学环境和研究对象自我调适的结果。严家炎先生在《〈20世纪中国文学与区域文化丛书〉总序》中回顾自己关注这一研究课题的经历时说，1989年在苏州举行的中国现代文学研究会理事会上，他就建议杭州年会以"中国现代作家与吴越文化"为讨论主题之一并得到了理事会的赞同。"但后来的实际研究成果似乎不多。它可能就和学术界对区域文化的研究还刚刚起步，文学研究者对区域文化更是比较陌生，知识结构有待调整等状况有关。"在序言最后，他也表达了对现当代文学区域文化研究视角的希望与祝愿："愿区域文化这一研究视角随着本丛书的面世而能引起更多研究者的重视，并结出大量丰硕的果实！"①后来这一研究视角被越来越多的研究者采用并且受到越来越多的重视，应当说确实是与严家炎、凌宇等先生的着力倡导与推动分不开的。但回顾这一研究视角被发现与开始实践时所处的社会文化语境，则又可以将其看作是学术研究"自然生长"的结果。20世纪80年代相对开放的文化环境使得大量外来文化进入中国，在外来文化的刺激下国内出现了席卷思想文化界的"文化热"；而拉美文学的繁荣与辉煌成绩也使得中国作家在对比之下开始思考和寻找自身的文学之根，韩少功在《文学的"根"》中明确指出："文学有根，文学之根应深植于民族传统的文化土壤里，根不深，则叶难茂"②，阿城、李杭育等也随之纷纷跟进，参与理论探讨并开始创作实践，于是寻根文学登上文坛。在这样一种文学环境中，研究者们开始注意到文学研究的"文化"视角是自然而然的事。何况从理论上来讲，文化学视角原本就是除社会学视角之外文学研究最为重要的视角之一。只不过在中国的社会语境中，政治思维长期被过度张扬，文化视角则一直被遮蔽、淡忘而已——严家炎先生在《〈20世纪中国文学与区域文化丛书〉总序》中提到过鲁迅的例子，在鲁迅生前就有人将其文风的犀利深刻与"绍兴师爷笔法"联系起来，鲁迅本人对比也并不以为忤。而鲁迅的同乡蒋梦麟更是在《谈中国新文艺运动》中肯定了绍兴师爷笔法与鲁迅文风的关系。这样一些零星的研究个案尽管因为缺少理论自觉，不能明确将其上升到文学研究的地域文化视角来看待，但至少已经在实践层面做了有益的研

---

① 严家炎：《〈20世纪中国文学与区域文化丛书〉总序》，《理论与创作》1995年第1期。
② 韩少功：《文学的"根"》，《作家》1985年第4期。

究尝试。所以，考察这一研究视角的确立过程，"文化热"和"寻根"思潮确实提供了重要背景，正如何西来先生所指出的："……文化寻根小说的意义在于，它摆脱了纯政治或唯政治的思维模式，对人们的文化心理、文化传统，给予了较为充分的关注。它对理论批评和文学研究的文化角度的确立，显然起了某种促进作用。"① 文学研究的区域文化视角既是为阐释新的文学现象而生，同时从学术史的角度来看也有助于推动文学研究从狭窄的政治视界中跳出来，从而向纵深掘进，开启学术研究的新生面。

但是，任何一种研究视角都不是"万能钥匙"，都必然有其局限性，而且，一旦某种研究视角被"套路化"或"公式化"，问题自然也就随之产生。关于区域文化研究视角的局限性，已多有学者论及，比如李永东先生就曾撰文指出"区域文化与文学"研究模式的两个薄弱环节："其一，由于静止孤立地看待特定区域文化，因此，中国现当代文学的流变与区域文化、时代语境之间的动态结构关系，未能引起研究界的重视；其二，由于孤立静止地看待区域文化，把区域文化等同于乡土文化，因此，除了北京、上海这两个中心城市，其他城市的区域性文化风尚对文学的影响，未能受到应有的关注和深入的阐释。"② 历届"区域文化与文学"学术研讨会上，也有不少学者尝试对已有成果进行批判性反思。但还是无法阻挡作为一种研究视角，文学的区域文化研究越来越被"套路化"的趋势。当然，限于篇幅，本文无法对区域文化与现当代文学研究的历史与现状进行全面系统地梳理评说，而只选取关于"齐文化与莫言、张炜等作家的研究"作为一个横切面来讨论区域文化与现当代文学研究中存在的一些问题。之所以以此为切入点，是因为其在整个区域文化与文学研究格局中是比较有代表性的。莫言获得诺贝尔文学奖后，更加激发了学界对文学创作的外来资源与本土资源的思考与探索，近些年来从区域文化视角对张炜、莫言等主流作家的研究更是甚至成为现当代文学研究界一种引人注目的"现象"，因此有考察的必要。

---

① 何西来：《关于文学的地域文化研究的思考——从"二十世纪中国文学与区域文化"想到的》，《中国现代文学研究丛刊》1999年第1期。
② 李永东：《"区域文化与文学"研究模式的拓展》，《海南师范大学学报》（社会科学版）2011年第3期。

二

齐鲁文化是中国地域文化中引人注目的一种文化类型，所以严家炎先生主编的"二十世纪中国文学与区域文化丛书"中就有魏建先生和贾振勇先生合著的《齐鲁文化与山东新文学》。在现当代文学研究领域从齐鲁文化这一视角去研究山东新文学，此书应当算是开山之作。此后随着越来越多的学者开始进入这一研究领域，也不断有新的成果问世，仅以比较有代表性的研究专著而论，就有房福贤、马征、孙凤等人的《齐鲁文化形象与百年山东叙事》，以及李少群、乔力等人的《齐鲁文学演变与地域文化》等，后者更是将研究视野扩大为从先秦到20世纪。更多的研究者则将目光锁定在张炜和莫言两位文坛主流作家身上，从地域文化角度探讨他们创作的文化背景、文化内涵与文化意义。不过《齐鲁文化与山东新文学》及上述两部专著，跟后续的许多研究成果虽然都立足于区域文化研究文学，但差异还是比较明显的。三部专著将"齐鲁文化"作为一个整体加以观照，后续的研究者则主要从齐文化切入，分析作家创作同齐文化之间的关联，对于鲁文化则很少论及。

以《齐鲁文化与山东新文学》为例，书中虽然也注意到了齐文化与鲁文化之间的差异，但更多的是考虑文化的融合，即所谓"从'齐、鲁文化'到'齐鲁文化'"①，并且以此为基点探讨齐鲁文化与山东新文学之间的关联。书中也将张炜、莫言的作品作为重点研究对象加以讨论，但是由于所持的文化融合的立场，认为他们是受到了"齐鲁文化"的整体性影响，并不刻意突出齐文化或鲁文化。比如书中认为基于"圣人"崇拜而形成的文化守成主义是齐鲁文化的典型特征之一，张炜作品中那种道德理想主义的高扬正是根植于这一文化传统。对于莫言，书中在分析高密东北乡的文化形态时也指出："正统化了的儒家实践理性规范下的重视现世伦理实践价值趋向的鲁文化，和保存着东夷文化荒诞不经、灿烂绚丽的远古神化氛围的齐文化，氤氲化生，共同奠定了这方土地的精神气质与文化走向。这种精神气质和文化走向又建构了莫言小说世界文

---

① 魏建、贾振勇：《齐鲁文化与山东新文学》，湖南教育出版社1995年版，第7页。

化家园的基本框架……"① 所以虽然同是着眼于地域文化，解读作家作品，但《齐鲁文化与山东新文学》对张炜、莫言的解读，跟后续研究者主要扣住齐文化对两位作家所做的阐释还是有着明显的区别。当然，后续研究者舍弃"齐鲁文化"的整体观，转而立足齐文化解读张炜、莫言的创作，或多或少都跟作者本人或其亲属的言说有关。

张炜有着很高的文化敏感与文化自觉，他对给自己提供了丰厚滋养的文化传统有着无限的热情。作家王蒙在其自传中曾叙及一则趣事："一次张炜（可能不是研讨会这次）讲起他的一贯理论，胶东人吃海鲜多，大脑发育良好，所以齐国当年抗秦一直抗到了最后，秦国在横扫六合之余，久久攻不下齐国来。看得出他作为齐人后代的咸有荣焉的得意之情。他正讲着，被何西来听到了，何是陕西人，长相如活脱脱的秦俑。他听到哈哈大笑，他说，不管先后，反正最后是吃海鲜的齐人被吃锅盔的秦人征服了……"② 故事固然有趣，但真正有意思的其实还是王蒙所说的张炜的"一贯理论"和"他作为齐人后代的咸有荣焉的得意之情"。的确，多年来，张炜一直都在强调他的创作受到"齐文化滋润"。这样一种言说在《刺猬歌》出版后达到高潮。《刺猬歌》出版后，他在做客新浪接受"新浪读书"访问时说："要理解我全部的作品，就要理解齐文化，这是一个前提，是文化的土壤，要作为一种文化的背景去理解。每个人脚踏的土壤都不一样，我脚踏的这片土壤的文化就是齐文化，或者东夷的文化。从我的书中就可以发现人和动物对外部世界的幻想，里边有疯癫的语言、人物，就不奇怪了。齐文化滋生的就是这类色调的故事。我个人特别希望通过我的作品，让人们注意齐文化，齐文化对这个时期的中国、世界是有作用的，是对它们很大的补充。有的人反复讲儒家文化对于当今的全球一体化强大的互补作用，但是很少有人谈到齐文化对于中国的现代化有什么样的作用，当今全球一体化，在这么一个强大的语境下面它的作用是什么，很少有人说。"同时，在访谈中他也对齐文化的精神内核进行了概括："齐文化，简单地概括一点，就是放浪的、'胡言乱语'的、无拘无束的文化，是虚无缥缈的、亦真亦幻的、

---

① 魏建、贾振勇：《齐鲁文化与山东新文学》，湖南教育出版社1995年版，第246页。
② 王蒙：《王蒙自传第三部：九命七羊》，花城出版社2008年版，第293页。

寻找探索开放的文化,很自由、很放浪的文化。"① 尽管作家本人的解读与阐释只是文学文本诸多阐释中的一种,研究者在阐释文本时不必将作家本人的说法奉为圭臬,但毕竟作家自身的阐述更能反映出创作的"原意"和"初衷",因而值得研究者重视。从研究实践来看,张炜本人的文化言说,也的确在很大程度上影响了研究者们的选择。

至于从齐文化角度切入研究莫言,则随着 2012 年莫言获得诺贝尔文学奖出现了一个高潮。大批博士生、硕士生以此作为选题进行学位论文写作,众多学者的研究论文也纷纷发表。与张炜亲自现身说法阐述自己的创作与齐文化之间的关联不同,莫言创作与地域文化——齐文化的关联之所以被广泛认可并被研究者们一再探索,主要跟莫言的大哥管谟贤先生的反复申说有关。管谟贤是莫言的文学启蒙者,他的看法对莫言研究而言自然非常重要。莫言获得诺贝尔文学奖后,管谟贤接受记者采访时表示:"研究莫言必须从新(齐)文化这个根上来找,'不是齐鲁文化——鲁仍然是孔子那一套,孔子是从来不谈什么议论;齐文化非常浪漫,妖魔鬼怪都说,包括农村的民间故事。所以这个颁奖词写得非常好:魔幻现实主义和民间故事结合,历史和现实结合——就得从齐文化找根'。莫言生活的高密大地上,齐文化 DNA 印记很深,祖祖辈辈流传下来很多故事,'我爷爷就讲很多妖魔鬼怪的故事,讲了很多,满脑子都是。我们这些人为什么都喜欢文学,估计跟这个有关系'。"② 此后,管谟贤也在许多场合一再强调研究莫言应当注意齐文化的背景。应当说莫言的大哥还是非常"专业"的,他敏锐地抓住了"齐文化"这一切入点,认为这才是莫言文学创作之"根"。这就解决了莫言创作的精神资源这一重要问题。也就是说,构成莫言文学创作典型特征之一的那些神秘书写,并非是莫言向外来资源即魔幻现实主义取经,而是来自本土资源——莫言从小就浸润其中的齐文化。之所以说这个问题非常重要,是因为这关系到对莫言文学创作的价值评判。众所周知,原创性是经典的必备要素,也是"典律构建"的本质性规定之一。如果认为莫言的创作资源是魔幻现实主义的话,那么其创作就不过是对马尔克斯、福克纳

---

① 《张炜解读〈刺猬歌〉呼吁人们认知"齐文化"》,http://book.sina.com.cn/author/subject/2007-04-24/1435213994.shtml。
② 《大哥管谟贤谈莫言文学创作:浪漫齐文化是他的根》,《青岛晚报》2012 年 10 月 14 日。

等人的模仿,即便模仿得再成功也只能算是二流的作品,只有那些具有原创性的作品才有资格成为真正的经典。也正因此,诺贝尔文学奖评奖委员会给莫言的颁奖词用的是"hallucinatory realism"(幻觉现实主义),来肯定莫言创作的原创性而没有沿用"magic realism"(魔幻现实主义)。管谟贤指出莫言文学创作的精神资源和内在驱动力是来自本土的齐文化,更是进一步扫清了莫言作品跻身原创经典的最重要障碍,对于评判莫言作品的文学价值与文学贡献都有着重要的意义。

当然,作家本人或亲属的言说对于"齐鲁文化与现当代文学研究"转向"齐文化与现当代文学研究"而言只是一种显在的外部因素,更重要的内部因素则涉及对文化本身的认识或文化观问题。事实上,着眼于"齐鲁文化",则文学研究的地域文化特色就不可避免地显得有些模糊。因为"不知从什么时候起,在许多人心目中,形成了这样两个公式:齐鲁文化=儒家文化,儒家文化=中国传统文化。这两个公式显然不是科学的推论。这在一定程度上是把这一复杂的文化现象简单化了。然而,又必须承认这是人们的一种普遍的感觉"。客观地来说,齐鲁文化与中国传统文化确实具有某种"同构性"并且在齐鲁以外的地域大范围普及。① 这就使得齐鲁文化的地域文化色彩不够明显。要想突出其地域文化特征,只能从文化内部的差异性入手做更细致的辨析。而进入到齐鲁文化内部以后,就会发现后来被"独尊"并成为中国传统文化主流的儒家文化,恰恰来自"鲁文化",那么只要将"鲁文化"剔除出去,只从"齐文化"入手研究文学,那"地域文化"的意味自然而然也就浓厚了。但问题是,将齐、鲁文化进行清楚地分割谈何容易!这也带来当下"齐文化与现当代文学研究"中的许多问题,当然其中的大多数也是"区域文化与文学研究"中共有的问题。

三

从近年来的有关"齐文化与张炜、莫言等作家的研究"成果来看,许多成

---

① 魏建、贾振勇:《齐鲁文化与山东新文学》,湖南教育出版社1995年版,第32—33页。

果都不同程度地存在将"区域文化与文学研究"简单化、公式化的倾向。具体来说就是研究者本人对齐文化往往并无深入的研究，而是借鉴现有的关于齐文化研究成果中对齐文化所具有的某些文化特征的提炼与概括，然后去作品中寻找相关"证据"，以此来证明二者之间确有关联。这种"文化特征＋作品例证"的研究模式其实与备受现当代文学研究界诟病的"西方理论＋作品例证"的研究模式在本质上并无二致，很难真正做到将区域文化与文学研究有机结合，并在此基础上对文学文本做出深刻的、富有启发性的阐释。

目前关于"齐文化与张炜、莫言等作家的研究"，多数成果都是分析齐文化在作家创作中的表现或者对其创作的影响。比如涂昕在 2011 年连续发表《齐文化在张炜小说中的意义及由此引导出的"大地"意象》① 和《张炜小说中的两个层面的齐文化浸润》② 两篇文章，前文围绕"齐文化好语'怪力乱神'，爱讲动物精怪、植物仙灵、人与物一起狂欢之类的故事"等特征，对张炜的创作进行分析；后文虽从"前景"与"背景"两个层面分析了作品中浸透着的"齐文化气韵"，但细节论证仍然围绕作品中的"胡言乱语"及人物的"吊儿郎当""装神弄鬼"等齐文化最为人所熟知的内涵展开的。再如王恒升的《从齐文化的角度看莫言创作》③，主要围绕齐文化的"广收博采、融会贯通、自由奔放、积极进取"等文化特征分析莫言创作中的齐文化印记；孟文斌的《齐文化视野中的文学创作及其审美风格：张炜与莫言》则是认为："以张炜、莫言等为代表的生长于齐文化圈的作家的创作，表现出齐文化影响下的独特的文学审美特色：一是作品中营造的神秘浪漫的民间世界；二是作品中刻画的自由奔放的女性形象；三是作品中表现出的恢弘恣肆的开放气度。"④ 这样一些研究成果，都抓住了齐文化具有的文化特征的一个或几个方面，分析其在张炜、莫言等作家创作中的表现，或者以此观照作品人物形象的性格特征中的齐文化人格等。其对"齐文化"文化特征的理解与把握，甚至完全没有超出张炜本人对齐文化的阐释。虽然许多分析堪称精彩，但不免有简单"借用"他人对

---

① 涂昕：《齐文化在张炜小说中的意义及由此引导出的"大地"意象》，《东吴学术》2011 年第 2 期。
② 涂昕：《张炜小说中的两个层面的齐文化浸润》，《当代作家评论》2011 年第 1 期。
③ 王恒升：《从齐文化的角度看莫言创作》，《潍坊学院学报》2011 年第 5 期。
④ 孟文斌：《齐文化视野中的文学创作及其审美风格：张炜与莫言》，《重庆社会科学》2012 年第 8 期。

文化特征的界说再与文本贴合之嫌。而且，大多数分析也止步于现象的梳理，对张炜所提到的"齐文化对于中国的现代化有什么样的作用"等更深层面的问题，就很少有人论及。这样一种研究"模式"，实际上会导致区域文化原本具有的丰富内涵被标签化、概念化，使其沦为图解文本的工具。

另外，在此过程中，由于缺少对齐文化本身的深入研究，一些研究者在"借用"他人对齐文化内在特征的界说时，也往往有着随意性的倾向。文化研究学者们对齐文化特征的归纳与表述都是有着特殊语境的。任何文化都不是一成不变的，而是不断流动的，在与其他文化的碰撞交流中不断丰富着自身的文化内涵，所以不同时代的齐文化具有的文化内涵也不尽相同。研究齐文化与现当代文学，首先要搞清楚什么是齐文化的本质性特征。而要做到这一点，既要将齐文化与鲁文化、三秦文化等其他区域文化进行横向比较，同时也应该将齐文化与以儒家文化为主流、儒释道互补的中国传统文化进行比较，在比较中彰显齐文化的独特性。

现有的研究中有许多都是拿张炜、莫言作品中的神秘元素证明其创作确实受到了齐文化的影响，拿他们对蒲松龄《聊斋志异》的致敬与借鉴来证明其创作的齐文化渊源。但是"神秘"并非齐文化独有的文化特征，荆楚文化、巴蜀文化等其他地域文化中也有神秘的特征，尤其是荆楚文化，更因荆楚之地巫风盛行，其"神秘"程度甚至远在其他地域文化之上。所以仅仅罗列一些作品中的神秘书写就证明其受到了齐文化的影响，显然是不具有说服力的，至少要将齐文化的神秘与荆楚文化等其他地域文化中的神秘作进一步区分，在逻辑上方能理顺。至于蒲松龄，固然生在齐地，并著成了名扬后世的《聊斋志异》，为齐文化的神秘特征增添了浓墨重彩的一笔，但也不应忽略《聊斋志异》的成书与蒲松龄本人"喜人谈鬼""雅爱搜神"的性格之间的关联。蒲松龄的古代知己东晋干宝，祖籍新蔡后迁居海宁，并非生长于齐地，可是也因为"雅爱搜神"写出了《搜神记》。所以，对于创作中作者个人的性格因素不应选择性无视，而一概将其归结为特定文化氛围的影响。文化自然不可避免地会对在某一环境中成长起来的作家产生影响，但文化的影响常常是潜移默化、润物无声的，反映在创作中未必那么明显。反倒是个体的性格特征、趣味爱好以及价值选择等因素在作家的创作中体现得更加清晰。否则就难以解释文化环境高度一致的鲁迅、周作人两兄弟，创作面貌为何如此迥异。而且，《聊斋志异》写作过程中也是蒙"四方同人,又以邮筒相寄,因而物以好聚,所积益伙"①的,正因如此,书中记载的神秘故事许多并不发生在齐地。蒲松龄所处的时代,齐鲁文化的融合早已完成,他的文化背景其实是带有多元色彩的,比如《聊斋志异》中有两篇《三生》,也有《向杲》《席方平》等涉及轮回转世的故事,莫言的《生死疲劳》可以说直接承续了这类聊斋故事的书写,许多研究者也将此作为《生死疲劳》受齐文化影响的典型个案。但是轮回转世说源自佛教,而且随着文化融合和影响边界的扩张,许多地方都有类似传说,不独齐地为然。所以,搞清楚什么是齐文化的本质性特征、蒲松龄对齐文化的传承究竟体现在何处是十分重要的,不能简单地将蒲松龄认定为齐文化的象征,然后用张炜、莫言作品中的一些情节与《聊斋志异》进行比附,因为这同样是将区域文化与文学研究简单化、公式化的一种表现。

  区域文化与文学研究中应当注意区分文化共性与文化个性,并以文化个性为立足点来展开研究。一种文化往往既具有在文化融合基础上形成的存在于其他许多文化形态中的"共性"因子,同时也保留了自己的"个性"。尤其是对区域文化而言,如果文化个性缺失,那么区域文化本身也就不成立了。中国主流的传统文化在形成过程中伴随着对各具特色的区域文化的融合,而融合的过程也使得区域文化原有的文化个性变得越来越模糊不清。但是以区域文化为视角研究文学,必须找到其文化个性所在,或者其"文化之根"所在。"文化在其发展中表现出一种万变不离其'根'的特点。每一种文化都有一个源头,这个源头就是这种文化赖以生长的'根'。每一种文化在其后来的发展中都离不开它的'根',每一种文化在其后来的发展中都离不开它的'根',都要在它的根部汲取自信和力量。"②但凡"根"总是隐蔽于地下,或隐蔽于其他具有普泛性的文化特征之中。如果没有对特定区域文化进行过专门深入的研究,是不容易抓住其"文化之根"的。如果不能立足于区域文化个性去展开研究,就很难保证研究的有效性。

  比如冯淑静、沈壮娟的《暗流与川流——齐文化对当代胶东籍作家的影响比较探究》,选取"民本思想""齐人性格"及"天人关系"等向度分析齐文化

---

① 蒲松龄:《铸雪斋抄本聊斋志异》自序,上海古籍出版社1979年版,第6页。
② 狄其骢、王汶成、凌晨光:《文艺学新论》,山东教育出版社1996年版,第51页。

对胶东籍作家的影响,最终认为齐文化在张炜的创作中已成"川流":"他的系列作品突出表现了齐文化的智慧性、开放性与浪漫多情等品质。"① 文中列举的"民本思想"虽然也是齐文化的内涵之一,却并不能够代表齐文化的独特性或个性特征。或许文中列举的姜太公认为"天下非一人之天下,乃天下人之天下"等"金句"确实比较早地内蕴了一种朴素的"民本意识",但直到孟子提出"民为贵,社稷次之,君为轻",民本思想才真正形成,这种认知已是学界共识。而且孟子的"金句"在后世也远比姜太公的"金句"流传更广,影响更大。为什么就认为老一代胶东籍作家作品中那些关心民瘼的内容"正是对齐文化以民为本思想的不自觉的表达"呢?这样的结论是极为牵强的。而认为张炜的作品"突出表现了齐文化的智慧性、开放性与浪漫多情等品质"这种归纳就更显随意,毕竟没有"智慧性"品质的文化还是比较少见的。再如唐长华的《诗、哲、史的融合——评张炜〈独药师〉及其齐文化蕴含》,文中认为"张炜用他的作品传达着齐文化的仁善之美、果敢之美、浪漫之美"② 等等,其中的论断同样难以经受细致的推敲。因为"仁善之美"云云,也并非齐文化所独有,相较而言,倒是孔子的"仁者,爱人也"更广为人知。那为什么不能说张炜作品中传达着鲁文化的仁善之美呢?之所以出现这样一些似是而非、模棱两可的表述,原因就在于研究者在研究过程中没有注意将文化共性与文化个性加以区分,没有立足区域文化的文化个性来展开研究。而这,是区域文化与文学研究中极为关键的一点。

从区域文化角度切入现当代文学研究,别开生面,但难度也相当高。这需要研究者既对特定的区域文化有着深入的研究和认识,同时又要对作为研究对象的作家作品极为熟悉,只有这样才能将文学研究的区域文化视角运用自如。但实际上,仅"对特定的区域文化有着深入的研究和认识"这一点,就是许多研究者所不具备的。区域文化一般都带有强烈的传统文化印记,通常要求研究者有古代文学、文化的研究背景,如今随着学科划分越来越细,从事现当代文学研究同时又具有良好的古代文学、文化素养的研究者寥寥无几,仅这一点就

---

① 冯淑静、沈壮娟:《暗流与川流——齐文化对当代胶东籍作家的影响比较探究》,《山东社会科学》2015 年第 9 期。
② 唐长华:《诗、哲、史的融合——评张炜〈独药师〉及其齐文化蕴含》,《小说评论》2016 年第 6 期。

限制了区域文化与文学研究走向深入。另外,研究者同作家一样,只有长期浸润在区域文化之中、深受特定区域文化的滋养,才可能对同受某一区域文化影响的作家创作有直观且深入的认识。否则,即便这种文化感受可以通过阅读来弥补,但也往往难以真正融入个人的文化血脉之中并与文学文本阐释深入结合。严家炎先生主编的《二十世纪中国文学与区域文化》丛书,取得的成就至今研究界鲜有超越者,其中一个原因就是丛书的作者都是饱受自己研究的区域文化浸润、与作为研究对象的作家有着相通的文化血脉同时又有着丰富治学经验的学者,比如凌宇之于湘楚文化,吴福辉之于上海都市文化,李继凯之于三秦文化,魏建、贾振勇之于齐鲁文化等等,莫不如此。即便偶有作者与研究对象并不具有文化同源关系,如朱晓进之于三晋文化,但也是先对三晋文化长期潜心研究之后才对其与"山药蛋派"的文化关联展开论析的,所以同样获得了广泛的赞誉与好评。反观当下这一研究领域虽然成果层出不穷,表面上十分繁荣,但"套路化""公式化"的研究大量存在,研究变得越来越"容易",研究者很难真正潜下心来认识和研究某一特定地域文化的精髓并准确把握其文化个性。所有这些,都影响了区域文化与文学研究继续走向深入并产出高质量的学术成果。

(原载《扬子江评论》2019 年第 1 期)

乡土文学的危机与契机

乡土文学是 20 世纪中国新文学产生以来所取得的最重要的收获，一部 20 世纪中国文学史，如果抽去了乡土文学，那么也就基本瘫痪了。当然中国乡土文学的发展也并非一帆风顺，在某些特定的历史阶段，比如从 1949 年到改革开放之前，写农村题材的作品数量众多，但文学史一般不以"乡土文学"视之，而是称之为"农村题材创作"，主要原因就是文学史家们认为这类作品往往只是从为政治服务的立场出发，成了单一地反映农村中阶级斗争或"两条路线斗争"的工具，与中国现代乡土文学相比其"乡土性"变得模糊不清。随着改革开放后城市化进程重新启动并且步入快车道，城市空间不断拓展而乡土空间日益萎缩，作为现实生活反映的乡土文学也开始面临巨大的危机，甚至"乡土文学的衰亡不可避免"的论断也时有耳闻。如果说 20 世纪五六十年代是因对文学为政治服务的过分强调，而使乡土文学的内涵被抽空，发展停滞的话，那么这种停滞还只算是乡土文学发展道路上的一点"曲折"。而当乡土社会开始向城市社会转型，乡土文学面临的危机就似乎切切实实前所未有的深重了。乡土文学的未来到底怎样？会消亡吗？要讨论这一问题，我以为首先应当对"乡土文学"的内涵进行重新厘定。

如果对中国的"乡土文学"概念进行知识考古，一般可追溯到鲁迅和茅盾。鲁迅不仅是中国现代乡土文学的奠基者，在他周围形成的乡土小说创作群体成了 20 世纪 20 年代中国现代乡土小说创作的主要力量，同时他也是最早对这一创作潮流进行归纳和命名的开创者。在《中国新文学大系·小说二集》导言中,鲁迅写道:"蹇先艾叙述过贵州,裴文中关心着榆关,凡在北京用笔写出他的胸臆来的人们,无论他自称为用主观或客观,其实往往是乡土文学,从北京这方面说,则是侨寓文学的作者,但这又非如勃兰兑斯所说的'侨民文学',乔寓的只是作者自己,却不是这作者所写的文章,因此也只见隐现着乡愁,很难有异域情调来开拓读者的心胸,或者炫耀他的眼界。"① 鲁迅对"乡土文学"的界定,成为后世研究者对中国现代乡土小说进行研究的重要依据。而到 1936 年,茅盾则从左翼文学立场出发进一步指出"乡土文学"最主要特征并不在于对乡土风情的单纯描绘:"关于'乡土文学',我以为单有了特殊的风土人情的描写,只不过像看一幅异域的图画,虽能引起我们的惊异,然而给我们的,只是好奇心的餍足。因此在特殊的风土人情而外,应当还有普遍性的与我们共同的对于运命的挣扎。一个只具有游历家的眼光的作者,往往只能给我们以前者;必须是一个具有一定的世界观与人生观的作者方能把后者作为主要的一点而给与了我们。"② 这样一种阐释同样对此后的乡土写作产生了深远而持久的影响。

从鲁迅与茅盾对乡土文学内涵各有侧重的界定来看,"乡土文学"的概念似乎是流动的、具有开放性的。但是,一个概念之所以成立,往往不在于其具有开放性,而恰恰在于其内蕴了某些能够得到普遍认可的能指。站在左翼立场的茅盾更看重的是乡土文学中应带有"普遍性的与我们共同的对于运命的挣扎",但这其实是茅盾对"乡土文学"内涵的主观延伸,这种从左翼立场出发的要求其实不仅适用于乡土文学,对城市文学以及其他任何文学形态都可以做这样的期待。因而,这并不能视为"乡土文学"的固有内涵。换句话说,茅盾的这一界定有助于拓宽乡土文学的主题边界,丰富既有的乡土文学创作,反抗与挣扎也完全可以成为乡土文学创作的内涵之一,但不一定是必需的。

"乡土"从词源学意义上来说,只有两重内涵:其一为"家乡,故土",如"有人去乡土,离六亲,废家业"(《列子·天瑞》);其二为"地方;区域",如"乡土不同,和硕隆寒"(《步出夏门行》)。③ 鲁迅对乡土文学的界定,其

---

① 鲁迅:《中国新文学大系·小说二集》导言,良友图书印刷公司 1935 年版,第 9 页。
② 茅盾:《关于乡土文学》,见《茅盾全集》(第 21 卷),人民文学出版社 1991 年版,第 86 页。
③ 《汉语大词典》(第 10 卷),汉语大词典出版社 1992 年版,第 659 页。

实兼具了"乡土"的这两重内涵,所举的塞先艾笔下的贵州、裴文中笔下的榆关,当然是就乡土的地域性而言的,而"隐现着乡愁"则又兼顾了乡土的"家乡,故土"之义。或许正如费孝通在《乡土中国》中的观察,"从基层上看去,中国社会是乡土性的"①,鲁迅写《中国新文学大系·小说二集》导言之时,中国虽然已经出现了上海等在殖民语境中生长起来的少数城市,并成为讨论乡土小说所必备的现代性语境,但整体上的社会城市化进程还处于刚刚起步阶段,因此鲁迅在对"乡土小说"进行界定时,并没有特别强调其"农村性"特征。但随着工业化和城市化进程的逐步推进,乃至到了从"乡土中国"到"城市中国"的社会转型时,再讨论"乡土"时,其作为与"城市"相对应的"农村"或"乡村"内涵就不得不予以关注了。所以当代研究乡土小说的著名学者丁帆教授在20世纪90年代的研究成果中所阈定的乡土文学的边界便是:"乡土文学一定是要不能离乡离土的地域特色鲜明的农村题材作品,其地域范围至多扩大到县一级的小城镇。"而面对城市化快速推进的特殊文化背景,他又进一步认为"乡土文学的内涵和概念就需要重新修正和厘定":"在那种千百年来恪守土地的农耕观念早到了根本性颠覆的时刻,乡土外延的边界在扩张,乡土文学的内涵也就相应地要扩展到'都市里的村庄'中去,扩展到'都市里的异乡者'的生存现实与精神灵魂的每一个角落中去……"②也就是说,在"乡土中国"时代讨论乡土文学时并没有必要去刻意强调其"农村性",但到了社会转型时代,"农村性"就上升为乡土文学无法割舍的重要内涵。因此,当下"乡土文学"中"乡土"这一概念的能指,除"地方、区域"和"家乡、故土"之外,又多了"农村"这一层内涵。

也正因如此,我不太认同已故当代著名乡土小说家刘玉堂对"乡土小说"所做的阐释,他说:"现在很多人将乡土小说理解为比较'土'的小说,或者干脆就是写乡村的小说,我认为也是一种误解。乡土小说应该特别强调生命与土地的血脉联系,强调小说的根基与土壤,有根基就有生命力,就能远走高飞。它既可以是原汁原味的,又可以是浪漫飞扬的。你就是写城市题材的小说,只要你写作的视角与态度是朴实的,有生命力的,也应该将城市看作自己

---

① 费孝通:《乡土中国》,北京出版社2005年版,第1页。
② 丁帆:《中国乡土小说生存的特殊背景与价值的失范》,《文艺研究》2005年第8期。

的一方'乡土'。"① 这样的阐释放在 20 世纪 20 年代或者更早——"乡土"的"农村性"特征还未凸显之时应当是说得通的，但是到了从乡土社会到城市社会的快速转型时代就不一定合适了。这时再强调"乡土"只是一种视角与态度，而否认社会转型期中国"乡土小说"的"农村性"内涵，就将"乡土小说"概念的外延无限扩大化了。

当下对乡土文学面临危机的种种忧虑，正是与转型时代"乡土"的"农村性"内涵相关的。如果只是考虑乡土的"地方、区域"和"家乡、故土"两重内涵，那么"乡土文学的危机"之说根本就不能成立。因为文学书写地域或书写乡愁与工业化、城市化并没有直接关系。但若将"农村性"作为"乡土"的内涵之一，那么"乡土空间的萎缩与乡土文学的危机"这样的话题则确实有了讨论的必要。

当下，作为乡土文学赖以存在的物质基础和反映对象的乡村或农村（乡土空间），正在随着中国城镇化进程的加快而逐步萎缩，乡土文学也由此开始面临前所未有的危机。现实世界中乡土空间的萎缩似乎预示了乡土文学的衰落是不可避免的，因为与乡土文学相对的城市文学发展历程可以为此提供一种参照。1949 年后，取得这场以农村包围城市的革命的胜利，顺利进入城市做了主人的革命者，在面对新的环境时"是让我们改造城市还是城市改造我们"就成了必须要面对的一个问题。《人民文学》1950 年第 1 期发表的萧也牧的《我们夫妇之间》正是对这一问题的文学呈现。当然，标准答案只有一个，就是必须是"我们改造城市"而绝不能让"城市改造我们"。可是由于"我们"本身并没有多少城市生活经验和管理经验，所以在开始对城市进行改造时的依据只能是老根据地（农村）的生活经验。《我们夫妇之间》中"我的妻"是没有任何城市生活经验的，所以进城后似乎对一切都"看不惯"，看不惯也不能听之任之，于是就有了"我"和"我的妻"之间的一段对话，很形象地再现了当时的那种尴尬：

"……俺老根据地哪见过这！得好好儿改造一下子！"

---

① 倪自放：《"当代赵树理"·刘玉堂：幽默的"文化人儿"》，《齐鲁晚报·齐鲁壹点》2019 年 5 月 29 日。

我说:"当然要改造!可是得慢慢的来;而且也不能要求城市完全和农村一样!"

她却更不服气了:"嘿!我早看透了!像你那脑瓜,别叫人家把你改造了!还说哩!"

我觉得她的感觉确实要比我锐利得多,但我总以为她也是说说罢了,谁知道她不仅那么说!她在行动上也显得和城市的一切生活习惯不合拍!虽然也都是在一些小地方。

当年《我们夫妇之间》之所以遭到批判,除了在处理知识分子和工农干部的关系时显得有点暧昧游移,既指出了知识分子自我改造的必要性,又让作为工农干部的"我的妻"也部分地被"我"改造,触动了政治的红线之外,另外很重要的一点就是让进城后的"工农干部"也部分地被城市所改造了。前面说过,正确的选择只有一个,那就是必须是"我们改造城市",而决不能"让城市改造我们"!而必须"我们改造城市"的结果,在事实上却走向了《我们夫妇之间》中李克所说的那种极端,即"要求城市完全和农村一样",也即城市农村化。这种改造对文学创作领域产生的直接影响就是城市文学开始陷入停滞,只能以"工业题材创作"的面目出现。直到改革开放以后,城市开始复苏,城市文学才再现文坛并随着城市化进程的加快而逐步走向繁荣。因此,地理空间的扩展或萎缩确实与相关的文学形态存在一定关联性。

而从社会学角度来说,城市化是社会发展过程的必然阶段,只要生产力发展到一定程度,就必然会开启城市化的进程。城市化率是衡量一个国家发展水平的重要指标,现今发达国家的城市化率基本都在70%以上。据2014年3月公布的《国家新型城镇化规划(2014—2020年)》中的统计数据来看,改革开放以来,我国城镇化开始进入快车道,1978—2013年,城镇常住人口从1.7亿人增加到7.3亿人,城镇化率从17.9%提升到53.7%,年均提高1.02个百分点。从数据来看,城镇人口和城镇化率的提升,对应的必然是农村人口和乡土空间的萎缩。或者说,有着乡土生活经验的人口正在日益减少,乡土空间正在一步步被城市所蚕食。与"农村包围城市"的传统中国发展格局相对,"城市包围农村"正在成为未来的发展趋势。当"乡土中国"转变为"城市中国",乡土文学的末日是不是会随之而来?

对此我以为不必过虑。

其一，对于当下城市化进程加快，乡土空间趋于萎缩的问题应理性看待。城镇化率的数字可以说明一定问题，但是数字不能代表一切。这一点《国家新型城镇化规划（2014—2020年）》中也有清醒的认识，比如，在城镇化率大幅提升的过程中也存在突出的矛盾和问题，比如大量农业转移人口难以融入城市社会，市民化进程滞后、土地城镇化快于人口城镇化等等。也就是说，乡土中国的转型并不能随着乡变镇、县改市或地改市就能一劳永逸地解决。住进楼房、"被市民化"后的农民，离真正从思想意识上"市民化"还有相当长的路要走。事实上，农民的思想意识和生活习惯还会保留甚至影响到数代以后。也就是说，"农村—城市"二元对立的社会结构虽然会被城镇化率的数字所遮蔽，但实际上在相当长的一段时间内还将继续存在。乡土小说赖以存在的乡土空间的萎缩程度，可能并不像数字所显示的那样悲观。城镇化率的统计数字与真正意义上的"城市化"还是有区别的。

这种情况也可以从创作者一方得到佐证。许多写乡土小说的作家都爱自称"农民"，沈从文一直以"乡下人"自居，即便在进城多年，做了北大教授后也是如此。前面提及的当代乡土小说家刘玉堂常常强调"我是一个农民"，莫言也说自己的创作是"作为农民的写作"……这类说法往往容易受到一些指摘，说他们其实是"伪乡下人""伪农民"，只是意在表达一种立场或姿态。因为进城多年的他们早已远离农民生活，不再熟悉现实中的农民和乡村，"作为农民的写作"根本无从谈起，完全是个伪命题。这种指摘或许有一定道理，因为作为知识分子的乡土小说家确实不能等同于农民。但从另一方面来说，这些来自乡土的"新城市人"要想完全摆脱乡土的灌注，彻底告别农民式的思维方式和观念意识，也的确不是短时间内就能完成的。因此，从这个意义上来说，乡土作家强调自己是"乡下人""农民"，自己的写作是"作为农民的写作"，又不完全是矫情或虚饰，也不完全是一种立场或姿态表达。① 刘玉堂说："强调自己是一个农民，是从骨子里或出身上讲的，我来自农村。再一个就是从观念上讲，我不管是写农村还是写城市，差不多都用一种农民的立场或视角观察、看

---

① 笔者在《乡村振兴与乡土文学的未来》一文中对此已有论述，但限于篇幅并未充分展开，见《人民日报》（海外版）2019年12月12日。

待问题,我的特点就是憨厚、朴实、不矫情、不做作,平视农民及一切弱势群体,不居高临下……另外,强调自己是农民,也比较容易得到理解与宽容。我文章写得不好,你可以原谅,农民嘛,写得这样就不错了。"① 刘玉堂的自白,正说明农村的"城市化"、农民的"市民化"是一个漫长的过程,农民心态和思维方式将长期存在。

其二,即便现实的乡土空间越来越狭小,城市化的潮流浩浩荡荡不可阻逆,也不意味着乡土文学就一定会走向衰落。事实上,随着城市化进程的加快,乡土空间越来越成为一种稀缺资源,乡土经验也越来越成为对城市人来说充满陌生化的经验。城市在现代化浪潮的裹挟下变得越来越同质化,高楼大厦、霓虹闪烁、车水马龙,几乎所有城市都呈现出同样的单调景象,新兴的城市正在变得千城一面,不可避免地给人们带来审美疲劳。于是,在外出旅游时,越来越多的人将与自然更加接近的乡村作为旅游的目的地。村寨游成为旅游的新宠。同时,也有越来越多的人在旅游住宿时,不再选择高度趋同的酒店宾馆,而选择那些带有浓郁地域风情的民宿。在饮食方面,吃农家菜、山野菜也成为越来越多人的选择。另外,城市人到郊区承包一小片土地,经营一批属于自己的菜园、花圃,体验农家乐也正在成为一种新的时尚……因此,有学者认为,"乡村旅游作为现代人的精神需求,体现了现代性的悖论:先消灭前现代,然后再缅怀和追念前现代",并且在此基础上进而认为当年"美国乡土文学的大量出现,就是对这种需求的回应"②。而《哥伦比亚美国小说史》(*The Columbia History of the American Novel*,1991)在回溯美国乡土文学发生时也说:"19世纪后期的作家在初出茅庐时都在杂志上发表小说。他们所写的乡土小说或地方色彩小说拥有忠实的消费群体,即城市中产阶级。他们对地方色彩文学有浓厚兴趣,一是将乡土作为怀旧对象,作为现代性的他者,二是将乡土作为异域风情,作为扩大视野的途径。因而,地域文学其实也是一种文学旅游。"③

---

① 倪自放:《"当代赵树理"刘玉堂:幽默的"文化人儿"》,《齐鲁晚报·齐鲁壹点》2019年5月29日。

② 刘英:《美国乡土小说与现代性》,《英美文学研究论丛》2014年第21辑,第201页。

③ 刘英:《美国乡土小说与现代性》,《英美文学研究论丛》2014年第21辑,第201页。

有了这种审美需求支撑，作为乡土世界虚拟文本的乡土文学也具有持久的生命力，伴随着城市人对乡土的怀旧，和对一种作为反思现代性的、被理想化的乡村生活方式的追求，长久地存在下去。

事实上，从目前中国社会发展中的一些现象来看，这种"乡土文学旅游"的热情，以及"先消灭前现代，再缅怀前现代的"的现代性悖论也已经成为现实。所以，现实层面也在对"城镇化"发展的单一路向进行一些补充或修正。于是"乡村振兴"成为"城镇化"之外的另一条道路。"让乡村成为生态宜居的美丽家园，让居民望得见山、看得见水、记得住乡愁，是实现乡村振兴的题中之义。"① 2015 年，中央电视台推出的百集纪录片《记住乡愁》，也正是面对城市化的汹涌浪潮，用镜头记录下行将被淹没在钢筋混凝土森林中的古村落生活图景的一种努力。这既是对当代人审美需求的一种回应，同时也是对某些特色明显的乡土空间的一种抢救和保护。正如王一川所言："该片创作者们走遍中国大地，寻访、搜求、挖掘、整理那些濒临消失或急需保护的古村落，建构起当今中国大地一息尚存的珍贵的古村落形象。这些影像的创造本身就具有特定的美学与文化价值。该片所试图回忆的，乃是社会革命者对那些被自己的前辈或同道所拒绝的古村落文明传统的遗韵，属于一种抢救性重建。"② 与之类似的还有 2014 年山东省开始实施的"乡村记忆工程"，这是"面对城乡建设中一些地方忽视历史文化遗产保护，致使大量乡村传统文化遭受破坏、走向消亡的现状"而决定实施的一项旨在保护乡村文化遗产的重要工程。其中也明确指出："乡村旅游将成为实施'乡村记忆工程'中，让居民致富受益的落脚点。借助当下方兴未艾的乡村旅游业发展契机，将村史、村情、村貌展示给人们看，可创造相当的社会以及经济价值。"③

而同样是刘玉堂，当被问及"现在的生活越来越现代化，农村越来越城市化，作为'新乡土小说作家'的代表人物之一，您对乡土小说的前景怎么看"时，他说："我不认为乡土小说随着社会的进步与发展会走入死胡同，相反，

---

① 《建设新时代美丽乡村》，《人民日报》2018 年 12 月 29 日。
② 王一川：《提供了基层象征系统的活标本——纪录片〈记住乡愁〉第一季的当代意义》，《中国艺术报》2015 年 3 月 9 日。
③ 《山东省启动"乡村记忆工程"上半年选 20 个村或镇试点》，《齐鲁晚报》2014 年 2 月 16 日。

社会越发展,农村越是城市化,乡土小说会越发显得珍贵。"① 这背后的潜台词正是说,在乡土日渐成为一种稀缺资源、成为现代人旅游的新宠和怀旧对象的时代语境中,我们有理由相信乡土文学不会衰落和消亡。不但如此,乡土中国向城市中国的转型还可能会为乡土文学带来新的希望和发展契机。不过,在此过程中,乡土文学本身的转型恐怕也是无可避免的,只有通过自身的不断调适,顺应变化中的现代人的乡土想象和审美需求,乡土文学才能找到源头活水,重新焕发生机。

(原载《百家评论》2020 年第 3 期)

---

① 倪自放:《"当代赵树理"刘玉堂:幽默的"文化人儿"》,《齐鲁晚报·齐鲁壹点》2019 年 5 月 29 日。

诺奖之后莫言作品的阅读接受状况研究

2012年，莫言获得诺贝尔文学奖。一时间，莫言成为万众瞩目的焦点，其作品遭遇抢购，其故居迎来大批游客，其故乡准备大面积种植红高粱，出版社也加班加点推出其文集……从20世纪90年代市场大潮兴起、文学日渐边缘化以来，尽管其间也曾出现过令人瞩目的文坛事件，但关注者大都仅限于文坛中人，普通民众并未参与其中。莫言获诺奖则真正成了一次"事件"。关注者不仅限于文坛中人或者学术界，而是飞入寻常百姓家，成为普通百姓街谈巷议的话题，走入了普通公众的生活。当然，"事件"也好，"话题"也罢，总会过去，那么后诺奖时代人们将如何认识莫言、阅读莫言、理解莫言呢？对此，媒体和批评家们已经有大量的文章发表，发出了专业读者和批评家的声音，此不赘言，本文更关注的是普通读者对莫言的阅读、接受状况。

莫言获奖之后，许多出版社都推出莫言作品集。眼下已经推出的有作家出版社出版的《莫言文集》（20册）和《莫言经典收藏》（12册），出版社广告语分别是："中国首位诺贝尔文学奖得主最新全本文集"和"填补了莫言获奖之后诺贝尔纪念版的空白"；上海文艺出版社出版的《莫言小说集》（16册）以及《莫言长篇小说集》（11册），出版社广告语是："2012年诺贝尔文学奖得主莫言作品系列，上海文艺出版社荣誉出品"；天津出版传媒集团百花文艺出版社出版的《莫言诺贝尔文学奖典藏文集》（20册），当当网的广告语是："全新修订版，家庭藏书必备！当当网独家销售"；云南人民出版社出版的《莫言文集诺贝尔奖纪念收藏版》（20册），当当网广告语是："莫言送瑞典文学院相同版本";作家出版社出版的《莫言经典收藏》(繁体字本,12册),当当网广告语是:"莫言获得2012年诺贝尔文学奖之后,首次独家授权的全球唯一中文繁体字版文集"……至于经过重新包装后出版的单行本就更多了。长江文艺出版社还抓住机会推出了《盛典——诺奖之行》,广告语是:"莫言获诺贝尔奖后首部作品,全程实录诺奖之行空前盛典,独家披露获奖前后心路历程。"可见,"诺贝尔文学奖"已经成了出版社和经销商推销莫言作品的最大卖点,换言之,诺贝尔奖获得者的身份也已经成为莫言最重要的"象征资本",而这种象征资本在出版社和经销商的共同推动下正在迅速转化为有形的经济资本。这转化的过程,则牵涉到成千上万普通读者的文学生活。

那么,莫言获奖后,他的作品发行情况到底怎样,普通读者又是如何接受和认知的呢?笔者选取作家出版社2012年出版的《莫言文集》和上海文艺出版社出版的《莫言小说集》进行了调查。之所以选择这两套书作为样本,是因为这两种文集是莫言获奖后最早开始运作并推广的,迄今发行量也最大。调查的方法是对当当网和京东商城这两家国内较大的电商企业所销售的上述两套书读者评论状况进行统计分析。另外,针对莫言的读者接受也在山东大学文学与新闻传播学院2011级中文系同学中进行了抽样调查。

从统计结果来看,截至2013年8月30日,作家出版社2012年11月出版的《莫言文集》(20册)当当网有7201条评论,京东商城有631条评论;上海文艺出版社2012年11月出版的《莫言小说集》(16册)当当网有509条评论,京东商城有167条评论。另外,上海文艺出版社出版的《莫言长篇小说集》(11册),当当网有7422条评论。至于两套集子中每本作品的评论情况则详见下表:

表5 《莫言文集》当当网评论统计(2013.8.30)

名称	当当网读者评论数	排序
《莫言文集》(20册)	7201	
《蛙》	50058	1
《丰乳肥臀》	40772	2
《生死疲劳》	12778	3
《檀香刑》	8292	4
《红高粱家族》	5972	5

续表

名称	当当网读者评论数	排序
《酒国》	4749	6
《四十一炮》	2430	7
《红树林》	1946	8
《天堂蒜薹之歌》	1933	9
《白狗秋千架》	1380	10
《会唱歌的墙》	1302	11
《食草家族》	1245	12
《怀抱鲜花的女人》	1169	13
《十三步》	1117	14
《师傅越来越幽默》	985	15
《我们的荆轲》	946	16
《与大师约会》	842	17
《欢乐》	667	18
《用耳朵阅读》	572	19
《碎语文学》	352	20

表6 《莫言文集》京东商城评论统计（2013.8.30）

名称	京东商城读者评论数	排序
《莫言文集》（20册）	631	
《蛙》	3108	1
《丰乳肥臀》	2413	2
《生死疲劳》	799	3
《红高粱家族》	549	4
《檀香刑》	493	5
《酒国》	419	6
《四十一炮》	288	7
《红树林》	233	8
《天堂蒜薹之歌》	212	9
《白狗秋千架》	192	10

续表

名称	京东商城读者评论数	排序
《会唱歌的墙》	160	11
《食草家族》	156	12
《十三步》	152	13
《师傅越来越幽默》	150	14
《我们的荆轲》	135	15
《与大师约会》	135	15
《欢乐》	128	17
《怀抱鲜花的女人》	124	18
《用耳朵阅读》	114	19
《碎语文学》	102	20

表7　《莫言小说集》当当网评论统计（2013.8.30）

名称	当当网读者评论数	排序
《莫言小说集》（16册）	509	
《蛙》	33393	1
《丰乳肥臀》	30537	2
《生死疲劳》	7694	3
《红高粱家族》	6839	4
《檀香刑》	5452	5
《酒国》	4968	6
《天堂蒜薹之歌》	2893	7
《四十一炮》	2774	8
《红树林》	2542	9
《食草家族》	1920	10
《十三步》	1765	11
《白狗秋千架》	1528	12
《怀抱鲜花的女人》	1329	13
《师傅越来越幽默》	1299	14
《与大师约会》	1047	15
《欢乐》	1001	16

表 8 《莫言小说集》京东商城评论统计（2013.8.30）

名称	京东商城读者评论数	排序
《莫言小说集》（16 册）	167	
《蛙》	7189	1
《丰乳肥臀》	5487	2
《生死疲劳》	2508	3
《檀香刑》	1917	4
《红高粱家族》	1423	5
《酒国》	1395	6
《四十一炮》	1004	7
《红树林》	962	8
《天堂蒜薹之歌》	957	9
《白狗秋千架》	791	10
《十三步》	785	11
《食草家族》	733	12
《与大师约会》	727	13
《师傅越来越幽默》	395	14
《欢乐》	386	15
《怀抱鲜花的女人》	317	16

网络平台的读者评论尽管有许多是对图书价格、装帧设计、印刷质量以及物流速度等的评论，但更多的评论则是针对作品本身的，可以从一个侧面反映读者对作品的接受状况。读者评论数越多，作品销售的数量和被阅读的次数就越多。从表 5《莫言文集》的"当当网"读者评论数可以看出，在莫言创作的文学体裁中，读者评论数最多的大致依次是小说、散文、戏剧。而在小说中，长篇小说尤其受到读者青睐，排在前 10 位的除了第 10 位《白狗秋千架》是短篇小说集以外，其余 9 部全部是长篇小说，散文集《会唱歌的墙》排在第 11 位，剧作集《我们的荆轲》则排在第 16 位。表 6"京东商城"的读者评论数次序大致相同，排在前 12 位的除了《红高粱家族》和《檀香刑》与"当当网"顺序颠倒之外，其余次序完全相同。两个网络平台上读者评论数量排名最靠后或者说读者关注最少的都是《用耳朵阅读》和《碎语文学》——这两个集子是莫言的一些演讲和答记者问的合集，这类作品除了专业读者出于研究的需要会

阅读之外，普通读者兴趣不大，因此读者阅读和评论数量较少。

表7上海文艺出版社出版的《莫言小说集》（16册）当当网读者评论统计显示，读者评论最多的前10部作品全部是长篇小说，中短篇小说集分别排第12—16位。中短篇小说集中，《白狗秋千架》排名最靠前，第12位，排名最后的是中篇小说集《欢乐》。表8京东商城的读者评论统计同表7的次序大致吻合，《白狗秋千架》成了第10位，排在最后的是《怀抱鲜花的女人》，而《欢乐》则成了第15位。

从以上统计结果并结合作者评价的具体内容可以看出，读者对这两套莫言作品集的阅读与接收情况是呈现出了某些共性的：其一，在莫言的作品中，读者偏爱长篇小说，当当网和京东网读者评论数最多的前三部作品高度一致，依次为《蛙》《丰乳肥臀》和《生死疲劳》，排在第4—6位的是《红高粱家族》《檀香刑》《酒国》，但不同版本、不同平台的相应次序略有差异。其中《蛙》和《丰乳肥臀》的读者评论数遥遥领先，后面几部作品的读者评论数则呈梯次递减。排在第7名以后的作品读者评论数跟前六部相比有较大差距。这从一个侧面反映了，在获奖后的"莫言热"中，绝大部分读者都能够坚持阅读莫言的两部作品，而读到六部以上的读者就比较少了。其二，莫言中短篇小说集中，最受读者关注的是《白狗秋千架》，读者关注最少的则是《欢乐》。《莫言文集》当当网和京东商城的统计，《白狗秋千架》都排第10位，甚至超越了《食草家族》和《十三步》两部长篇。而《莫言小说集》当当网评论统计《白狗秋千架》排名第12，京东商城评论统计排第10，在中短篇小说集中是排名最靠前的。而两套书中，当当网评论统计《欢乐》排名小说最后，而京东商城评论统计《欢乐》则排在小说的倒数第二，仅以微弱优势高于《怀抱鲜花的女人》。其三，从评论的内容来看，绝大多数读者都是冲着"诺贝尔奖"的光环而选择购买莫言作品开始接触莫言的。当然也有些人购买是为了收藏，并没有阅读，或者"留着以后有空慢慢读"。

诺贝尔奖的光环会影响读者的文学消费与文学阅读是显而易见的，如前所述，莫言获奖后各家出版社纷纷推出各种版本的莫言作品集，基本上打的都是诺奖的牌。从网上的读者评论来看，80%以上的消费者都承认自己购买阅读莫言作品是跟莫言获得诺贝尔文学奖有关，有的甚至坦率地承认自己是"跟风"，"并没有读"，仅仅是为"收藏"。例如用户名为"网购一快乐"的京东用户评价道:"诺贝尔奖的书值得看看"①;用户名为"jd_she1012"的读者说:"中国好不容易出了个诺贝尔(奖得主),怎么都该支持一下"②;用户名为"y＊＊＊芷"的京东用户购买了上海文艺版的《白狗秋千架》《生死疲劳》《欢乐》以及《怀抱鲜花的女人》并拍照晒单,发表的评论文字也极为简洁:"为诺贝尔(奖)买,不为莫言……"③可见诺贝尔奖的光环对普通读者的文学消费与文学阅读之影响是非常大的。另外,我们还可以从莫言作品与其他作家作品的比较中看出"诺奖效应"的威力:莫言的《蛙》是2011年第八届茅盾文学奖的获奖作品,此次统计显示,截至2013年8月30日,仅2012年由作家出版社出版的《蛙》在当当网上就有50058条读者评论,而第八届茅盾文学奖的其他获奖作品当当网读者评论数则少得多:2008年9月出版的毕飞宇的《推拿》有3240条评论;2010年4月出版的张炜的《你在高原》有1816条评论;2009年5月出版的刘醒龙的《天行者》有2600条评论;读者评论数最多的刘震云的《一句顶一万句》是2009年3月出版的,也不过有15600条,而当年莫言参评茅盾文学奖的2009年上海文艺出版社出版的《蛙》也只有2516条评论。可见,如果不是诺贝尔文学奖的效应,《蛙》的阅读接受状况可能跟同届茅盾文学奖的其他获奖作品差不多,但获得莫言获得诺奖之后,《蛙》不仅推出多种版本,而且读者关注度也远超从前。

针对莫言作品的阅读接受,出现上述阅读状况并不是偶然的。莫言最主要的创作体裁或者说成就最高的创作体裁是小说,尤其是长篇小说,他正是靠《红高粱家族》《丰乳肥臀》《檀香刑》等十余部长篇小说奠定其文学地位的,一提起莫言,读者首先想到的就是他的这些长篇。这也不独莫言为然,作为一种文体,长篇小说备受作家们的青睐,几乎所有作家在有了一定的创作积累之后都会将目光瞄准长篇。当然其中也有例外,比如鲁迅、汪曾祺、契科夫、博尔赫斯……但即使是鲁迅,也有过创作长篇的计划,只不过没有来得及实现。莫言对长篇小说是有着充分的文体自觉的,他曾在为《长篇小说选刊》的题词中强调"长度、密度和难度,是长篇小说的标志,也是这伟大文体的尊严"。

---

① http://item.jd.com/11110656.html#comments-list。
② http://item.jd.com/11110656.html#comments-list。
③ http://club.jd.com/bbsDetail/11107975_3cfa523d—e4a0—435a—a297—af2774fd30be_1.html。

他也特别看重长篇小说"大江大河般的波澜壮阔之美",认为这"是那些精巧的篇什所不具备的"①。他在这一文体上用力之深有目共睹,迄今出版的 20 卷文集中,长篇小说就占 11 部。而他几乎所有的长篇小说都曾在当代文坛上引起广泛关注,有的甚至引起热烈争论。就读者评论数前 5 的五部长篇来看。《蛙》在莫言获得诺贝尔文学奖之前,刚刚获得中国当代最重要的长篇小说大奖茅盾文学奖,而 2012 年,《蛙》也刚刚被译成瑞典文出版。因此很多人都误以为莫言是因为《蛙》而获得诺贝尔文学奖的。2013 年,某省的专升本考试大学语文试题中甚至有一道选择题就是考察莫言获得诺贝尔文学奖的作品是什么,而标准答案就是《蛙》。从网上的读者评论来看,有许多读者选择从《蛙》开始阅读莫言,也跟"《蛙》是莫言的代表作",以及"莫言因《蛙》获得诺贝尔文学奖"之类的传闻有关。例如京东网上关于作家出版社版的《蛙》的几条读者评论:

  银牌会员"我爱小溪水"于 2012—11—12 发表的题为《蛙,值得阅读》的评论中说:"茅盾文学奖和诺贝尔文学奖获奖作品。内容没得说,莫言的作品必须收藏……"②

  金牌会员"娜娜小达"于 2012—11—12 发表的题为《莫言得奖的书籍》的评论中说:"据说这本得了诺奖,但其实莫言还有更好的书,这本也值得一看。"③

  金牌会员"dlhaitian"于 2012—12—14 发表的题为《据说是莫言的代表作》的评论中说:"据说是莫言的代表作,凭此书获得诺奖。"④

  ……

这当然是一种误解。实际上,莫言获得诺贝尔文学奖是对其文学成就的肯定,而不是单单对他哪一部作品的肯定,因为诺贝尔文学奖的颁奖原则是颁给那些"在文学方面创作出具有理想倾向的最佳作品的人",而代表一个作家文

---

① 莫言:《捍卫长篇小说的尊严》,《当代作家评论》2006 年第 1 期。
② http://item.jd.com/11110647.html#comments—list。
③ http://item.jd.com/11110647.html#comments—list。
④ http://item.jd.com/11110647.html#comments—list。

学成就的作品可能是一部也可能是很多部,所以诺贝尔文学奖是"作家奖"而非"作品奖"。这跟茅盾文学奖以及国内外其他许多文学奖都是不同的。但既然《蛙》是莫言最近的一部长篇,而且还有刚刚获得茅盾文学奖以及翻译成瑞典文等种种因素,被许多媒体和读者误认为是诺奖的"获奖作品"也就算是"事出有因"了,这在客观上也影响了读者在开始阅读莫言时的选择。当然,就一般阅读习惯而言,要走近并认识一个作家,大多数人也会先从作家的近作开始,而不会从他发表的处女作读起,毕竟近作才更能够代表一个作家的水准和成就。至于《丰乳肥臀》等其他几部长篇,也曾分别获得各种文学大奖或者在作品问世后引起广泛热议,并且《丰乳肥臀》等其他长篇大都故事性较强,而《丰乳肥臀》的题目本身时至今日也仍然对初次接触莫言的读者有着很大的吸引力。《红高粱家族》则因张艺谋执导的电影《红高粱》而走向世界,在网络上的读者评论和笔者在山东大学所做的调查中,有许多人都表示自己是看了电影《红高粱》而开始关注莫言的。这些前期的酝酿和铺垫对莫言获得诺贝尔文学奖后,普通读者走近莫言还是有着比较大的影响的。

莫言的中短篇小说集中,《白狗秋千架》相对更受读者青睐,而喜欢《欢乐》者相对较少,这应该也是有原因的。《白狗秋千架》之所以更受青睐,可能也跟作品曾改编成电影有关,有许多读者看这本集子其实就是奔着这一篇小说来的。比如用户名为"jd_szr"的京东会员就于2013—03—24写道:"只看完了白狗秋千架,感觉和电影不太一样,小说留的想象空间更大。"① 用户名为"李亚强大导演"的读者也于2012—11—19评价说:"很早以前就知道这部作品被改编成了电影,现在才来关注原著,相信此书应该是很不错……"让人感到有些疑惑的是为什么小说集《欢乐》的读者评论数会那么少?而在相对较少的读者评论中,还有一些读者直言不讳地表达了自己的不喜欢,比如当当网的一位"无昵称用户"于2013—01—07发表题为《一般》的评论中就直截了当地说:"不太爱看这类型的书。"② 另一位"无昵称用户"于2012—12—13发表题为《挺满意》的评论中则较为含蓄地说:"读了一部分,我感觉70年代

---

① http://item.jd.com/11110656.html#comments-list。
② http://comm.dangdang.com/comment/review_list.php?pid=22890927&fc=0&sort=1&auto=1&page_index=4。

前的读者会更喜欢些。"① 在莫言获得诺贝尔奖之后，几乎所有读者都是在以一种近似"朝圣"的心态去购买、收藏、阅读莫言作品，所发表的评论中也几乎都是对"大师之作"的赞叹。而在《欢乐》这部集子的读者评论中却出现了不但评论者相对较少，而且还大胆袒露自己不喜欢的状况。这是很有意思的。

《欢乐》这部集子共收录了《透明的红萝卜》《球状闪电》《爆炸》《欢乐》《流水》《野种》《你的行为使我们恐惧》七部中篇。从篇名可以看出，这些小说都是在20世纪80年代"先锋"浪潮中备受关注的作品。应该说莫言最初就是依靠《透明的红萝卜》《球状闪电》等作品为自己赢得文坛声誉的。"这些作品有故事，也有较为完整的情节，但其着眼点显然不在于展现存在的荒谬、残酷，而在于某种特殊的叙述感觉的追求。"② 至于《欢乐》这部小说，当年则因为作品中塑造的母亲形象而受到许多激烈的批评。当然，无论热情肯定也好，激烈批评也罢，当年这些阅读反应都来自专业的读者——研究者和批评家，普通读者的阅读感受则无从知晓。而今，如果说京东、当当网等读者评论数量只能比较直观地反映读者对于这本书的喜好程度的话，"豆瓣读书"里面的读者评论或许更能较为充分地说明普通读者对这本书的接受态度：

> 豆瓣用户名为"木子李"的读者于2013—05—08在评论中说："很多人看莫言的书，难免不是因为受到其诺贝尔光环的影响。假如没有诺贝尔的光环，莫言的作品应该是怎样的？他的笔下到底塑造过哪些人物、故事、形象？抱着这个目的和态度，读了莫言早期的一些中篇小说，有《筑路》，还有这本《欢乐》里的几部作品。对于那个年代，对于高密的故事，应该都是作者当时真是生活场景的虚拟化重构。不知怎的，我对于书中的人物没有留下什么深刻印象，倒是对于故事的发展脉络，产生浓厚兴趣……"③
>
> 豆瓣用户名为"象小姐乐"的读者于2012—10—02评价道："终于看完了这个中篇，感觉很不舒服，重叠的繁复的形容词，满眼都是莫言勾勒

---

① http://comm.dangdang.com/comment/review_list.php?pid=22890927&fc=0&sort=1&auto=1&page_index=6。

② 董健、丁帆、王彬彬主编：《中国当代文学史新稿》，人民文学出版社2005年版，第376页。

③ http://book.douban.com/review/5939737/。

出来的污秽肮脏的景象，没有一丝新鲜空气。"①

豆瓣用户名为"夏天快点来"的读者则于2013—06—21评论道："奶子是一个经常出现的词，莫言style！对乡村对自然的描写很多，男女主角并不可爱的性格，总是厌恶这厌恶那。《欢乐》那篇里某段写老鼠跳蚤母亲的乳房阴毛生殖器。我只能说我欣赏不了，并不愉快的阅读过程……"②

这些评论大多是发于莫言获得诺贝尔文学奖之后，只有一条是发于获奖之前。其中一条评论是针对作品中的人物形象发表意见，另外两条则是针对作品的语言。表面看来这样的评论不过是读者随口一说，但实际上非常重要。因为能否塑造出立得住的人物形象是判断一篇小说成功与否的重要标准之一，第一条评论中，读者居然说："对于书中的人物没有留下什么深刻的印象……"从这个意义上来讲，"木子李"认为《欢乐》中几篇小说对人物形象的塑造失败了，或者说至少不能算成功。同时，文学说到底是语言的艺术，而第二、第三条评论都表示不喜欢作品的语言感觉，不喜欢里面的"污秽肮脏"。当然语言的粗鲁豪放也好，温柔细腻也罢，都只是风格的一种，并无优劣高下之分，喜欢与不喜欢是见仁见智的问题。有人不喜欢粗鲁豪放、"污秽肮脏"，也许有人恰恰喜欢，不可一概而论。《欢乐》与《红蝗》发表当年就曾经引来很多关于"语言肮脏"的指责，莫言也曾在一些场合有所回应，例如在《酒国》中就曾提及此事，提醒读者注意"那些'不洁细节'在文中的作用和特定的环境"③，但这里具体到《欢乐》的阅读接受，之所以读者阅读和评论较少，却仍然跟许多读者对作品中的这种语言风格心存拒斥有关。看来尽管时过境迁，莫言今非昔比，但大多数普通读者仍然无法对"大师"笔下的"重口味""粗笔"进行理解地欣赏。

当然，对莫言获奖以及莫言作品表现出更多关注的还是那些向来喜欢文学或者研习文学的读者群体，这其中，高校中文系的学生读者群就显得尤有代表性。为此我也于2013年1月在山东大学文学与新闻传播学院2011级中文系同

---

① http：//book.douban.com/subject/5250523/。
② http：//book.douban.com/subject/5250523/collections？start＝0。
③ 莫言：《酒国》，作家出版社2012年版，第140页。

学中做了调查。调查的内容有两个，一是莫言获奖的内在原因有哪些，二是如何看待莫言的作品，调查中不设答案供选择，完全由学生自由发表意见。调查统计结果显示，有25.58％的同学认为莫言获奖跟其作品中的"民族性"有关，能够在一定程度上满足西方读者的猎奇心理；有18.60％的同学认为莫言作品的语言通俗简单，容易被译成外语流通世界，是其获奖的重要基础；16.28％的同学认为莫言获奖跟其作品被改编成《红高粱》等电影有关，"在新的传播方式的发展下，莫言的作品被改编为影视，促进了他的创作及作品的广泛传播，有了一定的知名度（尤其在《红高粱》被广大外国观众接受）和读者基础，并获得了诺贝尔文学奖评委的认同"（熊昕昕）。

　　有意思的是，这些有一定文学基础的年轻读者并没有因为莫言身上的诺贝尔光环而一味颂扬、仰视，而是有许多人都直言不讳地说出了自己对莫言作品的"挑剔"：正如前文中提及有许多读者不喜欢莫言的《欢乐》是因为作品中语言的"污秽肮脏"，此次调查中也有不少同学表达了类似的看法，诸如"莫言作品的语言不是很精致"（宋欣），"我觉得用语实在不美，不让人赏心悦目"（蔡萌）等等。更有同学结合自己的阅读体验从"不耐读"的角度对莫言作品语言的通俗流畅、行云流水进行了批评："在我阅读《四十一炮》的时候，28万字的长篇我只用了一下午加半晚上。即使我看得很快，但也说明莫言的作品很不耐读。而我同样在阅读魔幻现实主义巨作《百年孤独》的时候，半晚上只读了40多页，而且那本书我读了有四五遍都处于懵懂之中。莫言是高产作家，《生死疲劳》一本55万字的小说，莫言用了40多天完稿，平均每天1.6万字。在佩服他的同时，我也怀疑这部作品的质量……"（冯春晖）

　　而对于莫言作品中显露的"先锋色彩"或是"叙事"方面的营构，也有许多同学表达出拒斥的态度。本次调查中，在没有指定探讨哪部作品的前提下，有18.60％的同学不约而同地选择了《生死疲劳》来谈自己的阅读感受，这跟当当网和京东商城平台上显示出的《蛙》与《丰乳肥臀》最受读者欢迎形成了一定的差异：这些有一定文学基础的读者，相对而言更喜欢《生死疲劳》。而在谈论《生死疲劳》的同学之中，有75％的同学都表达了对于《生死疲劳》中频频出现的"莫言那小子"的不解和批评："并非莫言的作品没有任何缺陷，他文中不时跳出的'一位叫莫言的作家'让我们总是会被赶出作品，有些不尽兴，阻碍读者流畅连贯地阅读"（孙瑛琦）；"在《生死疲劳》中，反复出现

'一个叫莫言的人说过'又让我十分反感讨厌,就像沉浸在奇幻的小说中又被生生拉回现实的感觉,像热情被泼了一盆冷水,而且主角对莫言又很不屑、不认同,但那种时时之间透出的得意招摇之感让我很不舒服,莫言在其他书中也这样表现,是我不喜欢的一个地方"(刘璐);"对于其作品的评价因人而异,有的作品就很难读下去,比如《生死疲劳》,阅读过程中读者经常见到'听说莫言这个作家又……'类似的语句,不停将我从作品的语境中抽离出来"(李华臣)……这样的阅读体验与专业评论家的解读以及作者本人的叙事意图构成了冲突。比如当年《生死疲劳》出版时,李敬泽与莫言有个对话,李敬泽高度赞扬了这种叙事安排,认为:"三位叙述者构成了复杂的张力关系,《生死疲劳》是一种重建宏大叙事的努力。"莫言本人也对自己的创作进行解说:"书中的'莫言'不纯粹是一个作家,他的出现是作为小说的叙述者存在。马原小说中早已有过这样的表达,'我是一个汉人'这是他的一个品牌。'大头儿''蓝解放''莫言'这三者构成三重对话关系……起码,在形式上,这比单一的全知视角要丰富……"① 作家的创作意图是好的,但从读者的阅读体验来看,这样的叙事意图很少有普通读者能领会——即便是中文系学生这样有一定文学基础的读者也是如此。而莫言所提到的当年马原的"叙事圈套"也并不成功,因为这种执着于叙事本身而对内容进行消解的叙事游戏,注定是难以为继的。结合先锋色彩比较重的《欢乐》也比较为读者所不喜,看来从读者接受上来讲,这些热衷于先锋探索的作品,普通读者还是相当隔膜的。

总之,从调查统计的结果来看,莫言获得诺贝尔文学奖以来,社会公众的文学阅读热情明显高涨,对莫言作品的阅读热情掀起了从未有过的高潮。以《蛙》为例,诺奖之后《蛙》的读者关注度远超与《蛙》同时获得第八届茅盾文学奖的其他作品。具体到莫言作品,影视改编、故事性的强弱以及作品发表时的舆论铺垫等因素都会影响读者的阅读选择。在所有文体中,普通读者更喜欢阅读莫言的长篇小说,《蛙》和《丰乳肥臀》成为阅读莫言的首要选择,而有一定文学基础的中文系学生读者则偏爱有着更深切人文关怀的《生死疲劳》。但总的来说,那些先锋色彩较强、注重叙事营构,或者语言比较"重口味"的

---

① 《莫言与文学评论家李敬泽对话新作〈生死疲劳〉》,《新京报》2005年12月29日。

作品，普通读者包括有一定文学基础的中文系学生读者都表现出了不同程度的拒斥。这也表明，许多读者并未因"大师"的光环而改变自己的审美标准与阅读趣味。

（原载《文艺争鸣》2014年第2期）

论传记写作中的"代父立传"现象及叙事伦理
——兼论两部"另类"传记

传记文本中有一类比较特殊，那就是子女为父母作的传记。这类传记的作者尽管绝大部分并非专业的传记作家，但因其与传主之间存在血缘关系，并且通常掌握大量其他传记作家无法获取的第一手资料（甚至大量隐私资料），因而尽管有些传主的子女本身并不擅长传记写作，但成稿后的传记往往能贡献一批较为新鲜、可靠又翔实的资料，甚至成为其他传记作家必须参考的传记资源。从某种意义上说，子女为父母作的传记，其文本的独特价值是其他任何传记作家的作品都无法取代的。这一类传记文本尽管特殊，但非常普遍。远的来说，古代大量的"先考行述""先慈行述"等都可算作子女为父母作的传记。近代以来就更多了，除《我的父亲……》《我的母亲……》之类短篇回忆性散文，正式为父母立传的传记作品数量也极为可观。为行文方便，本文将这类传记称为"代父立传"类传记。"父"指称的是"父母"或"父辈"，而不专指"父亲"。

"代父立传"类传记作品的传主通常为政治家、文学家、艺术家、科学家等业界名人，许多出版机构也比较青睐这类选题，如辽宁人民出版社曾出版"父辈丛书"，内中收有朱敏的《我的父亲朱德》、田申的《我的父亲田汉》、韦韬的《我的父亲茅盾》、舒乙的《我的父亲老舍》、蒋祖林的《我的母亲丁玲》、郭淑英的《我的父亲郭沫若》、任远志的《我的父亲任弼时》等。春风文艺出版社也曾推出"我的父亲母亲丛书"，内中有晓风等人的《我的父亲胡风》、张伍的《我的父亲张恨水》等，这些都是出版机构集中推出的"代父立传"的传记作品。而个别出版的"代父立传"作品就更多了：邓榕的《我的父亲邓小平》、刘爱琴的《我的父亲刘少奇》、卢国纪的《我的父亲卢作孚》、蒋经国的《我的父亲》、蒋纬国的《我的父亲蒋中正》、冯理达的《我的父亲冯玉祥将军》、韩子华的《我的父亲韩复榘》、廖梦醒的《我的母亲何香凝》、梅绍武的《我的父亲梅兰芳》、张树年的《我的父亲张元济》、茅于润的《我的父亲茅以升》、陈其经的《我的父亲陈序经》、贺逸秋的《我的父亲贺绿汀》、林慰君的《我的父亲林白水》、林太乙的《林语堂传》、周海婴的《鲁迅与我七十年》、叶至善的《父亲长长的一生》、老鬼的《母亲杨沫》、梁文蔷的《梁实秋与程季淑：我的父亲母亲》、刘可风的《柳青传》……可谓不胜枚举。由以上列举的作品也可以看出，"代父立传"的传记多是写父亲，是真正意义上代"父亲"立传，写母亲的则较少，这主要是因为尽管近代以来女性解放与女权运动取得了相当大的进步，但女性相对于男性的那种"被压抑"的状态其实并没有得到根本性的改观，各行各业的女性精英从数量上来说仍然远远少于男性，因此"合适"的传主比较少，而平民传记又向来不够发达。从"叙事伦理"的角度来看这些传记，不论是为父亲立传还是为母亲立传，也不论传主是何职业身份，这类传记的"同质化"特征是非常明显的。作者与传主之间的特殊关系使得这类传记在写作时面临着相同的叙事伦理困境，而反过来说，伦理的规约也使这类传记呈现出某些共同的特点。

首先，"代父立传"的传记作品通常采用"仰视"的叙事视角。"代父立传"的传主大都是各界名人，鲜有平民身份者，而作为作者的传主子女通常笼罩在其父辈的光环之下，对"祖荫"的感恩心态使得他们在为父辈立传时往往会采取仰视的视角，并且以此来剪裁并阐释传记史料。同时，也是由于作者的特殊身份，在叙述过程中他们往往会被胸中的自豪感所鼓荡，在书写父辈光辉事迹时便会不由自主地有"与有荣焉"之感，并且将一些事迹放大、拔高，而后愈加仰之弥高。有学者指出："自传的作者会被传播的期待牵制自我的审慎，或者会因传主已然是成功者的心态影响对既往史实的表述，进而虚饰自我的人生。"① 在"代父立传"的传记作品中，作者与传主在某种意义上是一个命运

---

① 罗勋章：《传记文学写作中的叙事伦理》，《文艺理论与批评》2008 年第 6 期。

共同体，一荣俱荣、一损俱损，所以传记作者的心态与自传作者的写作心态颇有类似之处。因此，就"设身处地"及"同情地理解"而言，"代父立传"类传记写作能达到的程度往往是其他传记无法企及的，在审视传记材料时也容易放大某些功业，并选择性遗忘某些有碍于呈现传主"伟岸"形象的素材。换言之，这种"仰视"有时可能有着清醒的意识，有时则可能连作者本人也没有意识到。除此之外，这类传记作品中，作者往往还有通过书写"光辉家史"以"昭示后人"的叙事动机，这也使得在写作时会采取"仰视"的叙事视角。

其次，"代父立传"往往会采用"英雄传记"的叙事立场，将传主"英雄化"。当然，这其实也与"仰视"的叙事视角相关。英国历史学家卡莱尔在其《英雄与英雄崇拜》中提出的"英雄崇拜"论，对传记写作影响巨大。其实，卡莱尔所谓的"英雄"即为"伟人"："我们称'伟大人物'为'英雄'，为'先知'，为'诗人'。——在不同的时代和不同的地方，有许多不同的名字！……因为生存其间的世界不同，这'英雄'可以成为'诗人'，'先知'，'帝王'，'教士'，或你愿给他的任何名字。我承认我对一个真正伟大的人有一种观念，就是他可以成为各种的人。"① "伟大"的"英雄"自然是传主的绝佳人选，但如果严格依照卡莱尔划定的范围，那么"英雄"其实屈指可数。于是一种世俗的"英雄"——"名人"便取代真正的英雄，成为传记作者热衷书写的对象。"他们不像古代的'英雄'那样鹤立鸡群，也不是创立了多少惊世骇俗的伟绩，他们只是以某种超出他人的东西而扬名，他们的成功吸引着其他人的注意，读者希望了解他们。这就出现了取代传统传记的名人传记，并成为现代传记最重要的类型之一。名人传记是英雄传记的世俗化。"② 前文提及"代父立传"的传主基本都是各行各业的"名人"，因而这类传记带有"英雄传记"的印记也就顺理成章了。况且，在父辈的丰功伟业或耀眼光环笼罩下的子女，他们眼中的父辈较之一般意义上的英雄会更加伟岸高洁，"代父立传"时采用"英雄传记"的叙事立场自然不难理解。还是以卡莱尔为例，他的儿子汤姆斯（Thomas）在《回忆录》中写道："在几方面我认为先父是我所认识的人中最有趣的一个，是我所接触的人中天赋最高的人。你们没有人会忘记从他那未受

---

① 卡莱尔：《英雄与英雄崇拜》，何欣译，辽宁教育出版社1998年版，第86—87页。
② 杨正润：《现代传记学》，南京大学出版社2009年版，第260页。

过教育的心灵深处倾流出来的话,有勇敢的热诚的风格,充满了比喻(虽然他并不知道比喻是什么),所用的文字是有力量的。他要使你看到什么东西,从他口里说出之后,就栩栩如生地摆在你的面前……他的话像利箭一般,直穿透你的心……"① 可见,在儿子眼中,父亲卡莱尔就是一位出类拔萃的"英雄"或"伟大"人物。他的天赋、他的文字力量都让作为儿子的汤姆斯心生崇拜并为之倾倒。汤姆斯的视角和立场折射出了大部分"代父立传"者的视角与立场。也许父辈的勋业与贡献在旁观者看来并非那么超凡绝尘,但在子女眼中却是了不起的、英雄的壮举!因此,在"代父立传"时采用"仰视"的视角与"英雄传记"的叙事立场实在是情有可原的。

再次,"代父立传"写作中,受"为尊者讳、为贤者讳、为亲者讳"的传统伦理规范影响尤为明显。相对于其他传记作者,子女在关于传主的家庭角色扮演、人际交往以及情感生活等方面,显然握有更为丰富的资料,而且相当多的资料是除子女、家人等与传主有亲密关系者所无从知晓的。而与在社会公众面前所显现的难免带有一定程度的伪装或虚饰的"外在形象"相比,传主在家庭内部或亲近的人面前由于"扮演"的功利性因素相对较少,因而更容易卸去虚饰,以更本真的面目示人。也就是说传主的"内部形象"比"外在形象"更真实可靠。因此,子女为父母立传,具有得天独厚的优势,更有条件写出传主一些不为人知的侧面。而且,从"内部形象"入手直接勾画传主的人生面貌也比仅从外围侧面建构更能将传主写得立体饱满、鲜活生动。但是,也正因作者与传主之间的亲密关系,使得其在传记写作时受到很多伦理规范的制约,而许多外人难以知晓的家庭内部纠葛与微妙关系也会对传记写作产生影响。所以,"代父立传"写作过程中运用的传记材料都是精心选择和剪裁过的,由此建构起来的传主形象也都有作者强烈的感情色彩灌注其中。尤其是涉及传主的情感生活部分,作为作者的子女常常本着"为尊者讳"的原则或是为了维护所谓"家门荣誉",有意规避某些事实抑或轻描淡写一带而过。这种对传主某些生活侧面的选择性缺席,实际上会构成对传记真实性的巨大消解,而这也几乎是"代父立传"类传记写作中的通病。例如,笔者曾撰文研究过有关梁实秋的传

---

① J. C. Adams:《卡莱尔和他的英雄观》,见《英雄与英雄崇拜》,辽宁教育出版社1998年版。

记，发现叶永烈的《梁实秋与韩菁清：传奇的恋爱》（广西人民出版社 2004 年版）与梁实秋次女梁文蔷的《梁实秋与程季淑：我的父亲母亲》（百花文艺出版社 2005 年版）两本传记出版时间虽然仅仅相差一年，但其中对梁实秋晚年情感生活的叙述却大相径庭。当然，由题目也可以看出两者的侧重点是明显不同的，叶永烈在传记中侧重勾画传主与韩菁清之间引起轰动的传奇爱情，而女儿梁文蔷则意在渲染作为传主的父亲与母亲长达半个多世纪的旷世之恋。但问题是，不管跟韩菁清还是程季淑，作为传主之一的梁实秋毕竟是同一个人，所以从传记的真实性角度来说，两本传记对梁实秋晚年情感生活的描绘应该是近似的。然而恰恰相反，在两本传记中，一个梁实秋对韩菁清一见钟情、很快陷入热恋并走出发妻遽逝的悲痛，然后度过了一段和美幸福、只羡鸳鸯不羡仙的晚年生活；一个梁实秋始终难以挥去《槐园梦忆》的泪水，对亡妻念念不忘，对爱情忠贞不贰。若这两种叙述都是真实的话，"那么晚年梁实秋在情感上就体现出某种矛盾，或是分裂"。而实际上，梁文蔷笔下的梁实秋形象（包括对韩菁清的只字不提）显然与她作为女儿对父亲跟韩菁清之间的这段往年恋情始终持"不祝贺"的态度有关。① 这种态度，也使得她在写父亲晚年的情感生活时在一定程度上背离了真实性的原则。

而真实性早已被公认为传记叙事中最重要的一种叙事伦理。传记研究学者赵山奎先生在讨论了有关传记伦理问题的许多个案后，分析道："为传记家的伦理问题所作的辩解大都立足于'真实'这一基础上，对'真实'的尊重实际上已成为现代传记的'第一伦理'，这已成为大多数传记家的一种共识……'真实'上升为现代传记的'第一伦理'首先是 20 世纪社会伦理价值观的一个反映。伴随着混乱的 20 世纪进程，人们对于传统伦理价值观进行了深刻的反思，经过了历史洗礼的人们见证了人性的缺陷人心的黑暗，他们不再相信表面的完美而视之为虚假，他们宁愿看到人性中或许并不给人以愉快但却真实的东西。写真实，写出人性深处的真实，成为 20 世纪一个总的艺术追求。在这一氛围中，现代传记毫不犹豫地将真实作为自己最高的艺术伦理原则。"② 由这一视点出发，梁实秋的女儿梁文蔷完成的这本关于父母的传记，内中就不可避

---

① 史建国：《晚年梁实秋：情感分裂？》，《中国图书评论》2006 年第 1 期。
② 赵山奎：《传记视野与文学解读》，北京大学出版社 2012 年版，第 45 页。

免地留下了缺憾。她将梁实秋与程季淑之间的爱情写成了一个完美无瑕的童话，而完全无视晚年梁实秋与韩菁清之间那段后来备受众人称道的热恋。作为女儿，尽管她对母亲去世以后父亲重新寻找老伴的行为从理智层面表示了理解，但在情感层面，她仍然倾向于维护父母半个世纪以来相濡以沫相伴终老的美丽图景——尽管后来二人已阴阳两隔，并且从骨子里排斥一个女人占据父亲对母亲的爱，因为她认为那是母亲的专属。也正因如此，对父亲晚年的这段情感经历，她在传记中选择了只字不提。她的这一选择，回避了《槐园梦忆》出版后梁实秋迅速移情别恋因而一度被读者指责欺骗感情的尴尬，维护了父亲感情专一的"完美"形象，符合中国的传统伦理道德，但违背了传记的叙事伦理。可以说，梁文蔷在为父母立传时所做出的这一选择，是"代父立传"类传记作品中普遍存在的现象。事实上，子女不仅会在传记中竭力"为尊者讳"，对作为传主的父母某些生活侧面加以选择性忽略，而当一些有损传主"光辉形象"的生活细节被其他传记作家公之于世时，子女则以"侵犯隐私""毁坏名誉"之名与传记作者对簿公堂以维护父辈的"尊严"与"荣誉"的事例也屡见不鲜。但实际上，正如精神分析理论所表明的，"某些常常被人们视为私密的，容易引发争议的东西往往也是最能揭示人的深层存在的因素，因而在传记中涉及它们是必要的、合理的"①。"代父立传"类传记作品本来最有条件在这方面有所突破，然而传记写作的实践却证明，实际上几乎不可能有这种突破。因为要实现这种突破就必须将真实性放在第一位，将传记伦理在排序时优先于世俗伦理。对于子女来说，这需要有足够的勇气面对因为追求真实、秉笔直书而招致的各种指责甚至道德谴责。

　　从近些年来的"代父立传"类传记创作来看，也的确有将真实性这一传记叙事伦理作为崇高法则贯穿传记写作过程中的个案。比如李锐与范元甄的女儿李南央所写的《我有这样一个母亲》（《书屋》1999 年第 3 期），以及杨沫的儿子老鬼写的《母亲杨沫》（长江文艺出版社 2005 年版，2011 年同心出版社又出了该书的修订版，题目改为《我的母亲杨沫》），就是这方面做得不错的。另外，郭小川的子女郭小林、郭小惠等编辑的《郭小川全集》虽然不是专门的传记，却是重要的传记资源，内中收录了郭小川的大量未刊作品，包括书信、

---

① 赵山奎：《传记视野与文学解读》，北京大学出版社 2012 年版，第 46 页。

日记、笔记、检查等，力求通过《全集》将一个真实的、完整的郭小川展示给读者，这在现有的作家全集、文集中也是不多见的，表现了一种直面历史的勇气，因而备受称道。但郭小川的子女毕竟没有直接剪裁资料建构子女眼中的郭小川形象，而是将主动权交给了读者，让读者在串联史料的基础上完成对郭小川的形象建构并进行评判。因而与直接"代父立传"相比，他们面对的伦理困境相对缓和。《郭小川全集》出版后，绝大多数人都称赞他们对历史负责的态度，极少有人批评他们不懂得"维护"父亲的形象。而李南央的《我有这样一个母亲》与老鬼的《母亲杨沫》就不同了，作为子女，他们直接通过传记完成了对母亲形象的塑造，而他们笔下的母亲又与传统意义上的"慈母"差异很大，因此传记问世后都一度引发较大争议。

"我有这样一个母亲"，从这个略带贬义的题目就可以看出李南央笔下的母亲肯定是少见的、另类的。读过之后，也的确让许多读者目瞪口呆。作品篇幅虽然不长，甚至算不上规范的传记，但其带来的冲击力却少有类似的传记作品能与之匹敌。内中诸如"妈妈没有高兴的时候，也不允许家里有欢乐的气氛"①，有次作者回家探亲，一时忘了家里的规矩，一边干活一边哼起了歌，立刻遭到母亲的厉声呵斥；母亲坚决不让地主出身的婆婆进门，引起婆婆的不满，大骂儿子不孝，使得李锐里外不是人，"可叹奶奶一生住一住儿子家的愿望终未能实现"；父亲劳改后，母亲失去发泄对象，于是作者成了替身，不得不整天面对母亲无休无止的咒骂；"文革"中母亲诬告自己的大弟帮助老丈人逃往台湾、家中窝藏财产，导致亲弟弟被降级、抄家；小妹妹病重向她借钱治病，惹来她的大骂，小弟出国深造的机会被她一句话给断送了，大妹本来是1949年10月1日前参加工作，她坚持说是11月后参加工作，大妹差点无法享受离休待遇；作者带女儿回国探亲，好意去看望母亲，却被她打出家门；母亲私生活混乱，延安抢救运动时父亲被关押，母亲就同别人发生婚外情同居，后来干脆提出离婚。父亲问题搞清楚后，她又提出复婚。20世纪60年代父亲再次落难后，母亲落井下石，拼命揭发、给父亲致命一击并再次提出离婚，"文革"结束父亲复出后她却又想复婚……使得作为传主的母亲形象简直令人

---

① 李南央：《我有这样一个母亲》，《书屋》1999年第3期。以下关于这篇传记的引文不再一一注明。

触目惊心，甚至可以说是古今中外少见的"恶母"。也正因如此，作品发表后引起了巨大争议："有意思的是，父亲的老、少辈儿的朋友们和父亲朋友的孩子们，甚至老朋友的孙子辈儿都对文章叫好，而我自己过去工作单位的同事和中学的同学们却多不认同。甚至他们的父母也加入争论，一致谴责，以致质疑我的动机：'投机乎？''不择手段出名乎？'有些人甚至愤愤然开骂。"① 为此李南央专门写了《答读者问》以回应各种质疑，她说："文章我写了，我不会想让人人都说好，但是我确实也觉得评说'女儿不该写妈的不好'是一点没道理的事。中国人应学得宽容些，包容性强些，让每个人讲心里话，讲实话……"②

如果说李南央不"为尊者讳"、坚持如实写母亲甚至不避"扬恶"之嫌，其实并非出于传记真实性的考虑，而主要意在揭示革命或政治对人性的异化与扭曲的话，那么老鬼为母亲立传，则显然对传记真实性有着更高的理论自觉。在《母亲杨沫》的"前记"中，老鬼提及母亲在 20 世纪 80 年代接受广东电视台记者采访时，曾表示晚年想写一部卢梭式的回忆录，但因年迈体衰，愿望未能实现。于是在母亲去世 10 周年前夕，他放下手中的工作为母亲写了这本传记，表达对母亲的怀念：

> 我遵循母亲的愿望，尽量客观地把母亲一生中我所认为的重大经历记录下来，尽可能大胆地再现出一个真实的，并非完美无缺的杨沫……
> 说真话难，说父母的真话就更难。
> 一个真实的杨沫，比虚假的杨沫更能久远地活在人们心中。③

这不是一种故弄玄虚的表态，在《母亲杨沫》中，老鬼的确将真实性放在首位，以一种史家而非儿子的笔法来写作关于杨沫的传记。于是，杨沫对子女的漠不关心，杨沫因《青春之歌》改编电影事件与妹妹白杨闹掰；"文革"中又被迫揭发白杨，杨沫一生中复杂的情感经历，包括跟秘书小罗的长期暧昧等等统统都被披露出来。另外对于母亲的创作，老鬼也没有一味溢美，他甚至用

---

① 李南央：《答读者问》，《书屋》2000 年第 11 期。
② 李南央：《答读者问》，《书屋》2000 年第 11 期。
③ 老鬼：《母亲杨沫》前记，长江文艺出版社 2005 年版。

了"虚假的东西引起读者反胃——《东方欲晓》失败""《芳菲之歌》依旧没有突破左的框框——承认自己狂妄自满"这样的小标题来评价母亲的创作。当然,内中写到的父亲同样是以真实为旨归,父亲的暴力冷血、父母之间的冷漠与长期分居、父亲在"文革"中把只有他知道的隐秘揭发出来给母亲致命一击……也被毫无保留地公之于众。总之,同《我有这样一个母亲》一样,这样"代父立传"的写法,在过去是极为罕见的。因此《母亲杨沫》甫一出版就在读者中引发了很大争议。

持批评立场的一方主要说老鬼写这本书"是借写母亲的隐私来吸引读者"①,换言之,就是将母亲的隐私"无耻"地拿来卖钱,果真如此的话,这的确是有悖人伦、令人发指的行为。当然也有与杨沫有过过从的老人对老鬼笔下的写法不以为然,比如杨沫的同事、北京文联工作人员马联玉在接受记者访问时就说:"我不同意老鬼的说法,说杨沫对孩子漠不关心。我觉得那时她的关心具有时代背景,更多体现在政治上。她觉得孩子应该听党的话,守纪律,怕他出事……我也不同意老鬼的意见,说《芳菲之歌》失败是因为很大程度上受到秘书的影响,因为杨沫在创作上不会听他的。"② 而支持老鬼的一方则赞赏老鬼为母亲立传时不"为尊者讳"、秉笔直书的史家笔法。同样与杨沫有过交往的邵燕祥在读了《母亲杨沫》之后,就对老鬼为母亲写的这本传记给予了高度肯定,认为"这本书很有价值",并且旗帜鲜明地为老鬼辩护:"老鬼写杨沫不违反人伦""写历史人物需要真实"。邵燕祥说:"我认为,写历史人物第一是真实,第二是真实,第三还是真实。我们了解一个人,不能只看他做了什么,应该了解他的性格,他的性格与他所做的事情之间的因果关系。不能把一个任务和传主,当成一个简单化的符号的注解。《母亲杨沫》突破了这些,作为子女这样写完全无悖于伦理……在这里我还必须说一点,两千多年来从孔孟哪里流传下来了'为尊者讳、为长者讳、为亲者讳'的观念,同时也推崇古代的史官如实记录历史的精神。作为一个现代人,应该继承我们传统文化中好的东西,坏的东西能抛掉的都抛掉。"③

---

① 老鬼:《〈我的母亲杨沫〉——〈母亲杨沫〉增修版说明》,见《我的母亲杨沫》,同心出版社 2011 年版,第 433 页。
② 《〈母亲杨沫〉是杨沫的真实形象吗?》,《新京报》2005 年 9 月 30 日。
③ 《〈母亲杨沫〉是杨沫的真实形象吗?》,《新京报》2005 年 9 月 30 日。

邵燕祥的这番话让老鬼深有知己之感，于是在增修版的《我的母亲杨沫》中特意将这篇文章放在书前，作为"代序"，并且老鬼还在书后的《增修版说明》中对批评意见进行了回应。老鬼说："作为孩子，母亲在单位的工作情况，在社会上的活动情况都不甚了解，最了解的是家里发生的事，所以本书有些家庭方面的内容。如果这就是写母亲隐私的话，那只好任人说去。"另外，他也强调："其实，写名人传记不应回避隐私。隐私是一个人生活中最重要的组成部分，也最能反映出这个人的真实灵魂……你既是名人、公众人物，民众就有权知道你的私生活……因此，为了写出一个尽可能真实的，不走样的母亲就必须要写母亲的家庭生活、情感生活，否则这个母亲就不完整，不真实。我的写作原则是可以牺牲一切却不能牺牲真实。人物传记尤其不能掺假，不能拔高，不能隐恶扬善，不能借口反对写隐私而只说好不说坏，为死者讳。无论世人如何看待，我都奉行真实第一，真实至上，以真实为准。"①

老鬼的这段话，对于"代父立传"类传记写作来说，是非常有价值的，概括起来就是一句：传记写作中，传记的叙事伦理应当优先于世俗伦理。毕竟，真实性是传记的最高法则。

（原载《现代传记研究》2017年第8辑）

---

① 老鬼：《〈我的母亲杨沫〉——〈母亲杨沫〉增修版说明》，见《我的母亲杨沫》，同心出版社2011年版，第433页。

"文学现实"与《现实一种》

《现实一种》是余华的中篇小说,最初发表于《北京文学》1988年第1期。在当时先锋写作的潮流中,余华的《现实一种》同此前发表的《十八岁出门远行》《四月三日事件》《一九八六年》等作品都以冷静的笔调描写死亡、暴力、血腥,对人类的生存状态进行探索,揭示人性的邪恶与凶残,使得他的创作在先锋写作潮流中独树一帜,成为批评家和读者关注的焦点。而他的"暴力叙事"也备受关注与争议,成为一种文学现象。

在余华的自述中,《现实一种》是其创作历程中带有某种标志意义的作品,甚至可以看作一个重要的节点。他说:"……写完《现实一种》时,我以为从《十八岁出门远行》延伸出来的思维方式已经成熟和固定下来。我当时给朱伟写信说道:'我已经找到了今后的创作的基本方法。'"① 余华显然比较看重这篇小说,在已经出版的各种不同版本的作品集中,他经常会用《现实一种》来作为其中一册的书名。比如上海文艺出版社出版的"余华作品系列"、作家出版社出版的"余华作品"丛书等,都是如此。文学与现实的关系问题,确实是余华文学世界中的一个重要问题。文学如何反映现实、书写真实,是他一直关注和思考的。1989年他在《上海文论》第5期发表的《虚伪的作品》,是他对自己一段时间以来对真实性问题进行思考的总结。此后,在《强劲的想象产生

---

① 余华:《虚伪的作品》,见吴义勤主编:《余华研究资料》,山东文艺出版社2006年版,第51页。

事实》《布尔加科夫与〈大师和玛格丽特〉》《博尔赫斯的现实》等随笔中,他保持了对文学与现实的关系问题的探讨,直到 2004 年他在《上海文学》发表《文学中的现实》,延续的仍然是这一话题。

后来我们得知,1993 年余华在北京师范大学攻读在职硕士学位研究生,在著名文艺理论家童庆炳教授指导下完成的学位论文题目也是《文学是怎样告诉现实的》。多年以后,当 2014 年余华成为北京师范大学驻校作家时,童庆炳先生还特意肯定了余华对这一重要文学理论问题的探索:"余华在他的硕士论文中提出一个非常重要的概念,叫作文学现实。现实各种各样,早餐喝粥吃馒头是一种现实,每个人都要经历。但是余华提出了与此不同的文学现实。他说,文学的不断改变主要在于真实性概念的不断改变,他认为生活是不真实的,是真假杂乱和鱼目混珠的。真实存在的只能是人的精神,只有进入广阔的精神领域,才能真正体会到世界的无边无际。文学的真实应该是连接着过去和未来,而不是一个环境、一种性格的普通故事。余华认为,文学的现实、文学的真实是一种精神的真实、内心的真实。我觉得,余华是找到了文学钥匙的一个大作家。"并且,童庆炳先生也认为余华的创作中其实并不一定有两个阶段,也未必存在"转向",因为余华"对于文学真实的理解,是一贯的":"今天我又读了一遍他的硕士论文,我觉得,现在人们说余华的创作分为两个阶段,从上世纪 80 年代到 90 年代初是先锋派阶段,后来他开始写《活着》等作品,似乎转到了现实主义的写作。但是重读他的硕士论文,这种感觉淡了。我认为余华关于文学的观念、理论,对于文学真实的理解,是一贯的。"① 也就是说,尽管余华后来的创作在形式上同早期创作存在较大的差异,但他一直都在自己的创作实践中书写现实,并且始终贯穿了自己对文学与现实关系的那种带有强烈个人色彩的理解。在这一背景之下,重读余华当年这篇直接将"现实"写进标题的小说,也就有了特殊的意义。如果说前面列举的余华的硕士学位论文和那些随笔是他对"文学现实"问题的理论思考的话,那么《现实一种》就可以看作是他对这一问题进行思考的最为集中的文学表达。

小说《现实一种》写的是一个兄弟相残的故事。山岗和山峰是一对兄弟。山岗的儿子皮皮失手摔死了自己的小堂弟——山峰的儿子,于是失去儿子的山

---

① 童庆炳:《找到了文学创作的钥匙》,《中国艺术报》2014 年 3 月 19 日。

峰在愤怒中踢死了侄子皮皮。然后，同样失去儿子的山岗设计了一个温情脉脉的圈套，以一种意想不到的刑罚杀死了山峰：他将弟弟山峰紧紧捆在树上，然后在他脚心涂满熬烂的肉骨头，让一只小狗去舔，奇痒难耐的山峰最终在狂笑中死去。再后来，山峰的妻子借助公安机关以合法的方式杀死了山岗，并且假冒山岗的妻子捐出了山岗的遗体。于是山岗的遗体在一群身穿白大褂的医生谈笑之间就被肢解，只剩下一堆脂肪、肌肉、头发、牙齿等废物。而被移植的山岗的睾丸居然成活了，还有了后代……

小说中的"现实"肯定不同于我们通常意义上所谓的现实，这种"现实"从常识的眼光来看是荒诞的，是不具备现实真实性的，然而余华却固执地告诉人们，这就是真实的，这也是"现实一种"——当然，跟同时期余华的其他作品相比，《现实一种》已经算是最接近常识当中的现实了。事实上，这样一种固执地向读者揭示"另一种现实"的冲动，源自余华对人类生存状态和真实性问题的思考。在写完这一组"先锋"作品之后，余华曾经说："现在我似乎比以往任何时候都要明白自己为何写作，我的所有的努力都是为了更加接近真实。"他结合自己的第一部"先锋"作品《十八岁出门远行》解释道："……写完《十八岁出门远行》后的兴奋，不是没有道理。那时候我感到这篇小说十分真实，同时我也意识到其形式的虚伪。所谓的虚伪，是针对人们被日常生活围困的经验而言。这种经验使人们沦陷在缺乏想象的环境里，使人们对事物的判断总是实事求是地进行着……也不知从何时起，这种经验只对实际的事物负责，它越来越疏远精神的本质。于是真实的含义被曲解也就在所难免……"①所以，在《十八岁出门远行》里，余华让"我"的主观感觉，超越了一切客观现实的"真实"。

当然，余华的这种探索是十分有价值和意义的。这是一种完全从自我感觉出发对现实世界的冷静审视，他摆脱了常识、经验的诱导，而能一针见血，直达本质，在某种程度上说，这有点类似于精神病人对现实世界的观察。由于精神病人"已经失去了与外界的现实联系而成为现实世界的旁观者，由于他们已经摆脱了正常人理解现实时所不得不运用的惯常的常识、逻辑、思维方式、推

---

① 余华：《虚伪的作品》，见吴义勤主编：《余华研究资料》，山东文艺出版社 2006 年版，第 50 页。

理程序……而完全凭着自己的感觉对外界做出判断,他们就有可能更真切地看清了现实世界"①。因此,以这种纯旁观者的视角冷静地观察现实的方式,就可能看到一幅前所未有的真实景观,达到一种至少是片面的深刻。也是在这个意义上,余华笔下的那些暴力、血腥,在一定程度上揭露了人性深处残忍、嗜血的一面。只不过他将那些原本被道德、伦理等秩序压抑着的欲望现实化了,把一幅潜藏在人类集体无意识之中,也许只是偶尔会(但也许永远不会)变成现实的图景以一种现实的方式直接呈现了出来。因此,小说看起来"虚伪",但它揭示的实质却可能十分"真实"。在余华的系列先锋作品中,他热衷揭示的"真实"主要是父子兄弟之间的亲情以及夫妻之间爱情的虚假,不仅虚假,彼此之间甚至血腥、冷酷,互相残杀。《四月三日事件》中,儿子始终怀疑父母想要置自己于死地;《世事如烟》中,父亲为了长寿,不惜将儿子都克死,将女儿卖到远方;《一九八六年》中,面对发疯的丈夫、父亲,妻子和女儿形同陌路,冷漠以对,直到他死去;《古典爱情》中,妻女被丈夫卖给酒店活活宰杀给顾客下酒……亲情与爱情本来是人类最美好的感情,最能体现人性的美好与温情,但余华却在小说中彻底撕下了其温情的面纱,冷冷地展现了人性之恶。

《现实一种》中,作者同样设计了一个冷漠的叙述者,"他仿佛是从天外俯视世间的愚昧与凶残。但叙述者的作用还是很重要的,他的冷漠使人物可以走到前台,进行充分的表演。他好像一部灵活的摄影机,不断变换视点,通过变换将各个片段组接起来,展示出仇杀的血淋淋的过程。这样的叙述产生了强烈的效果,仇杀的场面令人毛骨悚然地表现出来"②。山岗的儿子皮皮摔死堂弟,应该说是无意,而且事后山岗也拿出了自己的全部积蓄试图替儿子赔罪,当山峰拒绝接受赔偿,山岗最终将儿子交给弟弟处置的时候,他肯定也没想到山峰真的会下杀手。因此皮皮死后,山岗内心的震惊与愤怒是可以想见的。然而对于这原本异常丰富的心理活动,小说中却不置一词,只是让叙述者的目光始终追随着山岗的行动:当妻子让他去找山峰算账的时候,"他微微笑了起来,走

---

① 王彬彬:《余华的疯言疯语》,见《一嘘三叹论文学》,山东文艺出版社2005年版,第50页。

② 陈思和主编:《中国当代文学史教程》,复旦大学出版社1999年版,第302页。

到妻子身旁,拍拍她的肩膀说:'你别生气。'"①。当山峰递给他菜刀以了结恩怨的时候,他将双手插入口袋,说:"我不需要。"他不理会妻子对他的不满,径自出去买了一大包肉骨头回来,还带来一条小狗。那天下午,山岗没有表现出丝毫的丧子之痛,他"亲切地"替山峰戴上黑纱,然后借来劳动车将两具小小的尸体运去火化。第二天早晨,他走进山峰的房间,"亲切地"朝山峰微笑。当他将山峰捆在树上,山峰让他给按摩太阳穴的时候,他按摩得很认真。当山峰告诉他自己踢死皮皮后很害怕,最害怕的时候是递给他菜刀时,他"亲切地"拍拍山峰的脸说:"你不会害怕的。"当小狗开始舔山峰的脚心,奇痒难耐的山峰疯狂大笑的时候,山岗"一直亲切地看着他",并且问他"什么事这么高兴"……

除了态度如此"亲切"之外,山岗的脸上的笑容也总是"轻轻"的:当山峰提出让山岗绑自己的时候,"山岗轻轻一笑,他知道结果会是这样";当山峰的妻子扯住山岗,让他放了自己的丈夫时,"山岗轻轻一笑,他说:'那你得先放了我。'";当山峰死去,弟媳说要去告他的时候,"'你那是诬告。'山岗说,'而且诬告有罪。'说完他轻轻一笑"……如果说皮皮摔死堂弟和山峰踢死皮皮这两起杀戮都带有浓重的暴力和血腥味的话,那么以笑杀人至少从表面看来是平和多了。笑,本是一件人生乐事,可是让人大笑而死,就是一种令人触目惊心的酷刑了,这是武侠小说中才能读到的酷刑,天知道山岗是怎么想到的。以这样一种酷刑杀死弟弟、宣泄仇恨,山岗应该说是处心积虑的,然而一切都在不动声色中进行,对于即将杀死的弟弟,他始终是"亲切"的,他的"轻轻一笑"贯穿杀人过程始终。这种"亲切"和"轻轻一笑"比酷刑本身更让人毛骨悚然,要知道,一母同胞的兄弟之间这种"亲切"和"轻轻一笑"本是最温暖也最让人有安全感的,岂料就是这样的"亲切"和"笑"当中隐藏着如此恶毒的阴谋和杀戮。在这"一种现实"中,他不但解构了"手足情深"的常识,而且也让人实实在在感受到了人性的恐怖,若论残忍和恶毒,没有任何一种野兽可以与人相比。

野兽的攻击欲与嗜血性都是袒露无疑的,无须掩饰,而人的杀戮和暴力欲

---

① 余华:《现实一种》,上海文艺出版社 2004 年版。以下关于此书的引文不再一一注明。

望却总是隐藏在宽容和理智的面孔背后。当山岗将皮皮交给山峰的时候,山峰的要求是让皮皮将儿子流出的那摊血舔干净,于是:

"以后呢?"山岗问。

山峰犹豫了一下才说:"以后就算了。"

"好吧。"山岗点点头。

这是一番没有任何杀机的对话,然而就在皮皮舔血的时候,山峰却飞起一脚,结果了他的性命。同样,当山岗要山峰将他妻子交出来时,山峰问山岗打算如何处置她,山岗的回答是将她绑在树下,"就绑一小时"。山峰看了看树,然后:

他立刻扭回头来,又问山岗:"以后呢?"

"没有以后了。"山岗说。

山峰说:"好吧。"他想点点头,可没力气。接着他又补充道:"还是绑我吧。"

这里的对话同样让人感觉平和、放松,然而直到事件结束,我们才明白"没有以后"的含义:山岗早就料定他撑不了一个小时就必死无疑!同样,这种平和理智表面看不出任何杀机的人与人之间的杀戮其实比动物之间那种伏地作势、怒吼叫嚣的杀戮更让人感到恐怖。它没有一点心理暗示,却直接将屠杀推到了人们眼前。而这样隐藏极深的谋杀原本该有的心理活动,小说中同样省略掉了,而是直接写了他们的行动。后来我们才在余华的自述中了解到这种写法的初衷,原来这是作者从威廉·福克纳、海明威、罗布·格里耶以及司汤达和陀思妥耶夫斯基那里获得的启示:"真正优秀的心理描写都是不写心理的",而是通过动作、通过眼睛看到什么、通过准确的写下每一个人物的每一句话来带出真正的心理状态。而他也说:"当我解决了心理描写以后,我比较害怕的是写对话。有时怎么写都觉得写不好,这个非常可怕……"① 于是,我们大概可以理解真正杀戮开始之前山岗和山峰之间那貌似平和的对话之意义了——其实那是暴风雨到来之前的可怕的宁静,那是火山喷发前的最后的平和——尽管表面如故,但火热的岩浆已经在奔腾翻涌、惊心动魄。冷漠地叙述火山喷发前的平和安宁其实比写火山喷发时的肆虐狂放更能撼人心魄。

  当然,《现实一种》不仅写了令人触目惊心的兄弟相残,也写了母子、婆媳、祖孙、父子、夫妻之间的冷漠。山岗他们的母亲抱怨自己骨头一根一根断裂的时候,无论儿子还是儿媳,都没有人理睬她,尽管同住在一个家中,但直到她去世几天后,才被儿媳发现;孙子吃祖母一点咸菜,就惹来祖母喋喋不休的抱怨;皮皮摔死堂弟时,祖母明明在家,但她看到地上的血时却什么都没做,只是"赶紧逃回自己的卧室";当因寒冷而冻得哆哆嗦嗦的皮皮连续几次告诉父亲"我冷"时,"山岗没有去理睬儿子,他站在窗口,阳光晒在他身上使他感觉很舒服";儿子死后,山峰毒打妻子,恶狠狠地吼"为什么死的不是你";皮皮揍堂弟耳光是学的父亲山岗,因为"他看到父亲经常这样揍母亲"……从中我们看到的是一个丝毫没有温暖的人间世界。小说中四岁的皮皮以扇堂弟的耳光、卡堂弟的喉管取乐的叙述更是让人触目惊心,因为堂弟的哭声"使他感到莫名的喜悦",感到"惊喜"。他听腻了堂弟的哭声之后,看着窗玻璃上杂乱交错的水迹,像一条条路,孩子开始想象的居然是"汽车在上面奔驰和相撞的情景"!要知道,皮皮只是一个四岁的孩子,在这四岁的孩子身上我们却看到了凶残、暴虐、恶毒……这彻底颠覆了常识对人性的美好想象,在作者眼中,人性之恶是与生俱来的,没有任何希望可言。小说当中唯一让人看到人性希望的是山峰杀死皮皮之后对山岗的表白,他说其实自己踢死皮皮以后就很害怕了,这让我们看到至少在山峰这里良知还未完全泯灭,人性还没有被黑暗完全笼罩,在周遭的黑暗中还能透出一丝光亮。但作者却让山峰死了,并且让山岗有了后代——与接受山岗睾丸移植的年轻人结婚后,妻子很快怀孕并且生下了一个儿子,"山岗后继有人了"。这也就意味着,在小说中,作者还是掐灭了人性的最后一点希望,邪恶的种子继续流传。"人性于'属人'的一面,

---

① 余华:《我的文学道路》,见吴义勤主编:《余华研究资料》,山东文艺出版社 2006 年版,第 48—49 页。

人性变得更为美好的可能,即使如夏夜里的萤火一般偶有闪现,也即刻便被黑夜吞没。"① 对于人性,小说中所透露的是一种彻头彻尾的绝望。

同这时期余华的其他小说一样,《现实一种》同样有血腥的场景,小说详细叙写了被枪毙后的山岗身体遭到解剖的过程:女医生"拿起手术刀,从山岗颈下的胸骨上凹一刀切进去,然后往下切一直切到腹下……那长长的切口像是瓜一样裂了开来,里面的脂肪便炫耀出金黄的色彩,脂肪里均匀地分布着小红点"……这种冷漠的细节描写,给人以强烈的冲击。尽管作者说这种暴力迷恋可能来其自童年的记忆,尤其是《现实一种》这段尸体解剖的描写更是作者经历过的一次真实事件。但正如论者分析:"显然,按照社会的一般规范而言,医生解剖尸体,无论其场面又多么血腥,都不能被认为是暴力行为,然而正如余华的叙述所表明的那样,令人心悸的'科学'的态度,却在事实上构成了对肉体的亵渎。在科学神圣的外衣下,掩盖着的仍然是触目惊心的暴力,唯一的区别就在于这种暴力是被制度所认可的因而是合法化的暴力。这就暗示了暴力其实是无处不在的,除了那些昭然若揭的暴力之外,还有更多的无形的暴力掖藏在社会结构的每个角落、每一处褶皱中。"② 而这,同样是对人类生存状态的一种认识。所以,小说《现实一种》中作者所描述的"现实"其实是亲情的虚伪、人性的邪恶以及暴力的无处不在这种让人看不到希望的人类生存状态。这或许过于悲观,却是片面的深刻。余华以小说这种虚伪的形式,揭示了常识、经验掩盖下的另一种人类自身不愿直视的真实生存图景。这种揭示背后,则是他对"文学现实"问题的深入思考。

(原载《莽原》2020 年第 3 期)

---

① 董健、丁帆、王彬彬主编:《中国当代文学史新稿》,人民文学出版社 2005 年版,第 462 页。
② 倪伟:《鲜血梅花——余华小说中的暴力叙述》,见吴义勤主编:《余华研究资料》,山东文艺出版社 2006 年版,第 249—250 页。

下 编

中国现代文学报刊研究的回顾与反思

一

20世纪80年代以来,中国现代文学报刊研究逐渐成为一道引人注目的学术景观。进入21世纪以后,这一研究领域更是日渐繁荣,研究专著和论文不断涌现,俨然成为一个学术热点。对于这一学术热点的指称,学界有不同的说法,有叫"现代文学报刊研究"的,更多的则称"现代文学期刊研究"。两者相较,本文倾向于用"现代文学报刊研究",因为严格来说那些与新文学发生发展密切关联的报纸副刊,从类别上来讲,并不属于"期刊",而"报刊"则兼有"报纸、期刊"的双重含义,因而更加准确和贴切。中国现代文学报刊研究之所以能够成为一个学术热点,究其原因,首先与新时期以来学界对"现代文学史料"研究的呼吁与重视有关。1978年《新文学史料》创刊,这样一本致力于现代文学史料发掘和研究的专门性刊物,对于推动学界关注现代文学史料研究起到了极为重要的作用;1985年第1期的《中国现代文学研究丛刊》上发表的马良春先生的《关于建立中国现代文学史料学的建议》一文,公开呼吁现代文学研究界需要建立"现代文学史料学";1989年,《新文学史料》第1、2、4期又发表樊骏先生的长文《这是一项宏大的系统工程:关于中国现代文学史料工作的总体考察》,内中除强调"史料工作作为历史研究的前提和基础,在整个学科建设中理应占有举足轻重和'粮草先行'的位置"外,也对各个阶段现代文学史料建设的成绩进行了梳理。文中谈的现代文学研究中的一些模糊不清的问题，基本都是依赖现代文学报刊的整理与研究而得以解决的。马良春和樊骏两位先生的文章虽然都是对现代文学研究史料工作的总体性考察与思考，并非专就现代文学报刊而言，却引发了研究界对史料的重视，产生了广泛的影响。因为现代文学史料研究就研究内容而言，有相当大的部分都会落实到对现代文学原始报刊的整理与研究中。所以，后来现代文学报刊研究的不断升温，首先与学界重视史料研究的呼吁以及由此带来的学术氛围变动有关。

其次，现代文学报刊研究也是与20世纪80年代"重写文学史"的潮流相适应的。在"重写文学史"的潮流中，学者们对1949年后以新文学和左翼文学为主线的文学史架构进行了全面反思。在此视阈之下，那些被既有文学史叙述所"遮蔽"的作家作品、文学思潮与文学现象就需要被重新审视和研究。而这种研究发掘工作，显然离不开对现代文学发生的重要原始载体——文学报刊的整理与研究。正如陈平原先生所指出的："对于文学史家来说，曾经风光八面、而今尘封于图书馆的泛黄的报纸杂志，是我们最容易接触到的、有可能改变以往的文化史或文学史叙述的新资料。"① 在此背景之下，那些在以往文学史架构中被排斥在外的鸳鸯蝴蝶派通俗文学报刊以及国民党民族主义文艺运动中的文学报刊如《礼拜六》《小说时报》《眉语》以及《前锋周报》《前锋月刊》《现代文学评论》《文艺月刊》《流露月刊》等等便纷纷进入学者们的研究视野。与此同时，在"重写文学史"的过程中，"现代文学"的起点也不断前移，从五四文学革命到晚清的"诗界革命"与"小说界革命"（宋剑华）②，再到1898年戊戌变法失败后的维新文学运动（孔范今）③，又到1894年甲午战争以后（邢铁华）④。而后又继续前推，比如认为1892年《海上花列传》开始连载是中国文学现代化的起点（范伯群）⑤，以及认为陈季同出版于1890年的《黄衫

---

① 陈平原：《文学史家的报刊研究——以北大诸君的学术思路为中心》，《中华读书报》2002年1月9日。
② 宋剑华：《论中国现代文学的发生期》，《青海师范大学学报》1986年第4期。
③ 孔范今主编：《二十世纪中国文学史》（上），山东文艺出版社1997年版，第174页。
④ 邢铁华：《中国现代文学之背影——论发端》，《苏州大学学报》1984年第4期。
⑤ 范伯群：《在19世纪20世纪之交，建立中国现代文学的界碑》，《复旦学报》（社会科学版）2001年第4期。

客传奇》是"由中国作家写的第一部现代意义上的小说作品"(严家炎)[①],直至干脆将1840年作为现代文学的起点(王一川)[②]。当然关于现代文学的起点究竟定位在何时这一问题,就像王德威那个"没有晚清,何来五四"的著名诘问一样,始终充满着争论,却在事实上带动了现代文学报刊研究的勃兴与繁荣。从时间上往前推,那些除《新青年》之外同样与现代文学的发生密切相关的诸多报刊,如《新世纪》《甲寅》《留美学生季报》《安徽俗话报》《无锡俗话报》等等,也就理所当然地一一进入学者们的研究视野。在这些报刊中努力寻找中国现代文学的现代性因子,成为解决现代文学"起点"问题,还原现代文学发生的原初语境的一个重要途径。

再次,从研究的物质环境层面来说,进入21世纪以后,现代文学报刊研究开始步入一个"繁荣期",则显然与数据库等电子资源的快速发展有关。过去,中国现代文学报刊馆藏资源比较分散,研究的展开与深入程度往往高度依赖于所在高校或研究机构的馆藏状况。北京、上海、南京等地因为馆藏资源丰富,这些地方的现代文学报刊研究相较于其他地区显然更具地利之便因而也更加兴盛。而其他地区,除少数馆藏资源比较丰富,以及现代文学报刊研究一直有着绵延不绝的研究传统的学术机构[③]外,很少有以现代文学报刊研究形成自身研究特色的。21世纪以来,数据库、电子资源发展突飞猛进,给中国现代文学报刊研究带来了新的活力。诸如"晚清民国期刊全文数据库""大成老旧期刊全文数据库""大学中英文图书数字化国际合作计划"以及国家图书馆"民国中文期刊数字资源库"等数据库规模越来越大,收录的报刊资源越来越多,使用的便捷程度也越来越高,这使得中国现代文学报刊研究开始突破原先

---

① 严家炎:《中国现代文学起点在何时?》,《社会科学辑刊》2010年第4期。

② 王一川:《中国现代性体验的发生:清末民初文化转型与文学》,北京师范大学出版社2001年版,第391页。

③ 如山东师范大学文学院,虽然所处并非报刊业中心城市,但20世纪50年代以来就非常注意现代文学报刊史料的整理研究工作,1959—1960年编纂了《1937—1949年主要文学期刊目录索引》,"文革"期间编印了《鲁迅主编及参与指导编辑的杂志》,1988年又出版《中国现代文学期刊目录汇编》,数十年来也有一批研究生以现代文学报刊为选题进行学位论文写作,所有这些研究努力在事实上体现了出了一种"现代文学报刊研究"的"学派传承"。魏建:《中国现代文学期刊研究与学派传承——以"山师学派"为例》,《山东师范大学学报》(人文社会科学版)2017年第3期。

高度依赖本地馆藏资源所带来的区域空间限制，并呈现遍地开花之势。

另外，随着研究生招生规模的不断扩大，越来越多现代文学专业的硕士生、博士生也在学界大环境的影响下开始选择以现代文学报刊研究作为自己的学位论文选题，这也在客观上对现代文学报刊研究的繁荣起到了重要的推动作用。考察现代文学报刊研究的成果，有半数以上是学位论文或以学位论文为基础展开的后续研究。可以说，研究者队伍的壮大与研究的繁荣二者互相促进，形成了一种良性的循环，共同造就了现代文学报刊研究这一学术热点现象。

有关现代文学报刊研究的意义与重要性，论者已多，此不赘述。本文主要拟对现代文学报刊研究日益繁荣景象背后的一些问题试作探究，因为虽然这类研究表面看来异常繁荣，但是也早已暗含着陷入停滞状态、不断重复的隐忧。现代文学报刊研究尽管已经出现了大量的成果，可是高质量的、带有启发性和方法论意义的研究成果却比较少见，更多的是那种四平八稳、学术规范方面无可挑剔，却古板套路、缺少创见的"随大流"式的研究。这类研究充斥学界，一方面造成了这一研究领域的虚假繁荣，另一方面也影响了相关论题的探讨继续走向深入和学术质量的提升。

二

从史料学角度来看，现代文学报刊研究大致可以分为文献史料的整理和研究两类。其中，文献史料的整理本身既是研究同时也是后续研究展开的基础。刘增人先生在《现代文学期刊的景观与研究历史反顾》①中对"现代文学期刊研究的历史和现状"所做的考述，基本上是围绕文献史料的整理工作展开的。虽然其中的部分成果因参撰人员专业素养等方面的差异而导致不可避免地存在某些粗疏舛误之处，这些成果也为后续研究的进一步展开提供了重要的导引和门径。限于篇幅，本文讨论的"现代文学报刊研究"不涉及文献史料整理，主要关注在这些文献史料工作基础之上展开的更进一步的后续研究。

对现代文学报刊研究进行回顾，或许可以借鉴陈寅恪对王国维学术研究的

---

① 刘增人：《现代文学期刊的景观与研究历史反顾》，《中国现代文学研究丛刊》2005年第6期。

总结来展开。1934年6月，陈寅恪在《王静安先生遗书序》中从三个方面对王国维的学术研究成就进行了总结："一曰取地下之实物与纸上之遗文互相释证。凡属于考古学及上古史之作，如《殷卜辞中所见先公先王考》及《鬼方昆夷玁狁考》等皆是也。二曰取异族之故书与吾国之旧籍互相补正。凡属于辽金元史事及边疆地理之作，如《萌古考》及《元朝秘史之主亦儿坚考》等皆是也。三曰取外来之观念与固有之材料互相参证。凡属于文艺批评及小说戏曲之作，如《红楼梦评论》及《宋元戏曲考》《唐宋大曲考》等皆是也。"①陈寅恪概括的这三点，如果再精炼一下，其实就是新史料的发掘运用与新的研究观念与研究视角的采用。这确实足以概括王国维学术研究的创新性与对后世的启示意义。中国现代文学报刊研究作为现代文学史料研究的一种，在对其研究历史与现状进行考量时，完全可以借鉴陈寅恪先生的这段论述来展开：一是要看选取的研究对象对于现代文学研究而言是否有史料发掘方面的新意，其作为现代文学史料是否可以丰富、深化乃至改写现有文学史叙述中的某些观点或结论。二是要看在对研究对象进行分析阐释时是否有新的观念或研究视角介入。因为即便有些现代文学报刊属于寻常史料，但经过新观念或新研究视角的观照升华后，同样可以对文学史的书写起到有益的丰富和补充作用，甚至可以对后续的学术研究产生方法论意义上的启示。

以此观照，目前现代文学报刊研究中的首要问题就是研究对象过于集中并导致研究视角的重叠或重合。而这必然会使得研究工作陷入不断重复的境地，创新性也会大大缩减。虽然随着现代文学报刊研究越来越受到学界的重视，研究的边界已在不断拓宽，一些比较边缘化的文学报刊也开始进入研究者的关注视野，如刘晓丽对沦陷时期伪满洲国《新满洲》《麒麟》《艺文志》《青年文化》《诗纪》等刊物都进行了系统研究，发表了系列论文，张大明也在《主潮的那一面：三民主义文艺与民族主义文艺》中对左翼文学主潮对立面的系列刊物进行了细致的整理与研究。但从总体来说，研究者的视野还是相对比较集中地聚焦在《新青年》《小说月报》《晨报副刊》《新月》《新潮》《创造》《现代》《礼拜六》《大公报·文艺副刊》等少数名气较大、比较容易获取同时也向来备受关注的文学报刊上。这样的"聚焦"不可避免地导致重复研究与循环研究现象

---

① 陈寅恪：《陈寅恪先生全集》，里仁书局1979年版，第1435页。

的出现。

以《新青年》研究为例，尽管对其"文学报刊"的身份认知存在差异，如刘增人先生就认为《新青年》"与《小说月报》《诗》《戏剧》《电影月报》《太白》《现代文学评论》《世界文学》《译文》等区别非常明显：社会论文、政治论文刊发不但颇多，也更为编者重视，而且后期成为中国共产党的机关刊物，是标准的政治期刊"[①]，但《新青年》毕竟是新文化运动和新文学革命发生的重要园地，对推动现代文学文体的变革也起到过重要作用，所以多年来一直是研究者们的重点关注对象，而"《新青年》与现代文学的发生""《新青年》与现代文学文体变革"等这类题目也一直是《新青年》研究的热门视角。就文体问题而言，1918年《新青年》4卷4号开始设立的"随感录"栏目对现代杂文文体的出现起过重要作用，后来《每周评论》《时事新报·学灯》《民国日报·觉悟》等等也纷纷设立"随感录"或"杂感""评坛"等类似栏目，促进了这一文体更加快速成熟。早在1986年，蒋成瑀先生就针对这一现象专门发表过《现代杂文的先导——〈新青年〉的"随感录"》[②] 一文，文中对《新青年》"随感录"杂文文体的共同特色进行了提炼和归纳，同时也对鲁迅、陈独秀、钱玄同、刘半农等《新青年》"随感录"重要作者的艺术个性进行了分别阐释。进入21世纪后，随着文学报刊研究逐渐变"热"，对《新青年》"随感录"栏目的研究也迎来了一个小高潮，不仅有何琴丽的《"感应的神经，攻守的手足"——考察〈新青年〉"随感录"栏目》[③] 及李辉的《〈新青年〉"随感录"研究》[④] 等单篇论文，还有董文君的《从〈新青年〉"随感录"看现代杂文文体风格的生成》[⑤]、罗兰的《〈新青年〉"随感录"研究》[⑥] 等以此为研究对象的

---

① 刘增人：《文学期刊研究的昨天、今天和明天》，《中国社会科学报》2017年2月21日。

② 蒋成瑀：《现代杂文的先导——〈新青年〉的"随感录"》，《浙江学刊》1986年Z1期。

③ 何琴丽：《"感应的神经，攻守的手足"——考察〈新青年〉"随感录"栏目》，《成都理工大学学报》（社会科学版）2006年第2期。

④ 李辉：《〈新青年〉"随感录"研究》，《重庆工学院学报》（社会科学版）2007年第8期。

⑤ 董文君：《从〈新青年〉"随感录"看现代杂文文体风格的生成》，复旦大学硕士学位论文，2009年。

⑥ 罗兰：《〈新青年〉"随感录"研究》，云南师范大学硕士学位论文，2013年。

硕士学位论文。这些论文虽然篇幅各有长短，侧重点有所差异，但研究对象都是《新青年》的"随感录"栏目，从研究思路和方法上来说其实也与1986年蒋成瑀的论文相差不大。这样一来，既缺乏新史料发掘方面的贡献，也缺乏新的研究视角乃至新观念、新方法的介入，不少工作属于重复研究，创新性也就自然打了折扣。

再如五四新文化运动中的"四大副刊"是备受研究者们关注的文学报刊。但从研究实践来看，学界对"四大副刊"的研究却非常不均衡。目前对"四大副刊"的研究，百分之八十以上的研究成果都是围绕《晨报副刊》展开，《京报副刊》次之，《民国日报·觉悟》和《时事新报·学灯》的研究最少。这种不均衡的状况，显然与研究对象获取的难易程度有关。尽管"四大副刊"当年都曾发行合订本，但完整成套的藏本不易找寻。1981年人民出版社将《晨报副刊》合订本缩小为16开本影印，共15册，后来许多图书馆都藏有这套影印本，比较容易获取。而《京报副刊》直到2016年才由国家图书馆出版社出版6册影印本，并编制了1册索引目录。《时事新报·学灯》则至今仍然没有重新整理的影印本出现，上海《民国日报》虽然也于1981年由人民出版社出版影印本共99巨册，但因发行量少。《觉悟》合订本也没单独影印，因此从研究资料的获取方面来说也仍然有着诸多的不便。这样一种状况是导致研究者扎堆选择《晨报副刊》进行研究的客观原因。而研究对象的重合也难免会带来研究视角的重叠与撞车。

报刊主编的文化观念与编辑理念对刊物的面貌有着直接的影响，所以从关注编辑者的视角去研究文学报刊也是众多研究者的选择。《晨报副刊》历史上有两任主编特别引人注目。一位是孙伏园，正是在孙伏园主编时期，《晨报副刊》开始成为新文化运动中备受读者喜爱的"四大副刊"之一，也成为新文学发生发展的重要园地。另一位是徐志摩，在徐志摩主编时期，《晨报副刊》成为早期新月社文学创作和理论倡导的重要阵地，副刊从整体上开始带上了明显的"新月"烙印。于是便有不少研究者从这一点切入，对《晨报副刊》进行研究。如果说1984年任嘉尧发表的《孙伏园主编的〈晨报副刊〉》[①]还主要是对孙伏园主编《晨报副刊》的史实进行陈述，而对作为主编的孙伏园其编辑理

---

① 任嘉尧：《孙伏园主编的〈晨报副刊〉》，《新文学史料》1984年第1期。

念之于《晨报副刊》的影响尚未展开的话，那么张涛甫在 2004 年发表的《孙伏园时期的"晨报副刊"》一文中，已经对孙伏园"多元化的办刊思路使得'晨报副刊'成为时代精英的表演舞台，并能最大限度地包容各种声音"，以及"孙伏园努力在学理与趣味之间，宏大叙事和普通常识之间寻找一种平衡"①的编辑特色有了较为全面和深入的分析了。不过随后又有不少以此为选题的研究成果出现，比如张雪洁的硕士学位论文《孙伏园时期的〈晨报副刊〉研究》②和公开发表的《孙伏园主持下的〈晨报副刊〉编辑特色浅析》③以及赵双阁、王和馨的《〈晨报副刊〉时期孙伏园的副刊编辑思想》④等等。关于"徐志摩主编《晨报副刊》"，也有樊亚平、吴小美的《"'晨副'，我的喇叭"——论徐志摩主编的〈晨报〉副刊》⑤、辛石的《徐志摩主编时期的〈晨报副刊〉——"自由主义热"中的冷思考》⑥以及李晓疆的硕士学位论文《徐志摩与〈晨报副刊〉》⑦……这样一些研究成果，研究对象是一致的，研究视角也彼此重叠。在前人研究已经比较充分的前提下，"新史料"的发掘既难以实现，新的研究视角、研究观念也难以谈起，所以多数研究基本上都属于"原地踏步"式的重复工作，难以产生富有学术价值和创见的研究成果。应当说《新青年》与《晨报副刊》研究中存在的这种现象并非个案，在现代文学报刊研究领域是具有某种普遍性的，应当引起警惕。研究者在选择研究对象时，还是要尽量克服"畏难"情绪，勇于开拓新的领域。作为一种文学史料研究，最好能在新史料的发掘呈现方面有所贡献，因为毕竟对既有史料做出新的阐释属于更高层次的要求，对研究者来说难度也更大。

当然，对"新史料"的强调并非意味着现代文学报刊研究一定要将"求

---

① 张涛甫：《孙伏园时期的"晨报副刊"》，《江淮论坛》2004 年第 2 期。
② 张雪洁：《孙伏园时期的〈晨报副刊〉研究》，河南大学硕士学位论文，2006 年。
③ 张雪洁：《孙伏园主持下的〈晨报副刊〉编辑特色浅析》，《出版发行研究》2012 年第 2 期。
④ 赵双阁、王和馨：《〈晨报副刊〉时期孙伏园的副刊编辑思想》，《河北经贸大学学报》（综合版）2016 年第 1 期。
⑤ 樊亚平、吴小美：《"'晨副'，我的喇叭"——论徐志摩主编的〈晨报〉副刊》，《甘肃社会科学》2000 年第 1 期。
⑥ 辛石：《徐志摩主编时期的〈晨报副刊〉——"自由主义热"中的冷思考》，《文艺理论与批评》2001 年第 2 期。
⑦ 李晓疆：《徐志摩与〈晨报副刊〉》，河北师范大学硕士学位论文，2011 年。

异"或"填补空白"当作选择研究对象的第一原则——这其实也是现代文学报刊研究中的另一种不良倾向——并非只有那些前人从未关注过的研究对象才具有研究的价值和意义，只是说研究对象过于集中和单一会使研究难度成倍增加，而要在研究中实现创新也就变得越来越难。发掘那些由于种种原因而被遮蔽，长期以来未被关注过的文学报刊来展示其对现代文学发生发展的贡献，自然是值得肯定的。但若将"填补空白"作为选择研究对象的最高追求，则必然走入歧途。因为许多文学报刊之所以长期无人关注，并非是被"遮蔽"的缘故，而是因为它们本身就缺少研究价值。当然研究价值是相对而言，严格来说，每种文学报刊无论存续时间长短、发行量大小都在某种程度上参与了现代文学场域的建构，因而也可以都找到其研究价值。但是，对于一些刊物来说，如果立足于新闻史、思想史、文化史等其他学科领域来展开研究，也许更为合适，更可发现其价值所在，但从文学史研究出发却缺少可供阐释的空间，那么现代文学研究选择这样的研究对象就是不太合适的。

据刘增人先生等人编著的《1872—1949 文学期刊信息总汇》① 统计的数据显示，自 1872 年 11 月 11 日《瀛寰琐记》创刊到 1949 年 10 月 1 日中华人民共和国成立，这 77 年间出现的文学期刊约有 10207 种。要从这上万种文学期刊中找出一本从未被研究者关注过的进行研究以求"填补空白"是轻而易举的事。但如此一来势必将现代文学报刊研究的主要任务置换为"索隐"和"填空"，导致研究趋向于碎片化，背离了现代文学报刊研究的初衷。也正因如此，李楠对晚清民国小报的研究虽然提供了许多新鲜的史料与有意义的思考，但仍然受到一些质疑："尽管小报研究也带有资料搜集整理的性质，努力展现以前不曾注意的领域，但由于小报刊上刊载的作品大多文学性不强，研究对象本身缺乏足够的审美价值，这就使得研究者不得不将目光更多地聚集在小报刊所彰显的文化现象上，这种研究具有文化史和报刊史上的价值，但对文学史建构意义不大。"②

---

① 刘增人、刘泉、王今晖编著：《1872—1949 文学期刊信息总汇》，青岛出版社 2015 年版。

② 周仲谋：《论近年来的现代文学期刊研究》，《社会科学论坛》2010 年第 20 期。

三

陈寅恪所谓王国维善于"取外来之观念与固有之材料互相参证"这一治学路径，对后世学术研究而言，确实是一条极为重要的启示，带有强烈的方法论意义。其应用范围也不仅限于"文艺批评及小说戏曲之作"，除去单纯的考据整理工作外，史料研究同样需要有观念、理论的提领。这里的"外来之观念"与"固有之材料"二者是平等的关系，在"互相参证"中将"外来之观念"的理论学说与对"固有之材料"的分析阐释有机结合。而不是用"外来之观念"对"固有之材料"进行简单图解，将"固有之材料"当成证明"外来之观念"的论据。作为现代文学史料研究的一种，现代文学报刊研究面对的一个突出难题就是如何处理好史料叙述与理论提升之间的关系。长期致力于现代文学史料研究的刘增杰先生曾撰文指出现代文学报刊研究的两个不足："一是研究理论薄弱。现代文学期刊研究长期以来缺乏理论自觉。研究中轻视理论，只向往于把新发掘出来的期刊堆砌出来以示丰富，缺乏对已有期刊做深入的理解与阐释……另一个突出问题是：研究者对中国的历史经验研读较少，存在着某种盲目性，从而出现了对外国理论的照搬照抄，生吞活剥。"① 郝庆军也曾撰文对报刊研究中的两个热门话题"公共领域"与"想象的共同体"进行反思，认为"研究中国的报刊，应在中国的具体语境中找到中国的问题，哪怕再小的一个问题也是一个真问题；迎合时尚，迁就理论，悬问题觅材料，搅扰群书以就我，难免误入歧途"②。从近年来的研究实践来看，现代文学报刊研究"缺乏理论自觉"的问题倒是有了比较大的改善，但是生吞活剥外国理论的现象并没有随着郝庆军等人的反思而改善，一些热门理论甚至成为年轻研究者们包打天下的"万能武器"，一种理论在手、所向无敌，批量制造出大批的"研究论文"，其学术质量可想而知。

现代文学报刊研究带有跨学科性质，现代文学研究、出版史研究、近现代史研究、思想史研究、传播学研究等等都可以将之作为研究对象，并从各自的

---

① 刘增杰：《中国现代文学期刊研究的综合考察》，《河北学刊》2011年第6期。
② 郝庆军：《报刊研究莫入误区——反思两个热门话题："公共领域"与"想象的共同体"》，《中国现代文学研究丛刊》2005年第5期。

学科立场出发进行研究阐释。这种跨学科的研究格局可以为不同专业学科领域的研究提供宏阔的研究视野，深化对各自领域中一些关键问题的认识，但是研究中还是要有清晰的学科边界意识，力求在融会贯通的基础上实现"专业"与"精深"意义上的探索。所以，诸如传媒视野、思想史视野等等都可以成为现代文学报刊研究的重要背景，开阔文学研究的思路，不过研究的立足点还是应该放在文学上，探讨的应该是文学问题，而不是传媒问题或思想史问题。就像陈平原先生研究《新青年》的那篇长文所呈现的，是研究"思想史视野中的文学"①，而不是思想史本身。但是反观学界的现代文学报刊研究，在借用理论工具对研究对象进行阐释时，却在很大程度上呈现学科边界模糊的现象。比如郝庆军曾在文中反思过的，来自不同学科领域的研究者们都不约而同地将哈贝马斯的"公共领域"理论作为阐释观察现代文学报刊的基本理论框架，并且由此衍生出了一些中国化的变种，如"公共空间""公共论坛"等等，虽然表面看来与哈贝马斯的"公共领域"有所区别，但究其根源则毫无疑问还是源自"公共领域"。无论现代中国文学报刊上的"公共领域"在事实上能否成立，若立足于思想史分析现代文学报刊对"公共领域"的建构，应当还是有价值的，这一理论框架也是有效的。然而"公共领域"理论的流行程度已经远超寻常，这在某种程度上导致不同学科视野中的现代文学报刊研究都变成了思想史研究及其附庸。

现代文学研究界热衷于将"公共领域"作为理论框架研究文学报刊已是人所共见。远一点的如李宪瑜的《"公众论坛"与"自己的园地"：〈新青年〉杂志"通信"栏》②与刘震的《〈新青年〉与"公共空间"——以〈新青年〉"通信"栏目为中心的考察》③等等，都是以哈贝马斯的"公共领域"理论为参照系来对《新青年》"通信"栏进行阐释。近的则就不胜枚举了，赵亚宏、郝福华的《同为公共话语空间的〈甲寅〉月刊与〈新青年〉研究》认为二者都是

---

① 陈平原：《思想史视野中的文学——〈新青年〉研究》，《中国现代文学研究丛刊》2002年第3期、2003年第1期。

② 李宪瑜：《"公众论坛"与"自己的园地"：〈新青年〉杂志"通信"栏》，《中国现代文学研究丛刊》2002年第3期。

③ 刘震：《〈新青年〉与"公共空间"——以〈新青年〉"通信"栏目为中心的考察》，《延边大学学报》（社会科学版）2003年第3期。

"民初先进知识分子表达自由思想的公共话语空间"①；金晶的《报纸副刊：公共空间与文学的自由言说性——试论〈申报·自由谈〉的文学特色与价值》旨在"通过公共空间的建构、《申报》民间性带来的自由性言说期许、《自由谈》展示的自由言说表征等方面来概括性阐释《自由谈》的自由言说性"②；唐文稳的《论孙伏园时期的〈晨报副刊〉对新文艺思想的传播》认为"《晨报副刊》作为一种传播媒介，从最基本的信息传递发展成一个'公共舆论空间'"③······所有这些都是将"公共领域"或是其中国化的变种作为自己研究的理论框架使用的。正所谓铁打的"公共领域"，流水的现代文学报刊。④ 那些最先注意到哈贝马斯的"公共领域"理论，并将其运用到对现代文学报刊的解析中去的研究者，其创新性自然是值得肯定的。但"'公共领域'理论＋现代文学报刊"的研究模式一旦形成之后，这类研究也就走到了穷途末路，研究变成简单的复制拼贴，学术价值也就乏善可陈了。何况这样的研究，说到底都与文学研究本身有着相当的距离，只能算是一种文学的外围背景研究，对于文学史的重写与建构而言意义并不大。

除哈贝马斯的"公共领域"外，另外一种在现代文学报刊研究领域堪称"神器"的理论框架当属布尔迪厄的"场域"理论。最早将布尔迪尔的"场域"理论与中国文学研究相结合的是英国汉学家贺麦晓（Michel Hockx）。1996年1月24—26日，贺麦晓在荷兰莱顿大学组织召开了"现代中国文学场"国际研讨会并且向会议提交了自己的论文《二十年代中国文学场的若干方面》（后以《二十年代中国的"文学场"》为题发表于《学人》第十三辑，江苏人民出版社1998年版），这是首次将布尔迪尔的文学社会学与中国文学研究相结合并以此为主题召开的国际学术会议，据说布尔迪厄为此很高兴，专门写邮件给组

---

① 赵亚宏、郝福华：《同为公共话语空间的〈甲寅〉月刊与〈新青年〉研究》，《通化师范学院学报》2009年第11期。
② 金晶：《报纸副刊：公共空间与文学的自由言说性——试论〈申报·自由谈〉的文学特色与价值》，浙江师范大学硕士学位论文，2010年。
③ 唐文稳：《论孙伏园时期的〈晨报副刊〉对新文艺思想的传播》，黑龙江大学硕士学位论文，2011年。
④ 其他学科领域的研究者对"公共领域"的热衷程度可谓有过之而无不及，新闻传播学领域的一些年轻研究者甚至将之当作一种现成的"研究公式"随意操演，快速生产出了大量的"研究论文"。

织者,"并对组织者对其理论富有创造性的运用表示赞赏"①。1996 年 11 月,贺麦晓又在《读书》上发表《布狄尔的文学社会学思想》,介绍了布尔迪尔的三个关键概念:"场(field)、生性(habitus)和资本(capital)",并且围绕"文学场"对布尔迪厄的文学社会学思想进行了细致阐释②。但在当时却应者寥寥,主要原因是现代文学研究界对布尔迪尔的"场域"理论并不熟悉。直到 2001 年,刘晖翻译的布尔迪尔《艺术的法则——文学场的生成和结构》由中央编译出版社出版后,"场域""文学场"才慢慢受到关注,并于近年逐渐成为在现代文学报刊研究界几乎可以与哈贝马斯"公共领域"的"热度"相媲美的理论框架。

近年来,仅从题目就可以看出是以布尔迪尔的"场域"理论为理论框架的现代文学报刊研究论文,就有王利涛的《从场域理论看民初通俗文学期刊——以〈小说大观〉为例》③、薄景昕的《论〈新青年〉场域的构成》④、陈晔的《〈新青年〉在场域斗争中的资本占位》⑤、张娜的《东北沦陷时期〈青年文化〉杂志文学场域研究》⑥、陈程、石崇的《重庆抗战诗歌在期刊媒介场域中的版面争夺》⑦、林尚平的《桂林〈野草〉文学场域下的左翼话语建构》⑧……其他同样采用"场域"作为理论框架但题目又未予以呈现的就更是数不胜数了。若布尔迪厄在世,并得知自己的理论如此热门,想来会更加高兴吧。不过与"公共领域"的境遇类似,当"'场域'理论+现代文学报刊"成为研究中的另一种通用的"成功模式"后,这类研究也已经不知不觉走到了停滞的地步。而且,有意思的是,贺麦晓先生的"文学场"视阈原本是非常广阔的,他着眼的

---

① 贺麦晓:《"现代中国文学场"国际研讨会》,《世界汉学》1998 年第 1 期。
② 贺麦晓:《布狄厄的文学社会学思想》,《读书》1996 年第 11 期。
③ 王利涛:《从场域理论看民初通俗文学期刊——以〈小说大观〉为例》,《重庆师范大学学报》(哲学社会科学版)2009 年第 4 期。
④ 薄景昕:《论〈新青年〉场域的构成》,《求是学刊》2009 年第 1 期。
⑤ 陈晔:《〈新青年〉在场域斗争中的资本占位》,《名作欣赏》2011 年第 8 期。
⑥ 张娜:《东北沦陷时期〈青年文化〉杂志文学场域研究》,沈阳师范大学硕士学位论文,2012 年。
⑦ 陈程、石崇:《重庆抗战诗歌在期刊媒介场域中的版面争夺》,《中州大学学报》2012 年第 1 期。
⑧ 林尚平:《桂林〈野草〉文学场域下的左翼话语建构》,福建师范大学硕士学位论文,2015 年。

是"二十年代中国的文学场",可是后来的现代文学报刊研究者却基本上都是探讨某某刊物的文学场,或是"以某某刊物为例"展开分析。这实际上也暴露了现代文学报刊研究中的另外一个重要缺憾,即研究对象过于单一,在研究中不能将作为研究对象的现代文学报刊放置到与其他刊物共时或历时的比较视阈中研究审视,并在此基础上彰显其具有的独特价值。回顾既有的现代文学报刊研究成果,鲜有同时关注两种或两种以上刊物的。即便像《"四大副刊"与五四新文学》[①] 这样的题目,虽然表面看来是对"四大副刊"的整体观照,但其实也仍然是以《晨报副刊》为主要研究对象,对《学灯》《觉悟》以及《京报副刊》等做的研究基本都是现象层面的描述,深入程度还有很大的提升空间。对现代文学报刊研究而言,孤立地看待某一研究对象,是不可取的,由此提炼、升华的关于研究对象的"特色"或贡献,很可能是许多刊物共有,并非研究对象独有的,因而研究结论也往往似是而非。以一种文学报刊为个案透视整个"文学场"还是将文学报刊放置到整个"文学场"当中加以审视,在与"场"中的其他刊物、人、资本等元素的对话交流中彰显研究对象对于文学史建构的价值与贡献,是两种完全不同的研究路径。显然,前者容易将研究套路化、公式化,远离文学研究的主旨,后者才更能将研究引向深入,是将"场域"用作文学报刊研究的理论框架后应该主要致力的方向。

回顾新时期以来中国现代文学报刊研究的历史,在重视史料研究、"重写文学史"的语境中,现代文学报刊研究逐渐成为现代文学研究领域的一个学术生长点,许多重要的现代文学报刊都一一被整理研究并进行了个案考察,取得了一批引人注目的学术成果。但是,在这种现代文学报刊研究繁荣景象的背后也确实存在研究对象过于集中带来的重复研究、热门理论工具的借用带来的模式化研究以及在研究中未能留意学科边界,因而对本学科相关论题深化的贡献程度比较低等阻碍现代文学报刊研究进一步走向深入的问题。这既是一种反思也是一种自省,因为其中的不少问题在笔者本人的研究实践中也存在。研究界只有及时总结经验教训,才能使相关研究进入一个新的境界。

---

① 员怒华:《"四大副刊"与五四新文学》,华中师范大学博士学位论文,2011年。

20世纪中国文学生活史研究刍议

"文学生活"研究已经成为近年来中国现当代文学研究领域出现的一个引人注目的学术生长点,究其缘起则是2009年温儒敏先生在武汉华中师大举办的"中国现当代文学研究60年国际学术讨论会"上提出的一个倡议,他主张现当代文学研究应当研究"文学生活",走向"田野调查"。① 后来温先生又多次撰文,对"文学生活"进行阐述,并带领研究团队就"当前社会文学生活"进行了切实有效的研究实践。温先生强调,所谓"文学生活","主要是指社会生活中的文学阅读、文学接受、文学消费等活动,也牵涉到文学生产、传播、读者群、阅读风尚,等等,甚至还包括文学在社会生活各个方面的影响、渗透情况……专业的文学创作、批评、研究等活动,广义而言,也是文学生活,但专门提出'文学生活'这个概念,是强调关注'普通国民的文学生活'或者与文学有关的普通民众的生活"。倡导"文学生活"研究的目的,是要打破现有的文学研究只关注作家作品——批评家(文学史家)的"内循环"式研究格局。② 应该说,"文学生活"概念的提出,的确有助于拓展中国现当代文学研究的学术空间,促进这一领域的研究从"凌空高蹈"回归"脚踏实地",同时也有助于纠正现当代文学研究流行硬套理论、以理论生吞活剥创作的弊病,倡

---

① 范宁、余蔷薇:《温儒敏:文学研究要走进"田间地头"》,《楚天都市报》2009年9月27日。
② 温儒敏:《"文学生活"概念与文学史写作》,《北京大学学报》(哲学社会科学版)2013年第3期。

导实证研究的扎实学风。另外，文学生活研究也"能够更好地沟通文学与现实社会之间的关系，更好地总结文学与社会大众关系的经验教训，并对现实文学和状况做出针对性的反应"①。

从文学研究角度看，"文学生活"概念开启了文学研究的新思路，不仅适用于研究当前社会的文学生态，对现代文学、近代文学乃至古代文学研究也同样有效。以此观照文学史，也有助于拓展文学史研究的空间。关于这一点，不少研究者在论及文学生活研究之意义时也都涉及了。比如刘方政先生认为文学生活研究可以丰富文学史写作，以此为基点进行文学史研究"将打破传统文学史仅仅以作家作品为研究对象的框框，也即在作家生平叙述、作品审美分析和文学史地位界定之外，增加普通读者的阅读感受和理解"②。丛新强先生也认为在视听时代，"'文学生活'提供出一种有效的文学史乃至社会文化史的研究路径"③。当然，从"文学生活"出发进行文学史研究，原本也是温儒敏先生"文学生活"研究构想中的题中应有之意，他说："迄今为止的各种文学史，绝大多数就是作家作品加上思潮流派的历史，很少看出各个时期普通读者的阅读、'消费'以及反应等状况。'文学生活'的提出将为文学史写作开启新生面，这种新的文学史研究，将不再局限于作家与评论家、文学史家的'对话'，还会关注大量'匿名读者'的阅读行为，以及这些行为所流露出来的普遍的趣味、审美与判断，不但要写评论家的阐释史，也要写出隐藏的群体性的文学活动史。"④ 在这个文学史写作构想中，"读者"或者说"匿名读者"的阅读接受、文学活动被强调到了一个非常重要的位置。因为正是广大普通读者的文学阅读、接受、反应和消费构成了特定时代文学生活的主流。所以，以往文学史著述中固守精英立场，基本无视普通读者的文学阅读与反应的做法，显然是不合适的。如果引入文学生活视角，现有的文学史叙述中那些精英视阈下的经典

---

① 贺仲明：《我们为什么关注文学生活？——文学生活研究的意义、方法与启示》，《常州大学学报》（社会科学版），2016年第1期。

② 刘方政：《"文学生活"概念的提出、内涵及意义》，《山东大学学报》（哲学社会科学版）2014年第4期。

③ 丛新强：《文学生活：全球对话主义语境中的文学路向》，《山东社会科学》2015年第11期。

④ 温儒敏：《"文学生活"概念与文学史写作》，《北京大学学报》（哲学社会科学版）2013年第3期。

作家作品可能需要被重新考量。一些在现有文学史中评价很高的作品，可能实际上对当时的文学生活并未产生太大的影响，而一些被文学史家们否弃，根本无法进入现有文学史叙述的作品也许恰恰是对当时社会文学生活产生过重大影响、应当"入史"之作。所以，引入"文学生活"视角进行文学史研究，不仅能开辟新的文学史研究空间，更代表了一种新的文学史观的形成。在这种文学史观的观照之下，文学接受将成为文学史叙述的主要视角和理论支撑。

对"文学生活"以及"文学生活史"研究的倡导，在国外学者中也有先例。1903年2月7日，法国学者朗松在现代史协会做了题为《关于法国文学中应做的某些史学工作的想法》的报告，后改题为《法国外省文学生活史研究计划》，收入《朗松文论选》。朗松对"文学生活"以及"文学生活史"所作的论述，同温儒敏先生对"文学生活"研究的倡导有不少相似之处，不仅仅是一种翻译术语的巧合。比如在论及"文学生活"研究之必要性时，朗松说："其实我们对于法国的文学生活，对于文学和书面文化在国家生活中的重要性和功能，认识并不清楚，或者根本就不认识。按照我们今天对图书的概念——图书是在某一社会环境中一个人的气质的错综复杂的表现，是激奋个人精神的酵母，因此也是社会改造的酵母。按照这个概念，就越来越不可能把我们局限于对作品的美学分析之中，也越来越不可能不竭力把图书与生活联系起来，竭力使我们自己对在各时期、各地区及各阶级中文化表现的形式与程度得出一个最精确的概念。"①在这里，朗松认为文学研究应当超越"对作品的美学分析"，以及对应当将"图书（文学）与生活联系起来"的呼吁，其实都与温儒敏先生倡导"文学生活"研究的初衷不谋而合。再如，在报告中朗松还说："人们以为，要认识文学，只要研究作家就够了，其实还有不可忽视的读者。图书都是为读者而存在的。人们对宫廷、贵妇的内室和沙龙，那在伏尔泰心目中构成当时巴黎有教养的社会的两三千人还有一定的认识。但这两三千个行家里手并不就是'整个法国'，圣西门认为代表着国家的那两三打公爵显贵也不就是整个法国。除了这些人以外，还有人在生活，还有人在读书。读书的是怎样的人？他们读些什么？这是两个首要的问题，通过对这两个问题的回答，我们就可以把文学移置于生活之中。我们就将看到，我们的作家，我们的哪些作家的行动

---

① 朗松：《郎松文论选》，徐继曾译，百花文艺出版社2009年版，第70—71页。

是以怎样的方式扩展到外省，深入到社会各阶级的程度又是如何。在全国的扩展，在全民中的深入，对这两个现象的仔细观察具有重大的意义。"① 朗松强调，那些专业读者并非"整个法国"，他们的文学趣味、阅读接受并不能代表"整个法国"的文学生活状况。恰恰是那些广大的普通读者（或许是失声的或匿名的），构成了"整个法国"文学接受的主体。所以，从强调应当重视文学活动中的读者因素，尤其是普通读者的阅读接受这方面来看，朗松的"文学生活"与温儒敏先生的"文学生活"也有相似之处。另外，朗松也认为应当从"文学生活"入手，在"法国文学史"（即文学产品的历史）之外，写出一部"法国的文学史"，一部"描写全国的文学生活的图景，不仅包括执笔写作的知名之士，也包括阅读作品的无名群众的文明与活动的历史"②。虽然未能像温儒敏先生那样，从新的文学史观入手思考现有文学史写作的缺憾，并以"文学生活"视角对未来文学史写作的可能性与研究空间进行"大胆假设"，但朗松对写一部"法国的文学史"的呼吁，已经触及了"文学生活史"的研究实质。不过，这样一种"法国的文学史"显然太超前了，很难为学术界所接受，所以朗松也意识到这种文学史（即文学生活史）是"今天还不能试图写出的"③。事实也如此，从1903年郎松发表这篇报告至当下，有关"文学生活"或"文学生活史"的研究并未出现有价值的成果。倒是中国文学界，随着温儒敏先生的倡导以及实践，"文学生活"研究已有蔚然成风之势，"文学生活史"研究也开始提上日程。

当然，在中国文学史研究领域，其实已经出现过一些以"文学生活"命名的成果。比如1931年上海光明书局就出版过谭正璧的《中国女性的文学生活》，但其实这是一部女性文学史，对于历代女作家及其创作进行了评述。所以到1934年出版第3版时，作者就改题为《中国女性文学史》。另外，近些年以"文学生活"为题进行文学史研究的论文也时常出现。如崔琇景的博士学位论文《清后期女性的文学生活研究》（复旦大学2010年），何玲华的论文《苏雪林清末浙省文学生活考探》（《浙江工业大学学报》2015年第1期）等等，但其"文学生活"的内涵主要涉及的是研究对象的文学创作、文学教育以及文

---

① 朗松：《郎松文论选》，徐继曾译，百花文艺出版社2009年版，第71页。
② 朗松：《郎松文论选》，徐继曾译，百花文艺出版社2009年版，第76页。
③ 朗松：《郎松文论选》，徐继曾译，百花文艺出版社2009年版，第76页。

学交游等等,与温儒敏先生所强调的普通读者的文学阅读与接受、反应为中心的"文学生活"并不一致。当然,对中国古代的文学生活进行研究探讨既非笔者力所能及也非本文的研究任务。本文主要拟对"20世纪中国文学生活史"的内涵和研究思路进行一些初步探讨,比如相关研究可以从哪些侧面展开,以及与现有的20世纪中国文学史相比,其研究的侧重点有哪些不同等等,希望得到诸位方家的指正。

一

20世纪中国文学生活史研究应当关注文学生活的重大变革。20世纪中国文学经历了新旧交替的重大变革,这种变革不仅对文学自身的发展产生了重要影响,也影响到文学生产、传播、消费等各个方面,带来了文学生活的变革。中国文学向来以诗为正宗,诗是国人文学生活中最重要的内容,而小说则被视为"小道薄技",不登大雅之堂。但尽管小说被"精英"群体或者代表"雅"的审美趣味的群体所鄙视,却仍然在国人文学生活中扮演了重要角色,只不过在现代印刷技术大规模推广之前,篇幅较短的诗词更适合印刷传播,篇幅较长的小说则有着印制方面的现实困难,因而在传播方面处于劣势。随着洋务运动以后现代印刷技术的逐渐普及,篇幅已经不构成小说生产的障碍,于是,一方面造成了小说在整个社会文学生产中所占的比重迅速上升,另一方面随着一些有识之士对小说有益于世道人心的鼓吹,小说为"小道薄技"的观念也在慢慢发生改变。所以1902年11月梁启超在《新小说》上发表《论小说与群治之关系》,宣布"小说为文学之最上乘"之前,小说其实已经成为当时社会文学生产和消费的主流。这种情形可以从康有为的一首诗中得到证实。1900年,康有为在其《闻菽园居士欲为政变说部,诗以速之》一诗中写道:"我游上海考书肆,群书何者销流多?经史不如八股胜,八股无如小说何……"另外,诗中还有"闻君董狐说小说,以敌八股功最深。袨缨市井皆快睹,上达下达真妙音。方今大地此学胜,欲争六艺为七岑"[①]等句。可见,至少在康有为写作此

---

① 康有为:《闻菽园居士欲为政变说部,诗以速之》,见《康有为全集》(第12集),中国人民大学出版社2007年版,第208页。

诗的 1900 年，小说就已经成为上海图书销售界最为青睐的对象。而且不管是衣冠楚楚的士大夫（衿缨）阶层还是引车卖浆的市井细民都热衷于小说阅读，每有新作出版，皆争相一睹为快。而小说消费市场的火爆反过来也进一步促进了小说和小说家地位的提升，擅写小说已经成为当时的一门"显学"，甚至可以与传统的"六艺"并驾齐驱了。

所以，研究 20 世纪中国文学生活史，首先需要明确，同时也需要通过大量实证研究加以阐述的一个现象就是，在 20 世纪，小说取代诗歌成为国人文学生活的中心。于是，这期间社会各阶层对于小说这种文体的态度变化、小说创作群体的蓬勃发展状况——作者不再限于科举失意或是处江湖之远的知识分子，许多衿缨阶层的人士也纷纷加入小说创作队伍中来，现代印刷业的进步、现代出版业以及图书销售业的发展等等，都应当进入研究视野。通过上述研究，呈现小说取代诗歌逐步占据 20 世纪国人文学生活中心位置的动态过程。同时，与之相关联的一个问题就是，文学生活史不仅要关注那些重要、典型的文学体裁在国人文学生活中的参与情况以及产生的影响，对于那些"不太重要"或者说在文学生活中已经变得比较"小众"的文学体裁也应当作为一种"非典型文本"加以关注。比如，尽管诗歌在小说的挤压之下从国人的文学生活中所占的空间已被大幅压缩，而且随着文学革命中白话诗逐步站稳脚跟、合法性得到确认，作为中国古代文学生活最重要内容的旧体诗词创作与唱和、阅读与传播其外在的文学环境更加逼仄（尤其是在新文化运动激烈反传统的背景下，进化论几乎成为一种意识形态，新=进步、旧=落后，成为当时普遍接受的一种信条，所以新文化运动中那些仍然对传统文化尤其是旧体诗词情有独钟的人就往往被新文化派讥讽为"骸骨之迷恋"[①]），但是旧体诗词这一脉毕竟没有中断，而是以潜隐的方式延续，受到一部分爱好者的推崇，而且随着主流意识形态对优秀传统文化的重视以及诸如中央电视台"诗词大会"等媒体节目的推波助澜，旧体诗词不管创作还是阅读接受都呈现逐渐上升的态势。所以旧体诗词在 20 世纪国人文学生活中扮演怎样的角色、发挥怎样的作用等等也

---

① 1921 年《文学旬刊》第 19 期上发表"斯提"的《骸骨之迷恋》，批评《南高日刊》上的"诗学研究号"是"迷恋骸骨"。内中说："旧诗何以已成为骸骨？这不必详言，说的人多极了。（一）用死文字。（二）格律严重拘束，就是使旧诗降为骸骨的要因。要用他批评或表现现代的人生，是绝对不行的。"

应成为20世纪中国文学生活史关注的内容。当然，除去旧诗之外，新诗在国人文学生活中的影响同样值得做个案研究。因为尽管小说已经成为国人文学生活的主流，但诗歌在某一特定时期深入影响国人文学生活的个案还是比比皆是。比如郭沫若《女神》出版所引发的轰动，"'大跃进'诗歌""天安门诗歌"等民众参与度极高的诗歌运动，以及20世纪90年代的"汪国真热"与"汪国真现象"等等，都是研究白话诗与20世纪国人文学生活的重要个案，值得进行深入探讨。

二

现有的20世纪中国文学史，基本都是中国的文学创作、文学思潮与文学运动的历史。也就是说只有中国作家创作的文学作品才能进入现有文学史的观照视野，翻译成中文的外国文学作品是不能够作为研究对象而被中国文学史评述和讨论的，偶尔有所涉及，也仅限于所谓"影响研究"。但如果引入"文学生活"视角来做20世纪中国文学生活史的研究，那么研究对象中涉及文学作品的部分就不应仅仅限定为中国作家的文学创作，应当将中国作家的文学创作与翻译家们翻译出版的外国文学作品放到一起来考量。因为在20世纪的不同阶段，都发生过翻译作品影响巨大、对国人文学生活产生重要影响的事件。

1915年《小说月报》主编恽铁樵曾言："吾国新小说之破天荒，为《茶花女逸事》《迦茵小传》；若其寖昌寖炽之时代，则本馆所译《福尔摩斯侦探案》是也。侦探案有为林琴南先生笔述者，又有蒋竹庄先生润辞者，故为迻译小说中之最善本。士大夫多喜阅之，诧为得未曾有。"① 恽铁樵提到的这三部小说，都曾于20世纪初年在中国社会上引发轰动，形成热潮。近代文学史家郭延礼先生在论及《巴黎茶花女遗事》的流播及其在翻译文学史上的意义时说："……真正有影响的外国小说是林纾、王寿昌合译的法国小仲马的小说《巴黎茶花女遗事》。小说一出版，在社会上引起了很大轰动。近代诗论家陈衍称'中国人见所未见，不胫走万本'；寒光则谓小说一出版，'一时洛阳纸贵，风

---

① 铁樵：《作者七人》，《小说月报》1915年第6卷第7号，第14页。

行海内外',由此近代文坛上形成了一股'茶花女热'。"①《巴黎茶花女逸事》译成于1898年,1899年印行"林氏家刻本",后来又有"素隐书屋本""玉情瑶怨馆木刻本""文明书局本""广智书局'小说集新'本""商务印书馆'说部丛书'本"等多个版本印行,传播极广,备受青年人的喜爱。晚清小说批评家邱炜萲记述自己阅读《巴黎茶花女遗事》的过程时说:"年来忽获《茶花女逸事》,如饥得食,读之数反,泪莹然凝阑干。每于高楼独立,昂首四顾,觉情世界铸出情人,而天地无情,偏令好儿女以有情老,独令遗此情根,引起普天下各钟情种,不知情生文耶,文生情耶?"②严复也在《甲辰出都呈同里诸公》诗中说:"可怜一卷《茶花女》,断尽支那荡子肠。"③凡此种种,可见《巴黎茶花女遗事》在当时影响之大。后来,《茶花女》还被春柳社改编成话剧演出,同样也获得了巨大的成功。所以,对于《巴黎茶花女逸事》《迦茵小传》以及《福尔摩斯侦探案》等这些在国人文学生活中扮演过重要角色、产生过重大影响的翻译小说,文学生活史理应予以关注。

其实《巴黎茶花女遗事》等翻译小说在国内引发阅读热潮并非偶然现象,几乎每个时代都会有若干翻译文学作品受到中国读者的喜爱和追捧。五四时代发生过"拜伦热""易卜生热""维特热"等文坛热潮。拜伦诗句中对自由民主的热情讴歌,以及所体现出来的勇于反抗异族侵略的英勇果敢的精神都对当时的进步中国青年产生了重要影响,受到热烈欢迎,从而引发了"拜伦热"。"易卜生热"也是五四时代值得关注的现象。沈雁冰曾在1926年撰文指出:"易卜生和我国近年来震动全国的'新文化运动'是有一种非同等闲的关系:六七年前,《新青年》出版'易卜生专号'把这位北欧的大文豪作为文学革命、妇女解放、反抗传统思想……等等新运动的象征。那时候,易卜生这个名儿,曾萦绕于青年的胸中,传述于青年的口头,不亚于今日之下的马克思和列宁。"④而歌德的《少年维特之烦恼》由于"反对封建贵族的阶级偏见,歌颂青春、爱

---

① 郭延礼:《近代西学与中国文学》,百花洲文艺出版社2000年版,第199页。
② 邱炜萲:《客云庐小说话》,见阿英编:《晚清文学丛钞》,中华书局1960年版,第409页。
③ 严复:《甲辰出都呈同里诸公》,《严复集》(第二册),中华书局1986年版,第365页。
④ 沈雁冰:《谭谭〈傀儡之家〉》,《文学周报》1925年第176期。

情和友谊，追求个性解放和自由平等，同时又带有浓重的感伤色彩。这一切正与'五四'时期深受封建礼教之苦而开始觉醒的中国知识青年一代产生了强烈的共鸣。所以，在五四新文化运动中，郭沫若译的《少年维特之烦恼》一出版，立即受到了广大知识青年的欢迎，在20年代形成了一股'维特热'"。据郭延礼先生统计，《少年维特之烦恼》有过六种中译本，"先后有21个出版社出版了88版次，如果1版以2000册计算，译本问世后的27年中共出版了176000册，这个印数在现代文学出版史上真有点接近天文数字了"。而他也指出："这股'维特热'，首先根源于广大读者对歌德这部小说狂热的爱，然后才促进并推动了出版界的'维特热'。"①

由翻译文学作品而引发的阅读热潮，往往会催动作品的再版或改编，使其在传播的链条上走得更远，而传播的延伸反过来也使作品得以更广泛也更深入地进入读者的文学生活之中并产生影响。这种现象不仅在20世纪上半叶时常出现，1949年后也不少见，比如"十七年"期间《钢铁是怎样炼成的》《牛虻》等翻译小说的阅读高潮、新时期以后的《百年孤独》热、"村上春树热"等等，也都是值得重点关注的文学生活史研究个案。可以说这些翻译作品在国人文学生活中所发生的影响都不亚于甚至远超同时期中国作家的作品，文学生活史研究应当对这些个案进行细致的梳理剖析，不仅要通过扎实的数据、史料来梳理再现出这些"翻译热潮"的真实图景，而且要对作品走红的原因及其所反映出来的社会文化心理进行探析。

三

范伯群先生主张为中国现代通俗文学建立独立的研究体系，他说："这样做的必要性在于过去的中国现代文学史是'知识精英'占主导地位，中国现代通俗文学或作为'逆流'加以批判，或被作为'配角'而充当陪客。"而他认为："中国现代通俗文学在时序的发展上，在源流的承传上，在服务对象的侧重上，在作用与功能上，均与知识精英文学有所差异。如果不看到这一点，那

---

① 郭延礼：《文学经典的翻译与解读——西方先哲的文化之旅》，山东教育出版社2007年版，第9—10页

么中国现代通俗文学的特点也就会被抹杀……"① 范先生此论可谓指出了20世纪中国文学史研究中的一大软肋,而他和他的研究团队所从事的通俗文学史研究正是为了更加全面和客观地来审视文学史,给"被压抑"的通俗文学一个合理的文学史定位。不过致力于从通俗文学着眼来建构文学史和致力于从精英文学/新文学着眼来建构文学史严格来说都只是呈现出了文学史的一个侧面,并没有跳出"精英文学/通俗文学"二元对立的格局。既然强调通俗文学与精英文学"在源流的承传上,在服务对象的侧重上,在作用与功能上"等方面的差异,那么也就很难将二者有机地整合进一部文学史中,而不厚此薄彼。若要真正将二者有机整合在一起,背后需要新的文学史观的支撑,而非简单的研究方法或研究对象的调整就能奏效。在此情势下,引入"文学生活"视角就显得非常必要和有价值,可以部分解决这一问题。从"文学生活史"出发重新梳理文学史的脉络,可以暂时搁置"精英/通俗"的二元对立,将雅文学和通俗文学有机整合到一起。

国外"文学生活"理论的开创者和"文学生活史"研究的倡导者朗松在他的报告中有过一些具体的研究设想,他说:"受到欢迎,收到实效的作品是哪些? 在杰作所不及的地方,平庸之作又起了什么作用? 大量发行,能满足所有的人,不超出常人水平的平庸之作常常比我们通常作为研究对象的杰作更起作用。"② 朗松对那些并不为精英的阅读群体所接受和喜爱,却由于满足了大众的审美需求而被大众所推崇,从而拥有广泛的读者受众的"畅销书"给予了重视,认为这构成了"文学生活史"研究的重要内容。他的这一看法也与温儒敏先生强调"文学生活"应当侧重关注"普通国民的文学生活"的观点有着某种相通之处。因为从读者受众这一角度考虑,如果一部作品非常优秀,却没有办法被广大读者所接受,只能在狭小的"精英读者群"或是"专业读者群"中传播,那也就意味着其对某一时代社会公众文学生活的影响有限,或者说未能进入真正的文学生活。专业读者的文学阅读当然是整个社会文学生活的组成部分,但是相对于广大普通读者的文学生活来说,显得太小众了。因为从文学人口的规模来看,广大普通读者的文学生活才是整个社会文学生活的主流。

---

① 范伯群:《中国现代通俗文学史(插图本)》绪论,北京大学出版社2007年版,第1页。

② 朗松:《郎松文论选》,徐继曾译,百花文艺出版社2009年版,第74页。

研究20世纪中国文学生活史，有一点是可以确定的。撇开翻译文学作品不说，在五四新文学革命发生之前，通俗文学在国人的文学生活中占据绝对的主导地位，而五四新文学革命发生后，以"鸳鸯蝴蝶派"为代表的通俗文学遭到压抑，新文学阵营掌握了文学发展的话语权与领导权，自然而然地也就带来了国人文学生活的变革。在此之后通俗文学虽然被压抑，但依旧拥有广泛的市民读者。比如20世纪30年代张恨水的《啼笑因缘》和40年代秦瘦鸥的《秋海棠》就都曾轰动一时。这些作品甚至直到当下都仍然在国人的文学生活中充满活力，不断出版新的版本并被改编成各种艺术形式，拥有大批的读者和粉丝。1930年3月—11月张恨水的《啼笑因缘》在《新闻报·快活林》上连载时即受到读者的热烈追捧，连载结束立即出版单行本，接着又被改编为评弹、话剧、电影等继续传播，其中关于电影改编还发生过明星电影公司和大华电影公司争夺拍摄权而打官司的事件，更是吸引了大批民众关注这部作品。1930年，严独鹤在为《啼笑因缘》单行本写的序言中说："在《啼笑因缘》刊登在《快活林》之第一日起，便引起无数读者的欢迎了。至今书虽登完，这种欢迎的热度，始终没有减退。一时文坛中竟有'啼笑因缘迷'的口号。一部小说之能使阅读者对于它发生迷恋，这在近人著作中，实在可以说是创造小说界的新纪录。"① 其实不仅《啼笑因缘》，几乎每个时代最受市民读者推崇的文学作品都属于通俗文学。即便1949年后的几十年间，鸳鸯蝴蝶派的作品彻底失去了生存空间，但在"文革"之中仍然有《一只绣花鞋》《一缕金黄色的长发》《绿色的尸体》等一批鸳蝴派通俗小说以手抄的方式秘密传播并且获得了大量读者的喜爱。至于20世纪80年代以后，金庸、古龙、梁羽生、琼瑶等鸳蝴派港台传人的作品大量涌入，更是使得中国大陆民众的文学生活掀起了巨大波澜，几乎每位作家都拥有大量粉丝，受到热烈追捧。所以研究20世纪中国文学生活史，通俗文学注定应占有较大的比重。

但是这并非说明与通俗文学相对的精英文学/新文学在文学生活中的影响有限、受众群体必定很小。判断某种文学在文学生活中的深入程度如何、产生的影响有多大，除了来自读者群体的直接现身说法外，还有一个重要的参照，

---

① 严独鹤：《〈啼笑因缘〉序》，见魏绍昌编：《鸳鸯蝴蝶派研究资料》（上卷 史料部分），上海文艺出版社1984年版，第209页。

那就是这类文学作品的出版状况、作品的印数、发行量等等。文学出版业的兴衰能够直接反映文学消费市场的变化，文学消费就是文学生活的重要内容之一。所以，文学出版业的状况可以看作是文学影响国民文学生活程度的一个风向标。五四新文化运动中，一些老牌的鸳蝴派刊物都纷纷革新，倒向新文学阵营，比如鸳蝴派的重要刊物《小说月报》在沈雁冰的主持下就改革成为文学研究会的重要阵地，这既可以说是新文学阵营努力的结果、有建设新文学的使命因素在内，但同时也可以说是文学消费市场开始自动发挥调节作用，重新配置文学期刊、出版机构的资源来适应越来越大的新文学消费市场。青年学生是新文学的主要受众群体，中国现代教育的发展使得青年学生群体不断壮大，同时也使得新文学消费市场不断壮大。新文学消费市场的不断扩大带来了新文学出版业的繁荣，而新文学出版业的繁荣又培育出不断壮大的读者群体、制造出新的潜在的市场需求。二者形成了一种良性的互动关系。这一切都说明，新文学对当时国民文学生活的影响是不容小觑的。至于20世纪20年代末期"革命＋恋爱"小说风靡一时的现象，"十七年"期间《青春之歌》《林海雪原》《铁道游击队》《红旗谱》等"红色经典"小说的流行，以及20世纪90年代以后出现的《平凡的世界》"常销书"现象等等，也都可以作为新文学对国民文学生活产生重要影响的典型个案来进行细致的研究分析。

当然，版次、印数、发行量等数据尽管可以从一个侧面反映一部作品对国民文学生活的影响，但也要结合具体的文学环境来分析。在市场化的文学环境中，文学的出版发行状况的确可以作为研究文学生活的重要参考。但在计划时代，文学出版发行不受市场调节控制，行政命令取代市场成为文学出版发行的实际决策原动力。在这种情况下，版次、印数、发行量就不能作为研究文学生活的依据了。所以有学者一谈及"红色经典"的影响之大，就援引当时的发行数据加以佐证，其实并不具有什么说服力。在计划时代，发行数据反映的主要是主流意识形态强行对某部作品进行推广宣传的力度，而非真实的普通读者的阅读需求与消费需求。

四

空间差异也是20世纪中国文学生活史研究应当关注的问题。不同地域的文学发展是不均衡的，不同地域的民众其文学生活的内容也往往有很大的差别。那些文化中心城市如北京、上海等，其文学生产、发行业相对发达，文学人口也比较密集，而且各种层次的文学人口汇聚在一起、需求丰富，因而文学生活的内容也会比较丰富。而偏远地区的文学人口相对较少，文学生活也相对简单甚至单调。

将这种空间差异性纳入20世纪中国文学生活史研究视野之后，会衍生出很多问题。比如前面提到的20世纪中国文学生活史应注意考察新旧文学变革带来的民众文学生活的变化。如果将空间差异考虑进来之后就不能仅仅将这种文学生活的变化作为一种发展的总体趋势而笼统地加以考察和描述，而应当深入到具体的空间层面去做更细致的探究和揭示。例如新文学的发生并逐渐取得话语权是从北京、上海等文化中心城市开始的，毫无疑问新文学对民众文学生活产生实质性的影响也是首先在这些文化中心城市发生的。那么新文学运动是怎样由北京、上海等中心城市向山东、河南、四川、广西等"外省"或偏远省份过渡的？新文学运动在"外省"或偏远省份是怎样被点燃、继而扩展的，强度有多大，在什么年代取得胜利？偏远省份人们的阅读趣味、文学消费与文学写作受到了怎样的冲击，发生了怎样的变化？每个地域空间的古典文学、通俗文学、民间文学都有不同的发展状况，在新文学革命发生后，各地原有的古典文学、通俗文学、民间文学等文学力量又是以一种怎样的方式与新文学进行角力的……就都成了值得关注的研究内容。

再如，抗战期间大批作家、编辑、出版机构不断辗转迁徙，所到之处也必然会对当地的文学生活产生影响。一个比较明显的例证是，随着1937年11月20日国民政府迁都重庆，这个在五四时期以及整个20世纪20年代都因偏远的地理位置而远离文学中心的西部城市开始成为一座文学重镇，文学生产和发行都异常活跃，但抗战胜利国民政府还都南京之后，战时形成的重庆文学繁荣局面就迅速衰落下来。其他如桂林、昆明等地也有着与重庆类似的情形。这种现象当然也值得文学生活史研究加以关注。此外，抗战期间由于国土在地理上被分割为国统区、解放区、沦陷区以及所谓"孤岛"等等，不同地理空间的文学环境有着相当大的差异，因而各自的文学也都发展出了鲜明的特色。与之相应，不同地理空间民众的文学生活其差异性也是显而易见的。如国统区与沦陷区的文学人口多为市民与知识分子，所以那些与政治保持一定距离的通俗小说仍然是对民众文学生活产生影响最大的文学类型。而解放区的文学人口以知识水平相对低下的工农兵为主，与他们的文学需求相适应，解放区流行的文学作品则主要是那种大众化、通俗化、为老百姓所喜闻乐见的作品。这样一种地理空间的文学差异现有的文学史已然有所关注，在进行文学生活史研究时，同样应当进行细致的研究辨析。只不过研究的重点不再是不同地理空间和文学环境导致的文学风格的差异，而是民众的文学生活本身。

邓集田曾在其著作中对晚清民国时期全国各地的文学出版资源总量和进文学史的作家人数进行列表统计，其所谓的"文学出版资源总量"是"文学期刊数量"和"文学出版机构数量"之和。"进入文学史的作家"所依据的文学史则是钱理群先生等人的《中国现代文学三十年》和范伯群先生主编的《中国现代通俗文学史》二书中重点介绍的作家。统计结果是，"文学出版资源总量"华东地区3592、中南地区900、华北地区857、西南地区658、东北地区197、西北地区97。"进入文学史的作家"华东地区130、中南地区30、华北地区22、西南地区13、东北地区5、西北地区1。① 这一统计数据已经兼顾了新文学创作与通俗文学创作两个方面，所以"文学出版资源总量"其实能够比较客观地反映全国各地的文学生产状况。就统计结果来看，文学生产资源的地域分布严重不平衡是显而易见的。仅华东（上海、江苏、浙江、福建、山东、江西、台湾）的文学出版资源就占了全国文学出版资源总量的57%，东北地区、西北地区则分别只占3%、1.5%。尽管东北、西北地区的民众可能有其他文学生活内容在这个文学出版资源总量统计中并不能被显现出来，比如民间文学。但至少从新文学与通俗文学的生产来说，东北、西北地区较之其他地区是明显落后的。从传播学角度来看，华东、中南、华北等文学出版资源总量较大的地域所生产出来的文学产品要进入西南、东北、西北地区民众的文学生活并产生影响，也是要大打折扣的。因为"地理环境制约着信息的质量、数量和特色。通常，媒介离信息源的距离越远，其可靠性越低，数量越小；相反，则质高量大"②。当然，文学生活的这种地域空间差异需要通过对翔实的数据和资料进行分析来加以呈现，不能仅仅是理论推演。

---

① 邓集田：《中国现代文学出版平台——晚清民国时期文学出版情况统计与分析（1902—1949）》，上海文艺出版社2012年版，第54页。

② 邵培仁：《传播学》，高等教育出版社2000年版，第241页。

总之，20世纪中国文学史研究可以着眼于"全局"，从"全国一盘棋"入手梳理呈现文学发展的总体线索，而中心城市的文学发展构成文学史的主干是顺理成章的事。所以北京、上海等中心城市的文学史可能基本上等同于一部20世纪中国文学史。① 但文学生活史研究不能只关注中心城市，否则就变成了"20世纪北京文学生活史研究"或者"20世纪上海文学生活史研究"。当然，对中心城市之外的每一个地域空间的文学生活史都展开研究既不现实也无必要，但是在研究的总体思路上还是要照顾文学生活的空间差异性，可以选一些有代表性的个案进行专题考察。

上述新旧文学的变革带来的民众文学生活内容的变化，翻译文学、通俗文学在国民文学生活中的地位和影响，以及不同地域空间国民文学生活的差异等四个方面的问题，只是笔者对20世纪中国文学生活史研究所作的一些初步设想，进入研究细部之后情况自然会复杂得多，所以更具体的研究思路尚需要在后续研究实践中不断探索和完善。

---

① 邓集田曾比较了王文英主编的《上海现代文学史》（上海人民出版社1999年版）和钱理群等著的《中国现代文学三十年》（北京大学出版社1998年版），结果是："二者主要介绍的中国现代作家和文学思潮等，绝大部分是相同的，后者中只有对1930年代的京派作家群、1930—1940年代的北方通俗文学作家，以及抗战爆发后解放区文学等情况的介绍为前者所无，其余不过是在介绍角度和详细程度方面有所区别而已。"邓集田：《中国现代文学出版平台——晚清民国时期文学出版情况统计与分析（1902—1949）》，上海文艺出版社2012年版，第54页。

新文化运动视阈下的"鲁迅与中国文化复兴"

讨论"鲁迅与中国文化复兴"绕不开两个问题,一是鲁迅与新文化运动,二是鲁迅与孔子(儒家文化)。表面看来后一个问题更加切题,但实际上两者是彼此勾连的。早在 1991 年 4 月,中国鲁迅研究学会、山东省鲁迅研究会、济南市文化局和曲阜师范大学等单位就曾在曲阜联合举办过一个"鲁迅与孔子"学术研讨会,以纪念鲁迅诞生 110 周年。与会专家们围绕鲁迅与孔子各自的思想文化体系,如何对待传统文化和建设新文化等问题进行了广泛讨论。但从当时的会议发言情况来看,学者们并没有就如何看待"鲁迅批孔"这一问题形成一致的看法,而这恰恰是认识鲁迅与传统文化关系的关键所在。当时一部分学者认为:"鲁迅批孔是历史事实,勿须回避。与此相悖的观点则认为,鲁迅从来没有真正直接批判过孔子,鲁迅批判的是宋朝'业儒'兴起的伪儒学、假道学,而不是孔子。"① 此后,张国光先生在当年第 9 期《湖北社会科学》撰文认为曲阜举办的"鲁迅与孔子"学术研讨会是"我国现代文学界重新评价孔子、正确认识鲁迅关于孔子和传统文化观、科学地评估'五四'的'打倒孔家店'的良好开端",并在文中继续阐述了应当区分"两个孔子"的问题,他说:"《鲁迅全集》中有许多批判孔子和传统文化的言论……如果仅据这些文字来看,似乎把鲁迅称之为从'五四'直到 30 年代中期我国现代文学界反孔斗争的英雄和主将并无不可……可是,若再细读《鲁迅全集》,又不能不使我们

---

① 岩:《"鲁迅与孔子"学术研讨会概述》,《文学评论》1991 年第 4 期。

清楚地看到，鲁迅直接地或曲折地、正面地或侧面地肯定、赞扬以至尊尚孔子和传统文化的文章和语录，简直俯拾即是。"而他据此得出的结论，即认为鲁迅其实并不反孔，他"对孔子思想中的精华部分和优秀的民族文化有着如此深切的认识和炽热的情感"①的观点恰恰也是曲阜会议上比较有代表性也颇有争议的一种。后来许多讨论鲁迅与传统文化关系尤其是论证鲁迅并非全面否定传统文化的研究成果如果从方法论的角度来看，其实并没有超越张文。

　　撇开新文化运动这一背景，单从鲁迅著述中寻找一些有关孔子或儒家文化的具体词句，然后用来论证鲁迅对传统文化持激烈批判态度或是认为鲁迅其实也对孔子或儒家文化有不少褒扬，因而并非全面反传统是很容易做到的，但这种论证方式实际上有可能遮蔽甚至远离问题的核心。因为尽管著述中的只言片语可以在一定程度上反映鲁迅的文化态度或文化观，却不能简单等同于鲁迅的文化态度或文化观。对此，钱理群先生曾经指出："作为学者的鲁迅，和作为杂文家、精神界之战士的鲁迅是有区别的。大家不妨可以把鲁迅的学术著作，他的《中国小说史略》《汉文学史纲》和鲁迅的杂文里面对传统文化的批判对照起来看。可以发现，作为学者的鲁迅，他站在一个学术立场上，他对传统文化有相当多的肯定，你看《汉文学史纲》就知道，他对老庄、对屈原都有肯定；但是他作为一个杂文家、一个思想家、一个精神界的战士，他谈到老庄，包括屈原，就有更多的批判，更多的否定。"②陈平原先生也曾提醒在读鲁迅作品时应当注意文体的差异："用读杂文的眼光和趣味来读论文，或者反之，都可能不得要领。后世关于鲁迅的不少无谓的争论，恰好起因于忽略了作为'文体家'的鲁迅，其写作既源于文类，而又超越文类。只读杂文，你会觉得鲁迅非常尖刻；但反过来，只读论文和专著，你又会认定鲁迅其实很平正通达。很长时间里，我们习惯于将鲁迅杂文里的判断，直接挪用来作为历史现象或人物的结论，而忽略了杂文本身'攻其一点，不及其余'的特征。"③应该说，钱理群、陈平原两位先生的提醒都是非常有必要的。正是这种"文体差异

---

　　① 张国光：《两个孔子，两种传统文化——正确认识鲁迅对孔子与传统文化的褒与贬问题》，《湖北社会科学》1991年第9期。
　　② 钱理群：《漫谈鲁迅对传统文化的批判——在北京大学的一次演讲》，《文史知识》1999年第4期。
　　③ 陈平原：《分裂的趣味与抵抗的立场——鲁迅的述学文体及其接受》，《文学评论》2005年第5期。

说"的提出，才富有说服力地解释了张国光先生所谈的鲁迅对传统文化贬与褒、激烈批判与热情肯定集于一身的谜团。文体差异造成的鲁迅表述中的矛盾、游移、探索与驳诘，在某种意义上说正是鲁迅的魅力所在。即便他对某一问题早已有基本的立场和判断，但在不同语境之下表述后也往往是充满矛盾、缠绕甚至是一边言说一边自我解构的。也因如此，要从鲁迅的著述中寻章摘句总结提炼出他对传统文化的态度与看法，其难度可想而知。

事实上，讨论鲁迅批孔（批判传统文化）或者讨论鲁迅对待传统文化的立场和态度，离不开五四新文化运动这一背景。尽管在"扬胡抑鲁"的思潮中，鲁迅对新文化运动的贡献遭到质疑，一些学者认为新文化运动的"主将"不应是鲁迅而应是胡适、陈独秀，但鲁迅作为骨干人物以自己的创作为新文化运动立下"鼎力支撑之功"① 是谁也无法否定的。至于胡、鲁之间的关系，尽管后来二人因政治主张不同而渐行渐远，但五四时代的两人毫无疑问是站在同一战壕里的同志，而且即便后来政治分歧越来越大，两人的文化观也是基本保持一致的，仍然坚守了五四时代的文化立场。周策纵先生曾有言："五十年代中期，胡适先生曾告我：'鲁迅是个自由主义者，决不会为外力所屈服。鲁迅是我们的人。'"② 据此耿云志先生判断："我们完全可以说，胡适与鲁迅，即使在他们因政治态度不同而关系恶化之后，在以批判的态度对待旧传统，以开放的态度对待西方文化的问题上，他们仍然基本站在同一条战线上。"③ 钱理群先生在关于鲁迅与五四新文化运动的演讲中也说："尽管鲁迅对胡适有很尖锐的批评，他们之间也确实存在一些原则性的分歧，但是胡适始终强调鲁迅是我们自己人。什么原因呢？他们都是五四中的人，他们的基本点是一致的……"④也就是说，在目前的学术界，无论是胡适研究专家还是鲁迅研究专家，都认为尽管后来胡、鲁二人分道扬镳，但两人都是五四传统的坚定守护者，文化立场或

---

① 王锡荣：《鲁迅在"五四"新文化运动中的地位问题——纪念"五四"运动90周年》，《上海鲁迅研究》2009年第2期。

② 周策纵：《小诗二首并序》，《文汇报·学林》2001年12月1日。

③ 耿云志：《从民族文化复兴的大视角看胡适与鲁迅》，《鲁迅研究月刊》2007年第10期。

④ 钱理群：《五四新文化运动中的鲁迅》。这是2009年3月11日钱理群先生在《国家历史》杂志和首都师范大学学生会举办的"国家历史大讲堂"上为纪念五四运动90周年而做的演讲，讲稿收入《示众》（重庆出版社2013年版）时有所改动。

文化观仍然保持了基本一致。既然由于正面论述太少、杂文笔法过多导致对鲁迅对待传统文化的立场和态度进行准确把握和评说有着相当的困难，那么是否可以退而求其次，以"倡导者""主将"们的文化观反推立下"鼎力支撑之功"的"战士"的文化观呢？这从逻辑上来说是可行的，因为尽管"战士"都有自己的个性，"每一个发动者，每一个参与者，他们的追求和实践都会在这个五四思想文化运动上打上某些个人的烙印"，但是毕竟"在总的大的价值观念上他们是共同的"①。

五四新文化运动对传统文化持批判立场，这一点是毫无疑问的。尽管不少学者认为儒家文化只是传统文化的一种，因而主张五四新文化运动中对儒家文化的激烈批判并不等于全面反传统，但毕竟自汉朝"罢黜百家、独尊儒术"以后，儒家文化就成了传统文化的主流，所以，认为在五四新文化运动中无论"主将"还是"战士"，对传统文化都持批判立场（也就是耿云志先生所言"以批判的态度对待旧传统"）是确定无疑的。问题是如何看待五四的"反传统"甚至是"激烈反传统""全面反传统"？新文化运动对传统文化的批判是否意味着一种文化虚无主义？是否是一个多世纪以来文化不自信的罪魁祸首（所谓"国学热"兴起以后，五四新文化运动就成为各色"国学"倡导者们攻击的对象）？是否与当下复兴传统文化的潮流相悖？搞清楚了这些问题，"鲁迅与中国文化复兴"这一问题也就相应地清晰了。

1919年12月1日出版的《新青年》发表了胡适的《新思潮的意义》一文，胡适写这篇文章是有感于自己看到"近来报纸上发表过几篇解释'新思潮'的文章"，但是"觉得他们所举出的新思潮的性质，或太琐碎，或太笼统，不能算作新思潮运动的真确解释，也不能指出新思潮的将来趋势"。所以，在文中他从"研究问题、输入学理、整理国故、再造文明"四个方面详细阐述了新文化运动的内涵、手段、目的与意义。在此之前，尽管陈独秀已在1920年《新青年》第7卷第5号上发表过一篇《新文化运动是什么？》，但陈在文中并未正面回答这一问题，只是列举了新文化运动中许多容易被误解的观点并予以澄清。所以胡适写作《新思潮的意义》时还是认为陈独秀"所举出的新青年两大罪案，——其实就是新思潮的两大罪案"算是对新文化运动"比较最简单的

---

① 钱理群：《五四新文化运动中的鲁迅》。

解释"。在胡适看来,"新思潮的根本意义只是一种新态度。这种新态度可叫作'评判的态度'……'重新估定一切价值'八个字便是评判的态度的最好解释"。另外,胡适在文中也专门谈了新文化运动对待传统文化所持的立场与态度问题:

> 现在要问:"新思潮运动对于中国旧有的学术思想,持什么态度呢?"
> 我的答案是:"也是评判的态度。"
> 分开来说,我们对于就有的学术思想有三种态度。第一,反对盲从;第二,反对调和;第三,主张整理国故。①

在文章最后的总结部分,胡适再次明确地阐述了新思潮的"精神""手段""将来趋势""对于旧文化的态度"以及"目的"等诸多方面。他说:"新思潮对于旧文化的态度,在消极一方面是反对盲从,是反对调和;在积极一方面,是用科学的方法来做整理的工夫……新思潮的惟一目的是什么呢?是再造文明!"② 胡适行文的特点就是明白晓畅、条理清楚。在《新思潮的意义》一文中,胡适对新文化运动的精神与手段、目的与意义,以及对待传统文化的立场与态度等问题确实阐释得十分清楚,不仅有助于当时的青年学生和社会公众更加深入、透彻地理解那场运动,时至今日,也仍然是研究者们认知新文化运动的一篇重要文献。

胡适将新文化运动的根本意义归结为一种"评判的态度",即"重新估定一切价值",那么新文化运动对待传统文化总体上持批判立场也就是顺理成章的事了。既然"评判的态度"就是"凡事要重新分别一个好与不好",那么只有在一种怀疑(质疑)、批判的眼光下才能完成这种"评判"。而讲到对"旧文化"进行"评判"时,胡适又特别强调要"反对调和",他说:"调和是社会的一种天然趋势。人类社会有一种守旧的惰性,少数人只管趋向极端的革新,大多数人至多只能跟你走半程路。这就是调和。调和是人类懒病的天然趋势,用不着我们来提倡。我们走了一百里路,大多数人也许勉强走三四十里。我们若

---

① 胡适:《新思潮的意义》,《新青年》1919年第7卷第1号。
② 胡适:《新思潮的意义》,《新青年》1919年第7卷第1号。

先讲调和,只走五十里,他们就一步都不走了。"① 在这一点上,鲁迅的看法跟胡适高度一致,他也是坚决反对调和的。1927年2月26日鲁迅在香港青年会所做的题为《无声的中国》的演讲中,就同样表达了对"折衷""调和"的批判:"中国人的性情是总喜欢调和,折中的。譬如说,这屋子太暗,须在这里开一个窗,大家一定不允许的。但如果你主张拆掉屋顶,他们就会来调和,愿意开窗了。没有更激烈的主张,他们总连平和的改革也不肯行。那时白话文之所以通行,就因为有废掉中国字而用罗马字母的议论的缘故。"② 所以,无论是新文化运动的"倡导者""主将"还是"听将令"的"战士",都对"调和、折衷"有着深刻的认知,于是在新文化运动中对传统文化批判异常"激烈"甚至是"全面反传统"也就不奇怪了。实际上,诸如胡适主张"全盘西化",鲁迅主张"要少——或者竟不——看中国书,多看外国书"③ 等惊世骇俗、明显失之偏颇的主张或言论,其实都是在考虑了"调和""折衷"的文化惰性之后采取的一种策略性表述,并非真的要全盘否定中国传统文化并实行"全盘西化"。直到1935年"全盘西化"论争中,胡适被论争的双方吴景超和陈序经算作"文化折衷"派时,他还一再申说自己并不"折衷":"我是主张全盘西化的。但我同时指出,文化自有一种'惰性',全盘西化的结果自然会有一种折衷的倾向……现在的人说'折衷',说'中国本位',都是空谈。此时没有别的路可走,只有努力全盘接受新世界的新文明。全盘接受了,旧文化的'惰性'自然会使他成为一个折衷调和的中国本位新文化。若我们自命做领袖的人也空谈折衷选择,结果只有抱残守缺而已。"④ 所以,五四新文化运动对传统文化的批判无论怎样"激烈""彻底""全面",都只是一种"术",一种策略,并非胡适、鲁迅们的真实立场与思想表达,当然也就谈不上什么文化虚无主义了。至于认为五四新文化运动对传统文化的批判是一个多世纪以来文化不自信的根源,更属无稽之谈。从心理学的角度来说,以一种开放的心态,从容

---

① 胡适:《新思潮的意义》,《新青年》1919年第7卷第1号。
② 鲁迅:《无声的中国——二月二十六日在香港青年会讲》,见《鲁迅全集》(第4卷),人民文学出版社2005年版,第14页。
③ 鲁迅:《青年必读书——应〈京报副刊〉的征求》,见《鲁迅全集》(第3卷),人民文学出版社2005年版,第12页。
④ 胡适:《编辑后记》,《独立评论》1935年第142号。

正视自身文化传统里精华与糟粕并存的事实，并对文化糟粕进行批判性清理正是自信的表现，只有那些极度不自信者才会妄自尊大、讳疾忌医，不敢面对自身文化传统的缺陷，小心翼翼地维护一个虚伪的完美面貌。

除了在"重新估定一切价值"的旗帜指引下对传统文化进行批判性清理外，五四新文化运动还有胡适所谓"积极"的一面，也即建设性的一面。而这建设性的一面是直接与五四新文化运动的终极目的相关联的，也就是"再造文明"。或许还应注意到另外一个现象，即胡适常常在其英文著述中用"The Chinese Renaissance"（"中国的文艺复兴"）指称新文化运动。如欧阳哲生先生所言，"这不单是一个用词的问题，而是有其特殊的内涵和意义，它表明胡适对新文化运动的价值取向有其自身的选择……当胡适将新文化运动置于'中国的文艺复兴'这一思想框架时，新文化运动显现的意义确实与我们熟悉的'革命话语'或'启蒙话语'的解释有了新的不同"①。其实，联系胡适在《新思潮的意义》中对新思潮的"惟一目的"是"再造文明"的强调，那么他在英文著述中将新文化运动称为"中国的文艺复兴"也就不难理解了。在胡适看来，新文化运动的目的正是要使中国文化实现复兴或再生。在这一点上，我不太认同欧阳哲生先生的看法，即"在新文化阵营中，像胡适这样理解新文化运动，特别是如此追溯新文化运动的历史渊源，如此定位新文化运动的性质，实属个别"②，恰恰相反，我以为这代表了当时知识分子对新文化运动的一种较为普遍的看法。

比如新文化运动中创刊的《新潮》杂志，英文名为"The Renaissance"，欧阳哲生先生说："从语义上来说，中文《新潮》的刊名与英文 Renaissance 并不对应。舍去中文原义，而另取一英文名称，反映了《新潮》同人对新文化运动在中西文化关系互换语境中的另一种理解。这一理解，可能主要来自他们的顾问胡适的影响。"③ 胡适晚年确实曾谈到《新潮》的英文名可能是受了自己的影响，这至少说明作为新文化运动中的一支重要力量，新潮社同人在看待新

---

① 欧阳哲生：《中国的文艺复兴——胡适以中国文化为题材的英文作品解析》，《近代史研究》2009 年第 4 期。
② 欧阳哲生：《中国的文艺复兴——胡适以中国文化为题材的英文作品解析》，《近代史研究》2009 年第 4 期。
③ 欧阳哲生：《中国的文艺复兴——胡适以中国文化为题材的英文作品解析》，《近代史研究》2009 年第 4 期。

文化运动时，对于运动目的与意义的理解是与胡适一致的，换句话说，胡适对新文化运动的理解并不"个别"。有关《新潮》杂志何以用"The Renaissance"作英文刊名，傅斯年并未在《新潮发刊旨趣书》中进行解释，不过在《〈新潮〉之回顾与前瞻》一文中有这样的话："……子俊要把英文的名字定做 The Renaissance，同时，志希要定他的中文名字做'新潮'，两个名词恰好可互译。"① 由此可见，在傅斯年以及子俊（徐彦之）等新潮社同人看来，"The Renaissance"与"新潮"的内涵是一致的，并非语义不对应。另外，从"新潮"这一名称确定的过程来看，也并非"舍去中文原义，而另取一英文名称"。恰恰相反，是先有了英文名，而后根据英文名确定对应的中文名。这一点，可以在罗家伦那里得到确认。罗家伦在《新潮》创刊号上发表的《今日世界之新潮》一文中，对"Renaissance"做了详细阐释，他说："Renaissance 是'黑暗时代'过后的一个大潮，起于意大利几个小城，终究是漫全欧，酿成西方今日的新文化。"② 在罗家伦看来，西方正是在文艺复兴中实现文化再生并逐渐生成"新文化"的，这一过程自然可以成为当时中国正在进行的五四新文化运动的一个镜鉴，或者说为理解五四新文化运动提供了一个注脚。而在文末对"Renaissance"所作的注释中，罗家伦进一步写道：

> Renaissance 是欧洲十五世纪一个时代，其时正当黑暗时代之后，教权盛行，人民没有思想自由的余地。Constantinople 失陷时候，有一班希腊学者从 Byzantine 逃到意大利小城里来讲希腊自由思想的学问；后来历史家于是多半叫那个时代做 The Revival of Learning 的时代。中国人就是从 The Revival of Learning 的字面上，将他译作"文艺复兴"时代，是不很妥当的。当 Renaissance 时代的人物所讲的学问思想，并不是同从前希腊的学问思想一个样子，不过他们用希腊的学问思想做门径从最新的方面走罢了！Renaissance 一个字的语根，是叫"新产"New Birth，我把本志的名称译作"新潮"，也是从这个字的语根上看的；也是从这个时代的真精神上着想。③

---

① 傅斯年：《〈新潮〉之回顾与前瞻》，《新潮》1919 年第 2 卷第 1 号。
② 罗家伦：《今日之世界新潮》，《新潮》1919 年第 1 卷第 1 号。
③ 罗家伦：《今日之世界新潮》，《新潮》1919 年第 1 卷第 1 号。

罗家伦之所以认为将"The Revival of Learning"译为"文艺复兴"并不妥当①，目的是为了将"文艺复兴"与"文化复古"区别开来。他认为，"文艺复兴"并非要退回古希腊时代，并非是对希腊文化的全面复归，其实质是发掘和弘扬古希腊文化传统中那些优秀的文化精神并在此基础上实现文化的"新生"，创造一种新文化，这跟国粹派的"复古"主张是截然不同的。在他看来，创造新文化是"文艺复兴"的题中应有之义，也是其最终指向所在。正是基于这种理解，他才将"Renaissance"译作"新潮"，并将其作为杂志的中文名称。由此可见，新潮社同人投身新文化运动，他们对新文化的理解，确实是跟胡适一致的，他们倡导或推动"新潮"，目的就是为了实现"文艺复兴"和文化再生。

如果说傅斯年、徐彦之、罗家伦等新潮社诸君对新文化运动的理解是受胡适影响，是基于对胡适的追随与支持的话，那么鲁迅、周作人的"文化观"与胡适的"中国文艺复兴论"则可以看作是一种"不谋而合"。在写于1907年的《文化偏执论》中，见鲁迅指出："……此所为明哲之士，必洞达世界之大势，权衡校量，去其偏颇，得其神明，施之国中，禽合无间。外之既不后于世界之思潮，内之仍弗失固有之血脉，取今复古，别立新宗，人生意义，致之深邃，则国人之自觉至，个性张，沙聚之邦，由是转为人国。"②《文化偏执论》从文体上来说，应当是一篇学术论文，里面的观点也是这一时期鲁迅的理性思考与表达。所谓"取今复古，别立新宗"，正是要以一种开放的姿态，吸取当今世界的优秀文化因子，复兴优秀的传统文化精神，并在此基础上开创一种新文化、新思潮。显然，这跟胡适在《新思潮的意义》中将新文化运动阐释为"研究问题、输入学理、整理国故、再造文明"四个方面，以及在英文著述中将新文化运动表述为"中国的文艺复兴"的观点是相通的。两者都强调要批判地继

---

① 秦晖先生在其《两次启蒙的切换与"日本式自由主义"的影响——新文化运动百年祭（二）》（《二十一世纪》2015年10月号）一文中，也认为"文艺复兴"的译法不妥："过去中文多译为'文艺复兴'，其拉丁文'Renaissance'就是'复兴''恢复'，并无'文艺'之义，这场运动也不仅有达·芬奇、拉斐尔等的'文艺'成就，更是对被中世纪埋没了的包括罗马法、希腊哲学在内的古典文明全面'再发现'，并借以走出中世纪。"

② 鲁迅：《文化偏执论》，见《鲁迅全集》（第1卷），人民文学出版社2005年版，第57页。

承并复兴优秀的文化传统，而后在此基础上创造一种足以引领世界潮流，且能够为实现民族国家复兴提供支撑的新文化。在这一点上，鲁、胡二人是不折不扣的同志。

对此，周作人的看法也是一样的，在写于1924年的《生活之艺术》一文中，周作人说："中国现在所切要的是一种新的自由与新的节制，去建造中国的新文明，也就是复兴千年前的旧文明，也就是与西方文化的基础之希腊文明相合一了。这些话或者说的太大太高了，但据我想舍此中国别无得救之道。"① 这里，周作人甚至超越了东、西方文化的差异，从人类历史文明进程的角度看问题了。他所谓的"西方文化"，更确切地说应该是指"现代文化"。他认为在中国传统文化（"千年前的旧文明"）内部，有着跟作为西方文化（现代文化）之基础的希腊文明类似的优秀文化因子——现代文化因子。这也恰恰是需要"复兴"、发扬光大的，因为这是"建造中国的新文明"的根基。只有这样，中国才能够"得救"，才能最终实现现代民族、国家的重建。

当然，周作人的这一看法并不孤立，早在戊戌变法之前，最早睁眼看世界的那批中国知识分子如王韬、薛福成、徐继畲等人就认为，他们接触的西方文化中有许多文化精神与中国"三代"时期的文化有相通之处，据此反思中国文化没落的原因并将其归结为"秦制"对"三代"优秀文化传统的破坏。所以，秦晖先生认为"戊戌前的启蒙者抨击'秦制'，向往'洋三代'，类似西方中世纪晚期要求回到希腊罗马去（实际是开创近代化）的'古典复兴'"②。也就是说，从王韬、薛福成、徐继畲到鲁迅、胡适、周作人、新潮社诸君，他们从文化角度考虑现代民族国家重建时，"文化复兴"的思路是一直延续下来的。之所以考虑"文化复兴"而不是直接另起炉灶，进行一种文化移植，是因为"成功的变革必须在相当程度上考虑历史形成的'路径依赖'，与人们已知的符号系统尽可能兼容，一般都不会采取'一切推倒重来'的方式……过去人们囿于五四以后'西儒对立'的成见，简单地把'追新'与'复古'对立，以是否

---

① 周作人：《生活之艺术》，见钟叔河编：《周作人散文全集》（第3册），广西师范大学出版社第2009年版，第514页。
② 秦晖：《两次启蒙的切换与"日本式自由主义"的影响——新文化运动百年祭（二）》，《二十一世纪》（香港）2015年10月号，总第151期。

反儒来界定是否启蒙,实在是一种误判"①。

秦晖先生的观点,对于我们重新认识新文化运动有着重要的意义。因为长期以来,新文化运动"文化复兴"或"文化复古"的向度一直是被压抑的,"整理国故"被认为是向保守派妥协,即便 20 世纪 80 年代以后学界开始重新评价"整理国故"的历史意义时,往往只是强调其对现代学术发展的意义,鲜有从新文化运动的终极目的或建设性这一角度予以评判。究其原因,是当进化论几乎成为一种意识形态后,是很难看到"复古"有时是与"追新"相通的。特别是当新文化运动对传统文化采取一种激烈批判的激进策略时,一般人更是容易只看到表象,而忽略了批判背后隐藏的建设性因子,即通过"重新估定一切价值"来复兴优秀传统文化、建设新文化,并为现代民族、国家的重建提供基础和支撑。而这才是胡适、鲁迅们发动及投身新文化运动的"初心",也是理解"鲁迅与中国文化复兴"这一命题的关键所在。

---

① 秦晖:《两次启蒙的切换与"日本式自由主义"的影响——新文化运动百年祭(二)》,《二十一世纪》(香港)2015 年 10 月号,总第 151 期。

1949：鲁迅纪念"国家话语"的形成

如李欧梵先生所言，在中国，"纪念鲁迅已经成了'专业'"①。自1936年鲁迅去世以来，对他的纪念几乎成了国人每年都要经历的"节日"。当然，虽然都是纪念，但不同年代的纪念内容还是有着相当大的差异的。不同年代的鲁迅纪念中倡扬的"鲁迅精神"以及在此基础上建构起来的"鲁迅"形象也大相径庭，有时甚至前后冲突。一部鲁迅纪念史，实际上就是一部特殊的鲁迅接受史或阐释史，其中既体现着时代脉搏的律动与政治风云的变幻，也暗含着思想价值的更迭和意识形态的流向，具有非常重要的研究价值，目前已有许多学者就这一课题进行过研究。国外研究者中，美国学者大卫·霍尔姆在其《一个中国高尔基的形成——1936—1949年的鲁迅》一文中，较早地围绕共产党对鲁迅的纪念与"中国高尔基"这一形象的产生做过探讨。国内学界的研究成果则更为丰硕，其中有对特定区域的鲁迅纪念进行研究的，如潘磊、葛涛、郭宝昌、程乔娜等人对解放区鲁迅纪念的研究以及徐瑞岳、程杰对国统区鲁迅纪念的研究都属此类；有对特定报刊上的鲁迅纪念话语进行研究的，如钦鸿对《文艺春秋》上鲁迅纪念的研究，熊飞宇对《文艺阵地》上鲁迅纪念的研究，王学振对《新华日报》上鲁迅纪念的研究，以及李光荣对1949年之前《云南日报》上鲁迅纪念的研究等等；当然也有纯粹做文献整理工作的，如刘运峰先生所编《鲁迅先生纪念集》，不仅将20世纪30年代北新书局和文化生活出版社出版的

---

① 李欧梵：《铁屋中的呐喊》，尹慧珉译，岳麓书社1999年版，第223页。

《鲁迅纪念集》与《鲁迅先生纪念集》重新整理出版，内中新收录的《鲁迅先生纪念集补遗》更是搜集整理了散佚在当时报刊上的大量纪念资料，可以说为鲁迅纪念研究的开展做了极为重要的史料整理工作。除此之外，还有对特定时间段内的鲁迅纪念进行系统研究的，如程振兴在其博士论文基础上修订而成的《鲁迅纪念研究：1936—1949》就是第一本系统研究 1936—1949 年间鲁迅纪念的著作。书中选取 1936 年的鲁迅丧仪、1938 年《鲁迅全集》的出版和 1946 年鲁迅逝世十周年纪念作为个案，对这三次重要的鲁迅纪念活动进行系统的梳理考察，钩沉了许多史料，对已有的鲁迅研究视野做了有意义的开拓。方晓艳的硕士学位论文《抗战时期国共两党的鲁迅纪念（1937—1945）——兼论历史人物纪念的政治功能》则从政治文化的角度对抗战期间的鲁迅纪念活动进行了梳理分析，其中对国民党方面参与鲁迅纪念活动的梳理呈现可以看作是对程振兴研究的一种必要补充。而钱理群先生的《独自远行——鲁迅接受史的一种描述（1936—1949）》，虽非专门针对鲁迅纪念而作，但其中凸显的丰富多元的鲁迅形象大都与纪念有关，论述中密集的心灵碰撞与思想闪光，也使得文章颇具启发性。

当然，由以上也可以看出，如果从纵向的时间轴考察，现有的研究成果，其研究对象的范围主要集中在 1949 年以前（1949 年后的鲁迅纪念除了葛涛、徐妍等几位学者的研究外尚不多见），而且研究中往往采取"典型个案"的研究方法，即研究者尽管常把 1936—1949 作为一个时间段来考察（如程振兴），但实际上只是选取了这一时间段内的几个有关鲁迅纪念的"典型个案"进行分析，研究的下限也只到 1946 年鲁迅逝世十周年为止。尽管"典型个案"的研究方法比较便于操作，一些"重要"的"鲁迅"形象也都是在这种纪念的"典型个案"中被建构的，但鲁迅纪念毕竟是一个流动的过程，前后的纪念话语彼此勾连缠绕，有增益也有减损。因此，一些"非典型年份"并不意味着不值得关注，因为它们也是鲁迅纪念动态链条的有机组成部分，甚至起到承前启后的作用。1949 年，显然就是这样一个值得关注的"非典型年份"。

事实上，在我看来，将 1936—1949 作为一个时间段来考察其实并不合适。因为当 1949 年 10 月鲁迅逝世十三周年纪念到来时，新中国已然建立。由已经成为执政党的中国共产党和其领导的人民政府组织的鲁迅纪念活动便毫无疑问地具有了"国家纪念"的性质。同时，从这一年起，个体的鲁迅纪念话语开始逐步隐匿在"国家话语"与"集体话语"之中，对鲁迅接受与阐释的"认同感"开始达到空前的一致。所以，从鲁迅纪念的历史实践来看，1949年完全可以作为一个时代的开始，从某种意义上说，它标志着鲁迅纪念开始步入"当代"。本文就是拟对1949年的鲁迅纪念进行具体考察。

一、"国家纪念"的确立

1949年10月15日，新华社发表电讯稿《京、沪筹备纪念鲁迅逝世十三周年》：

> （新华社北京十五日电）（甲）本月十九日是中国伟大的思想家、文学家鲁迅先生逝世十三周年纪念。中华全国文学艺术界联合会为了筹备纪念中华人民共和国成立后第一个鲁迅先生的忌日，十三日下午特邀请全国总工会、全国民主妇联、全国青联和中共北京市委会等共同商讨纪念办法……会上决定由全国文联邀请各有关单位联合发起成立鲁迅先生逝世十三周年纪念筹备会，除将在首都举行盛大纪念会外，并由各学校、工厂自行组织纪念活动……①

文中特别强调这是"中华人民共和国成立后第一个鲁迅先生的忌日"，而且除了首都的盛大纪念会外，"并由各学校、工厂自行组织纪念活动"，这标志着鲁迅纪念已经走出了过去那种纪念活动主要限于中心城市的特点，由首都向外辐射，各地的学校、工厂都积极参与其中，规模可以说达到了空前的地步，这在鲁迅纪念的历史上是空前的。因为在中国的传统习惯里，"逢五""逢十"的诞辰或忌日是格外重要的，所以"逢五""逢十"的相应纪念活动也就格外隆重。此前的1946年，鲁迅逝世十周年纪念就异常隆重，简直成了呼唤民主自由、反抗国民党专制统治的一场政治运动。而1949年只是鲁迅逝世十三周年，并不"逢五""逢十"，但是纪念活动也如此"盛大"，显然是与"中华人民共和国成立后第一个鲁迅先生的忌日"有关。其时新中国方肇建，政府欣欣

---

① 《京、沪筹备纪念鲁迅逝世十三周年》，《新华社电讯稿》1949年第484—514期。

向荣，人民欢欣鼓舞，文艺界、宣传领域已经初步形成了一整套完整的领导组织机构，上级部门一旦发出某种倡议或指示，下级部门的执行效率和力度都是前所未有的。于是，有了党和政府有关部门的大力倡导，加上鲁迅崇高的威望和广泛的群众基础，1949年的鲁迅纪念盛况空前也就不难理解了。

有关1949年的鲁迅逝世十三周年的纪念，当时的《新华月报》曾发表一篇题为《鲁迅十三周年忌》的新闻稿，从中我们可以一窥当年鲁迅纪念活动的大体情况："十月十九日是鲁迅先生逝世十三周年忌辰，全国各界人民纷纷集会纪念，各地报纸都出了特刊。首都大会由全国文联、总工会、青联、学联、妇联、和北京市的工会、中小学教职员联合会、院校教职员联合会等十二个团体发起筹备，该日上午九时在国民大戏院举行。到会文艺工作者、工人、青年、妇女等一千多人。大会推举郭沫若、聂荣臻、吴玉章、马叙伦、陈伯达、茅盾、周扬、丁玲、冯雪峰、许广平、罗常培等四十八人为主席团，由郭沫若任执行主席。全体肃立向鲁迅先生默哀致敬后，主席郭沫若致辞。接着讲话的有吴玉章、陈伯达、许广平、院校教师代表魏建功、学联代表谢邦定等。会中曾朗诵了《阿Q正传》的一段和《立论》《淡淡的血痕》两文。大会一致通过决议，请人民政府在北京和上海的适当地点建立鲁迅铜像和整理鲁迅故居，建立鲁迅纪念馆。此外，清华大学、北京大学、师范大学、文艺报和人民文学社等均曾集会纪念。鲁迅故居并于该日开放，北京图书馆也举办了鲁迅先生生平及作品展……"① 除对北京的鲁迅纪念活动详加报道之外，文中还对上海的纪念大会，以及天津、沈阳、西安、汉口、南京等地的纪念大会状况进行了报道。上海的大会有两千多人参加，天津、西安、汉口、南京等地的纪念会规模也都在一千人以上。这些集会虽由文艺界发起，但都有当地的党政领导或宣传部门主要领导参加并致辞，相对而言，文艺界人士反而更像与会的"专业人士代表"了。如上海的纪念大会是由时任上海市常务副市长潘汉年代表中共上海市委会和上海市人民政府向大会致辞，沈阳的纪念会是由中共东北局宣传部副部长刘芝明致辞，西安纪念会有中共中央西北局宣传部长张稼夫出席，南京纪念会有中共南京市委宣传部长陈其五出席，汉口纪念会除了中共中央华中局宣传部副部长熊复出席之外，时任中原临时人民政府教育部长潘梓年也到会参加

---

① 《新华月报》1949年第1卷第2期。

纪念。抛开致辞的具体内容不说，在1949年后的政治文化语境中，领导官员到场致辞是具有重要的"形式意味"的，至少代表了纪念的"规格"和官方的重视程度。从某种程度上说，1949年的鲁迅纪念活动，已经从形式和制度上奠定了此后类似纪念活动的基本程序：既由业务部门具体发起组织，又由意识形态主管部门监管和领导；既有上级主管部门的提倡并对纪念的规模、范围加以限定，又有其他相关部门的通力配合。这样组织起来的纪念活动，既庄重热烈，又井然有序，迥异于民间自发的纪念。

除了席卷全国的纪念集会外，1949年，全国报刊也纷纷组织刊载纪念鲁迅的专辑。单是国家级的报刊就有《人民日报》《新华周报》《新华月报》《新华每日电讯》《人民文学》《文艺报》等参与其中，发表了大量的纪念文章。以《人民日报》为例，这份在1949年8月1日就被定为中共中央机关报的新中国"第一大报"，在1949年10月19日鲁迅逝世纪念日当天，头版发表了法捷耶夫的《论鲁迅》、柏生的《访鲁迅故居》，以及两则消息《今日鲁迅忌辰 北大等校将举行纪念晚会 先生故居定今开放》《〈文艺报〉与〈人民文学〉昨举行纪念晚会 丁玲罗果夫等卅余人出席》。另外将第5版特辟为"鲁迅先生逝世十三周年纪念特刊"，发表了郭沫若的《鲁迅先生笑了》、茅盾的《学习鲁迅与自我改造》、胡风的《不死的青春——在人民祖国的第一年纪念鲁迅先生》、许广平的《在欣慰下纪念》、周建人的《鲁迅的病疑被须藤医生所耽误》以及"祜曼"的《纪念鲁迅，继续发展版画艺术——为鲁迅先生逝世十三周年纪念而作》等文章。除此之外，第6版还发表了"竹均"的《看了"鲁迅生活作品展览"》和四幅照片、张铭的《就是你，指引着我们！——为鲁迅逝世十三周年而作》以及一组共4则《鲁迅语录》。当时的《人民日报》总共6个版面，围绕纪念鲁迅所刊发的相关报道和纪念文章已占到了总版面的三分之一以上，足见官方对这一纪念活动的重视程度。《人民日报》尚且如此，地方报刊转载或发表的纪念文章就更是数不胜数了。从中央到地方，从党报党刊到其他普通刊物上这些铺天盖地的纪念专辑与纪念文章，也从一个侧面显示1949年的鲁迅纪念已经上升到了国家纪念的层面。

当然，纪念活动最核心的部分应当是"纪念话语"。仪式固然重要，"纪念话语"却是带有"盖棺论定"的性质，对于被纪念者形象的塑造起着至关重要的作用。1949年的鲁迅纪念，从仪式的层面看，这种突破地域限制、遍地开花式的纪念当然有了"国家纪念"的性质。从话语层面看，从《人民日报》《新华周报》等国家级媒体组织发表的大量纪念文字上也可以看出鲁迅纪念的"国家话语"业已形成。

二、"笑"与"欣快"的纪念

考察1949年的鲁迅纪念话语可以发现，本年度的鲁迅逝世纪念中出现了一种欢快明朗、喜悦祥和的"新气象"。在中国的文化语境中，纪念一个人的逝世，一般来说是气氛总是庄严肃穆的，而情感基调或是感伤哀婉或是慷慨悲壮，兴高采烈地纪念一个人的逝世倒不多见。在1949年鲁迅逝世十三周年纪念中，有一类纪念文章的情感基调就是欢快明朗的。以《人民日报》在纪念日当天编辑发表的"鲁迅先生逝世十三周年纪念特刊"为例，5篇纪念诗文中，有3篇都写到了鲁迅先生的"笑"，或是我们的"欣快"。郭沫若写的纪念诗题目就叫《鲁迅先生笑了》，诗的第一节写道："鲁迅先生，人们说你离开我们十三年了，/但，我都在四处看见了你，你是那么健康，/你的脸色已经再不像平常的那样苦涩，而是和暖如春地豁朗而有内函（原诗如此——笔者注）地在笑。"接下来，郭沫若描绘了一系列"鲁迅先生笑了"的场景：3月25日，人们在西苑机场欢迎毛主席和中共中央来到北平、"高呼毛主席万岁"时，"那时候我看见了你，看见你笑了"；4月23日，捷克首都布拉格的世界拥护和平大会上，当解放军胜利渡江的消息传来，全场高呼"新中国万岁，毛泽东万岁"时，"那时候我看见了你，看见你笑了"；7月1日晚上，在先农坛公共体育场举办的中国共产党成立28周年纪念大会现场，"全场高呼毛主席万岁"时，"那时候我看见了你，看见你笑了"……后面还写到了第一次文代会现场，中国人民政治协商会议第一次全体会议闭幕以及10月1日新中国成立典礼等场景，无一例外都是现场高呼"毛主席万岁"时，"看见你笑了"。胡风在《不死的青春——在人民祖国的第一年纪念鲁迅先生》一文中回顾了鲁迅一生的"战斗历程"后，也欢欣鼓舞地写道："今天，炬火升起了，太阳出来了，那用毛泽东思想的名字照耀着的中国，照耀着人类，连他都在内。"于是，面对着他的"正在年青起来的祖国""正在年青的活力里面着手创造历史的伟大的人民""正在解除掉'因袭的重担'，欢乐地向集体主义努力前进的，千千万万的年青的生命",鲁迅先生"微笑"了。同时,许广平也在《欣慰下的纪念》中表示:"在站起来了的时候纪念鲁迅的十三周年,该是多么值得欣快呀!"这样的纪念文字,与其说是纪念鲁迅,倒不如说是借纪念之机大唱颂歌。鲁迅纪念只是一个引子,借纪念鲁迅来歌颂党、歌颂领袖、歌颂祖国、歌颂革命才是主要目的。因此纪念文字的字里行间没有多少怀念逝者的沉重与哀伤,倒是洋溢着"笑"和"欣快",充满"假如鲁迅还活着"的浪漫想象,这在以往的鲁迅纪念中是从来没有过的。即便在1945年抗战胜利后纪念鲁迅逝世九周年时,由于彼时内战的阴云已经越积越厚,重庆的纪念大会是在国民党特务的严密监视下举行的,因此人们也无心"欣快"。所以鲁迅逝世纪念中出现欢快明朗的纪念话语,确是头一遭。虽然看似让人难以理解,其中却蕴含着逻辑的合理性。1949年的鲁迅逝世十三周年纪念,是在新中国开国大典十几天后。其时,革命胜利的成功与喜悦正铺满已经解放了的每一寸土地,所以欢欣鼓舞、喜悦振奋实在是当时普遍的社会情绪。于是,鲁迅逝世纪念受到这种社会情绪的感染,带上欢快明朗的印记也就是情理之中的事了。

其实除了这种"欣快"的纪念外,还有些纪念文章虽然情感基调是平静甚至是哀婉的,但主旨也仍然是在唱颂歌。所谓哀婉也只是在表达对于鲁迅不能活到当下目睹革命的胜利并与全国人民共享胜利喜悦的惋惜之情。比如1949年10月20日《人民日报》上发表的徐放纪念鲁迅逝世十三周年的诗作,内中就有这样的诗句:"过去,/我们的祖国是痛苦的,忧愁的;/今天,我们的祖国/是山青,水秀,人壮,马肥……/我们/已经再不是奴隶了。/而你/亲爱的好老人,/没有能看到你想望的这崭新的世纪;/因为这,/因为这战斗的胜利,/我们愈感到不该丧失了你……"这其中有对鲁迅未能看到"战斗的胜利"的惋惜与遗憾,算是"纪念",但主旨还是诗的第一二节当中所写的:"近百年来,/我们用血为人民的祖国打开了路;/二十八年来,/我们跟着毛泽东的大队人马,/为人民的祖国,/已开出了天下。/人民的祖国,/天高地厚,/海阔河深;/五星红旗迎风云,/长城里外的江山好。"① 虽然诗中也提到了革命年代鲁迅发出的"反对进攻苏联"的号召,但"人民祖国"的大好江山毕竟是

---

① 徐放:《十三年祭——为鲁迅老人逝世十三周年而作》,《人民日报》1949年10月20日。

"毛泽东的大队人马"开辟出来的。所以歌颂毛泽东，歌颂新生的"人民祖国"才是诗人的本意和主旨。

与徐放诗作相似的还有巴金的纪念文章，为纪念鲁迅逝世十三周年，巴金特意写了《忆鲁迅先生》，内中充满深情地回忆了鲁迅先生去世的情景以及自己受鲁迅影响走上文学道路的历程。1925年初，年轻的巴金到北京投考大学，却因病淹留在公寓里，在长达半个多月的时间里陪伴他的只有鲁迅的《呐喊》。此后他又陆续读了鲁迅的《彷徨》与《野草》，心灵更加与鲁迅相通，并开始走上创作之路。文中最后说："这个巨人，这个有着伟大心灵的瘦小的老人，他一生教导同胞反抗黑暗势力，追求光明，他预言着一个自由、平等、独立的新中国的到来，他为着这个前途用尽了他的心血。他忘记了自己地为着这个前途铺路。他并没有骗我们，今天他所预言的新中国果然实现了。可是在大家、在全国人民欢欣鼓舞的时候，他却不在我们中间露一下笑脸。他一生诅咒攻击中国的暗夜，歌颂中国的光明。而他却偏偏呕尽心血，死在黑暗正浓的时候，等到今天光明的中国到来，他这个最有资格看见它的人却已经永闭了眼睛。这的确是一件叫人痛心的事。为了这个，我们只有更加感激他。"① 有意思的是，与郭沫若和胡风不同，巴金并没有写鲁迅"笑了"，而是遗憾"在全国人民欢欣鼓舞的时候，他却不在我们中间露一下笑脸"，表达了一种痛心与惋惜。显然，巴金的怀念还是传统忆念逝者的路数，并没有作浪漫的想象。但其实"笑"与"不笑"更多的只是表述方式上的区别，忆念背后仍然是对革命、对新中国的歌颂。

文学史家们在考察新中国成立之初的新诗写作时认为，"从广义上来说，几乎可以认为这一时期的诗歌绝大多数是颂歌或带有颂歌倾向"，并对颂歌的差异性做了区分："不过，同是颂歌创作，不同背景的诗人的表现有很大的差异。最积极、热情的当属来自延安的诗人，他们理所当然的'解放者'与主人翁姿态，扬眉吐气地进入新时代。从'国统区'来到延安的'投奔'性质的诗人与在'革命队伍'中土生土长的延安'正统'的诗人在颂歌姿态上仍会有些微妙的差异；某种程度上，前者不如后者毫无保留地热烈奔放，总摆脱不了苦

---

① 巴金：《忆鲁迅先生》，《人民文学》1949年第1期。

难的阴影,以及知识分子的思考者视角……"① 其实,从文学的角度来看,"歌颂"是1949年后中国当代文学的重要主题之一,不独诗歌为然。上述鲁迅逝世十三周年纪念中出现的诗文,也完全可以被纳入"颂歌"的文学史视野中。郭沫若诗中无所顾忌的"笑",胡风文中略带保留的"微笑",徐放诗中直抒胸臆的赞美,以及许广平文中略带节制的"欣慰"下的"欣快"和巴金文中的"痛心"与"不笑",恰恰可以反映借纪念鲁迅歌颂新时代、歌颂共产党和领袖毛泽东时作者们情感层次上的细微差异,并构成对上述文学史判断的印证。有意思的是,在当代文学史叙述中,郭沫若和胡风都是被作为"颂歌"的代表性诗人或是开"颂歌"之先河的诗人来加以叙述的。郭沫若的《新华颂》和胡风的《时间开始了》被视为早期"颂歌"的代表性作品。那么在"颂歌"这一大背景之下,纪念鲁迅逝世带上"颂歌"的印记也就不奇怪了。

三、"苏联之友"与"自我改造"的表率

除了这种以"纪念"之名行"歌颂"之实,从而使鲁迅逝世十三周年纪念从整体上显现出一种欢快明朗气氛的纪念话语之外,还有一类则是致力于结合当时的现实政治语境阐释鲁迅精神,塑造适应时代需要的鲁迅形象。

1949年,《新华周报》上刊出的"鲁迅先生逝世十三年纪念特辑"主要包括4篇文章:毛泽东的《伟大的"鲁迅精神"》、西蒙诺夫的《论鲁迅》、杨之华的《秋白和鲁迅》以及"梦离"的《访鲁迅故居》。另外还刊出了曹白所刻的《鲁迅先生木刻像》一幅。《新华周报》由华中新华日报社编辑,是一份文摘性质的刊物,所以刊出的鲁迅纪念专辑也都是旧文重发。毛泽东的《伟大的"鲁迅精神"》由三部分毛泽东在不同年代所作的有关鲁迅的论述组成。一部分是他在《新民主主义论》的那段著名论述:"鲁迅是中国文化革命的主将,他不但是伟大的文学家,而且是伟大的思想家与伟大的革命家。鲁迅的骨头是最硬的。他没有丝毫的奴颜与媚骨,这是殖民地半殖民地人民最可宝贵的性格。鲁迅是在文化战线上,代表着全民族的大多数,向着敌人冲锋陷阵的最正

---

① 董健、丁帆、王彬彬主编:《中当代文学史新稿》(第2版),北京师范大学出版社2011年版,第40页。

确,最勇敢,最坚定,最忠实,最热忱的空前的民族英雄。鲁迅的方向,就是中华民族的新文化的方向。"一部分是 1937 年他在延安陕北公学鲁迅逝世周年纪念大会上的讲演,内中有对鲁迅的定位:"我们纪念他,不仅是因为他的文章写得好,成功了一个伟大的文学家,而且因为他是民族解放的急先锋,给革命以很大的助力。他并不是共产党组织的党员,然而他的思想、行动、著作,都是马克思主义化的。"同时,毛泽东在讲演中还指出了纪念鲁迅应该学习鲁迅的三种精神(特点):政治远见、斗争精神和牺牲精神。还有一部分则是其《在延安文艺座谈会上的讲话》中关于鲁迅"横眉冷对千夫指,俯首甘为孺子牛"的阐述的摘录:"一切共产党员,一切革命家,一切革命的文艺工作者,都应当学习鲁迅的榜样,做无产阶级和人民大众的'牛',鞠躬尽瘁,死而后已。"① 这三部分可以说代表了毛泽东对鲁迅的认知,尤其是第二部分内容,更是阐明了纪念鲁迅的理由和依据,为此后的鲁迅纪念奠定了合法性的基础。如果说 1949 年前,毛泽东的"鲁迅论"影响主要限于解放区的话,那么 1949 年后,随着新中国的建立和毛泽东成为党和国家最高领导人,他的"鲁迅论"事实上成了有关鲁迅的最权威论述,成了鲁迅纪念"国家话语"的核心内容和此后几十年间纪念与研究阐释鲁迅的"母本"。一直到 20 世纪 70 年代末,几乎所有的纪念话语都是在毛泽东"鲁迅三论"的框架下展开的,其他个体的纪念话语或许可以在新史料方面有所贡献,但只要涉及价值判断和阐释,便都自觉地与"国家话语"保持一致,顶多是丰富和补充,鲜有突破或超越。一个最显著的例子是,1949 年后直到 20 世纪 70 年代末,社会上对鲁迅的负面评价几乎绝迹,沿着毛泽东的有关论述,鲁迅一步步走上神坛,被彻底神化。

西蒙诺夫的《论鲁迅》,其实是 1946 年 10 月底他在苏联作家协会举办的中国大作家鲁迅先生逝世十周年纪念会上致的闭幕词。西蒙诺夫在文中除回顾鲁迅翻译俄国文学的历史、苏联作家对鲁迅的接受以及鲁迅的创作情况以外,同时也有"盖棺论定"式的判断,比如"鲁迅是苏联的真挚友人,他深切同情苏联的憧憬","在世界文学的古典作家中间,在争取新社会的斗士中间,人民作家和人民保卫者的鲁迅是占着一个光荣的位置的。在二十年中,他为自己的人民的自由,反对帝国主义者的桎梏而斗争,他获得了光荣的名称——'中国

---

① 毛泽东:《伟大的"鲁迅精神"》,《新华周报》1949 年第 3 卷第 5 期。

的良心'"①。这其中关于"鲁迅是苏联的真挚友人"的论述虽然在当时影响有限，但1949年重新发表后使得"苏联的真挚友人"成为广为人知的"鲁迅"形象之一。《新华周报》编辑"鲁迅先生逝世十三年纪念特辑"选发了西蒙诺夫三年前的旧文，这绝非随意之举。1949年10月1日—29日，以法捷耶夫为团长、西蒙诺夫为副团长的苏联文化艺术科学工作者代表团访华，访问上海期间，代表团向鲁迅墓敬献花圈并参加了上海的鲁迅逝世十三周年纪念大会，敬献花圈时，西蒙诺夫作了专门致辞。法捷耶夫尽管于10月18号先行返回苏联，未能参加上海的纪念鲁迅逝世十三周年纪念大会，但他也在10月19日《人民日报》发表《论鲁迅》的文章，作为对鲁迅的纪念。法捷耶夫在文中严厉批判那些"极端个人主义者的作家"，推崇"能够自觉地为人民服务"的作家，并且肯定鲁迅就是"属于这种作家的"。同时文中也从"人道主义""批评的现实主义"等方面分析了鲁迅让俄国读者感到"亲切"的原因，并表达了苏联作家对鲁迅的"虔诚的致敬"。② 其实"苏联的真挚友人"云云并非是鲁迅在1946年或1949年才被赋予的一重身份。1936年鲁迅逝世之初，黄峰就曾在《中国导报》上发表《鲁迅——苏联的一个好朋友》表达对鲁迅的怀念。另外，萧爱梅也曾在1936年的《中流》杂志上发表《纪念苏联的朋友中国作家鲁迅》。③ 可见，"苏联的朋友"早就是鲁迅逝世后被赋予的众多"形象"之一了。但1949年由法捷耶夫、西蒙诺夫重塑这一形象与黄峰、萧爱梅等人对鲁迅"苏联的朋友"之形象建构有着不同的意义。法捷耶夫和西蒙诺夫是以苏联文化艺术科学工作者代表团正副团长的官方身份，对鲁迅的"苏联的真挚友人"身份加以确认的。新中国成立之初，奉行"一边倒"外交方针的语境中，鲁迅"苏联的真挚友人"的形象获得苏联官方的重塑和确认，这本身就有着丰富的政治内涵。

有了这一层铺垫，便可以理解陈伯达在首都各界纪念鲁迅逝世十三周年大会上的讲话了。陈伯达的讲话就是沿着法捷耶夫的"为人民服务的作家"之说继续阐发的："今天我们在这里纪念鲁迅，我想鲁迅就是属于这末一个伟大的

---

① 西蒙诺夫：《论鲁迅》，《新华周报》1949年第3卷第5期。
② 法捷耶夫：《论鲁迅》，《人民日报》1949年10月19日。
③ 中国社会科学院文学研究所鲁迅研究室编：《1913—1983鲁迅研究学术论著资料汇编》（第2卷），中国文联出版公司1986年版，第355页、348页。

人物。鲁迅热爱中国，把他整个的心奉献给中国人民，为中国人民服务，鞠躬尽瘁，死而后已……他努力又努力，希望自己的工作能够做得更好，希望中国能够很快地追上全人类文化的最高峰。这位伟大的先知者了解全人类文化最高峰的代表便是苏联文化。他不疲乏地介绍苏联，就是为的要我们向苏联学习，就是认定苏联文化乃是我们追求看齐的目标。"要把鲁迅的希望变成实际，"就必要像鲁迅一样，脚踏实地，认真工作……就必要用鲁迅和敌人作战到底的精神，去战胜在工作上所遇到的一切困难；就必要用鲁迅追求真理的精神，去学习苏联"①。由纪念鲁迅、学习鲁迅到学习苏联，陈伯达在寥寥数语中完成了这种内涵上的置换。这看似有些奇怪的"纪念"，其实也是根植于当时的现实政治环境的。此后《友谊》杂志上发表的署名"燕凌"的纪念文章，更是直接喊出了"学习鲁迅热爱苏联"的口号。文中从鲁迅翻译苏联文学的实践以及"对第三种人的正确断言"等方面出发，认为"热爱苏联！学习苏联！鲁迅先生已经给我们创立了一个光辉的范例"。而文中"十月革命的炮声，带给了鲁迅先生胜利的确信。十月革命的火光，照耀了中国人民革命的道路，也照耀了鲁迅先生光明的道路"等等，更是突破了此前对鲁迅与苏联关系的既有表述。在作者笔下，鲁迅已经不再作为苏联的"挚友"而是作为"学生"而存在了。② 这样的"鲁迅"形象，同样是当时的现实政治环境直接催生出来的。

"苏联的真挚友人"只是1949年鲁迅逝世纪念中经由官方建构并发扬光大的"鲁迅"形象之一。还有许多其他的"鲁迅精神"在当时的社会语境中被提倡学习，同时也有相应的"鲁迅"形象被建构起来。比如鲁迅的"自我改造"精神。《人民日报》的纪念特刊中有茅盾撰写的《学习鲁迅与自我改造》一文，内中重温并肯定了瞿秋白有关鲁迅从"进化论进到阶级论，从绅士阶级的逆子贰臣进到无产阶级和劳动群众的真正的友人以至于战士"的著名论断，提出："要善于学习鲁迅，必先明白鲁迅思想发展的道路；鲁迅的思想和作品中，可供我们学习者甚多，但在今天，知识分子特别需要自我改造之时，鲁迅所经历的从进化论到阶级论，从个性主义到集体主义的过程，尤其值得我们注意学

---

① 陈伯达：《鲁迅是我们的榜样——在首都各界人民纪念鲁迅逝世十三周年大会上的演说》，《新华月报》1949年第1卷第2期。
② 燕凌：《学习鲁迅热爱苏联——纪念鲁迅先生逝世十三周年》，《友谊》1949年第5卷第8期。

习。我们是在新时代,政治上的领导和思想上的领导,都是鼓励我们自我改造的,这与鲁迅当年不同,我们比鲁迅幸运得多,要不负这个幸运才好。"① 于是,一个"善于自我改造的表率"的"鲁迅"形象也就出炉了。正如茅盾在文中已经指出的,其时正是"知识分子特别需要自我改造之时",所以鲁迅的"自我改造"精神确实也是为适应当时的政治需要才挖掘并倡扬的。而上述杨之华的《秋白和鲁迅》之所以被《新华周报》选入"纪念特辑",恰恰也是因为虽然杨之华这篇文章本为纪念瞿秋白而作(文章原载1949年6月18日《人民日报》,正是瞿秋白牺牲十四周年纪念日),但在文中回忆了瞿秋白与鲁迅之间的亲密交往,并重申了瞿秋白对鲁迅从"进化论进到阶级论"的论断,这直接成了茅盾著文倡导知识分子要学习鲁迅进行"自我改造"的依据。

  1949年在纪念鲁迅的众多年份中并非"逢五""逢十",也没有像"民族魂""民主魂"这样影响巨大的"鲁迅"形象被建构出炉,但是本年鲁迅逝世纪念的"国家纪念"性质,欢快明朗的纪念话语的出现以及"苏联的真挚友人""为人民服务的作家"等"鲁迅"形象的被重塑或被强调,都意味着这一年的鲁迅纪念开始呈现出与以往鲁迅纪念显著的不同。而个体纪念话语逐渐隐匿在"国家话语"之中则影响了此后数十年鲁迅纪念话语的走向。所以,从鲁迅纪念史的角度来看,可以肯定,从1949年起,鲁迅纪念已经开始步入"当代"。在纪念的动态链条中,它固然会自然而然地起到"承上"的作用,更重要的其实是"启下",因此笼统地将之归于1936—1949年这一时间段是不合适的。

---

  ① 茅盾:《学习鲁迅与自我改造》,《人民日报》1949年10月19日。

民国时期的"鲁迅纪念歌"略论

自 1936 年 10 月 19 日鲁迅先生去世以来，对他的纪念就成了国人文学生活史上必不可少的组成部分。每年的鲁迅诞辰或忌日，总会有各种形式的纪念活动出现。至于"逢五"或"逢十"的纪念，则更是隆重热烈。由于不同年代的政治文化环境相去甚远，纪念的主题与纪念中倡扬的"鲁迅精神"也各异，所以因纪念建构起来的"鲁迅"形象也就必然带有鲜明的时代色彩，有时甚至前后冲突。一部鲁迅纪念史，不仅是一部鲁迅的接受史，同时也是国人的文学生活史与政治生活史，实在有研究考察之必要。

在鲁迅纪念活动中，除集会、发表演讲、组织出版纪念专辑等常见的纪念形式外，还有一种形式不太为研究者所关注，那就是"纪念歌"。当然，纪念歌的演唱有时本来就是纪念集会上的活动内容之一，属于纪念集会的一部分，但有时却并不依托纪念集会而独立存在。同时，由于纪念歌都是谱曲演唱的，在传播的便利性上优于纪念诗和纪念文章，因而影响也就更大。依据笔者有限的涉猎，在鲁迅先生去世后，除了那些名为"鲁迅纪念歌"而未谱曲的之外，单是词曲齐全的纪念歌至少有十余首。

当然，如何看待这些纪念歌是可以讨论的。一般来说，纪念歌属于音乐学范畴，并非文学研究的对象。不过从文本层面来看，绝大部分纪念歌词都可以纳入"现代歌诗"的视野中进行考察。有关"现代歌诗"，刘东方先生曾对其概念进行过界定："所谓中国现代歌诗是指以现代汉语为语言材料，以表现中国现代社会的时代主题和现代人的思想情感为基本内涵，吸纳中国传统音乐和西方音乐的文化观念和技巧，通过现代汉语的音节、声调、韵律、节奏等机制以表现歌性为主要艺术特征的文体样式。"① 可见，作为"现代歌诗"，"歌性"和"诗性"是其两重最重要的内涵。鲁迅纪念歌既然都已谱曲，可供演唱，其"歌性"自不待言，至于"诗性"则是见仁见智的问题，难以一概而论。有鉴于此，本文也就不拟从"歌诗"的角度讨论这些纪念歌的"歌性"与"诗性"如何，艺术价值怎样，还是回到具体的历史语境中，从内涵层面对这些极具传播优势的纪念文本进行系统的考察分析。

鲁迅纪念歌的首次出现，是在1936年鲁迅的葬礼上。参加过鲁迅葬礼的魏护，在记述当时的情景时写道："万国殡仪馆前，早已给群众挤满了，虽然挤到几乎喘不过气来；但是群众很耐心的站立着，跟着歌咏指挥学习唱哀悼歌。他是我们的民族灵魂，他是新时代的号声，唤起大众来争生存！这样一句一句的学习着，这一批会了，再换那一批，直到丧仪出发。"② 由于用的是《打回老家去》的曲子，送葬路上，群众甚至一度唱起了《打回老家去》，唱成了悲壮的救亡歌曲，鲁迅丧礼也就成了救亡运动的一部分。魏护在文中提到的这首"哀悼歌"，曾在《南声》上发表，题为《挽歌（其二）》（调用《打回老家去》），署名为"周鸣刚填词"（周鸣刚即周钢鸣），歌词全文如下：

男：哀悼鲁迅先生！哀悼鲁迅先生！

女：哀悼鲁迅先生！哀悼鲁迅先生！

男：他是我们的民族灵魂！

女：他是新时代的号声！

合唱：唤起大众来争生存，他反抗帝国主义，他反抗黑暗势力，一生到老不屈，始终为着革命而努力。

男：哀悼鲁迅先生。

女：哀悼鲁迅先生。

合唱：我们底导师！③

---

① 刘东方：《中国现代歌诗概念初探》，《文学评论》2010年第6期。

② 魏护：《十月的殡仪》，见《1913—1983鲁迅研究学术论著资料汇编》（第2卷），第321页。

③ 周鸣刚：《挽歌（其二）》，《南声》1936年第58期。

这其实是鲁迅去世后艺术家们创作的四五首纪念歌当中的一首。据参与过鲁迅纪念歌创作的作曲家孟波（原名孟绶曾）回忆："19日那天，一听到鲁迅先生逝世的消息，我们（作曲家）就聚到冼星海家里，当时去的人很多，有周钢鸣、吕骥等，大家一边流泪一边写了四五首挽歌……由于时间紧促，有的挽歌过于难学难唱，只能弃之不用。最后，大家决定用当时人们耳熟能详的《打回老家去》这首曲子，重新谱词，作为鲁迅先生葬礼上的挽歌。"① 周鸣刚作词的《挽歌》在鲁迅先生葬礼上被组织歌唱，引起了民众的强烈共鸣，传唱很广。直到1938年鲁迅逝世二周年纪念会上，仍然被作为会场的纪念哀歌："下午一点半钟，广大的会堂里，列坐着肃穆的二千多个，用他们悲痛的眼睛看向台上那一幅鲁迅先生的画像。于是哀乐呜咽而起，回旋在每个人的耳边；于是'哀悼鲁迅先生，他是我们民族的灵魂，他是新时代的号声，唤醒起大众争生存，他反抗帝国主义，反抗黑暗势力，一生到老志不屈……'的歌声，从每个人的喉间沉重的号出。然而，哀乐，哀歌，尽管那么哀切，而每个人的心却并不沉落，只是高扬……"② 由张庚作词、吕骥谱曲的《鲁迅先生挽歌》，虽然没被鲁迅葬礼选用，但在当时的许多刊物上发表，因而也广为人知：

> 你底笔尖是枪尖，刺透了旧中国的脸。你底声音是晨钟，唤醒了奴隶们底迷梦。在民族解放的斗争里，你从不曾退后，擎着光芒的大旗，走上新中国的前头。呵，导师！呵，同志！你死了！很苦的战死，你没有死去，你活在我们的心里，你没有死去，你活在我们的心里，你安息吧！呵，导师！我们会踏着你的路，那一天就要到来，我们站在你底墓前，报告你我们完成了你底志愿！③

不同刊物发表的这首歌的歌词有着字句上的细微差别，如《生活知识》

---

① 孙丽萍：《95岁作曲家追忆鲁迅挽歌创作历程：他是我们民族的灵魂》，http://news.xinhuanet.com/politics/2011-09/23/c_122079442.htm.

② 《严肃的纪念——鲁迅先生逝世二周年纪念会特写》，《抗战文艺》1938年第2卷第8期。

③ 张庚、吕骥：《鲁迅先生挽歌》，《南声》1936年第58期。

1936年第2卷第11期刊出的《鲁迅先生挽歌》（未注明作者）词曲手稿版当中，"擎着光芒的大旗，走上新中国的前头"为"走在新中国的前头"；"很苦的战死"，手稿版为"在艰苦的战地"；"我们会踏着你的路"手稿版为"我们会踏着你底路向前"。另外《咪咪集》1936年第3卷第5期刊出的印刷版的《鲁迅先生挽歌》，署名"亦庚歌，魏明曲"。与手稿版相比只有最后一句"你安息吧，啊，导师，我们会踏着你底路向前"，变为"你安息吧，啊，同志，我们会踏着你底路向前"。后面还附有鲁迅先生安葬时供群众唱的《安息歌》："愿你安息，安息，愿你安息，安息在土地里。愿你安息。愿你安息，愿你安息，安息在这里。"由于刊物出版的具体时间无从查考，所以《鲁迅先生挽歌》的最终定稿版本也就不详。不过结合歌词的细微差异分析，显然手稿版和《咪咪集》上刊出的版本更像是最后的定稿。

  从两首纪念歌的歌词来看，短短数语"赋予"了鲁迅多重形象："民族灵魂""导师""同志"……无论是"唤起大众来争生存"或是"唤醒了奴隶们的迷梦"都昭示了鲁迅的"启蒙者"形象。当然，这其中最著名的还是"民族魂"。作为对鲁迅盖棺论定式的评判，这一形象已经成为最深入人心的"鲁迅"形象。固然覆盖鲁迅棺椁的那面"民族魂"大旗对于这一形象的塑造有点睛之效，而挽歌的广泛传唱对鲁迅这一形象的传播与接受所起的作用也不可忽视。其他如"民众导师""革命同志""启蒙者"等，在此后的历史进程中屡屡被强调和阐释的"鲁迅"形象，其实也与纪念歌的传播有着密切关联。

  除这两首挽歌以及《安息歌》外，1936年还出现了两首鲁迅先生纪念歌，都发表在《光明》杂志上，都是手写体且都由冼星海作曲。一首题为《挽歌》，上用大号印刷体标明"为哀悼鲁迅先生作"，署名"任钧作词，星海作曲"；另一首则是《挽鲁迅先生》，署名"俯拾作词，星海作曲"。两首纪念歌词分别如下：

（为哀悼鲁迅先生作）挽歌

  天空里陨落了一颗巨星，黑暗中熄灭了一盏明灯；去了，永远地去了！你，一代的文豪！像孩提没有了慈母，像夜行失去了向导；千万人都在同声哀悼！从此我们只好揩干眼泪，踏着你光荣的足印向前跑！伟大的死者哟，你的名字已经变成后来者的路标！①

挽鲁迅先生

（慢唱，悲伤，沉痛）

揩去脸上的泪，一切的战士记着你战斗的声音；静默里，记起"五四"你放出无比的光芒，"五卅""一二八""一二九"到如今，你做着最光辉的引路灯。今天你烈火般的笔，不能参加生死的搏斗，但"以牙还牙"的战线，齐叫出要砍掉敌人的头！②

由任钧作词的《挽歌》重在强调鲁迅的"文豪"身份，歌词也采用文学的语言；由俯拾作词的《挽鲁迅先生》则重在强调鲁迅的"战士"身份，歌词更像是宣传动员的标语口号。"文豪"或文学家当然是鲁迅生前最主要的身份，而"战士"则是在民族危机越来越严重的时代语境中被着意强调和塑造的形象，更多的是被"赋予"的。不过在此后相当长的一段历史时期内，对鲁迅"战士"身份的突出强调甚至达到了超越其文学家身份的地步，而从文学家方面肯定鲁迅在文学史上的地位与功绩倒显得有些像游离于"时代主题"之外的边缘话题了。由以上纪念歌也可以看到，即便在鲁迅逝世当年，纪念话语也多是围绕"民族魂""民众导师""革命同志""战士"等方面展开，少有从文学方面进行纪念的。这首由任钧作词，从"文豪"角度赞美鲁迅"伟大"的纪念歌，才显得别具一格，有着独特的价值。

1936年是鲁迅纪念歌出现最多的年份，这当然跟鲁迅于本年逝世有关。而此后由于每年的政治局势与文化环境不同，作曲家们的个人生活境遇和创作心态也不尽一致，所以虽然鲁迅纪念活动每年都有，纪念诗文也屡见不鲜，但纪念歌却并非每年都有新作出现。1937年与1938年都未见有新的鲁迅纪念歌出现，如上文所述，1938年鲁迅逝世二周年纪念会上所用的哀歌仍然是调用《打回老家去》、由周鸣刚重新填词的那首《挽歌》。不过接下来的1939—1941年，每年都有新的鲁迅纪念歌在刊物上发表。

---

① 任钧、星海：《挽歌》，《光明》1936年第1卷第10期。这首挽歌同时见于《少年世界》1936年第1卷第5期，内容完全相同。
② 俯拾、星海：《挽鲁迅先生》，《光明》1936年第1卷第11期。

1939年，鲁迅逝世3周年之际，《文艺阵地》上刊出一首纪念歌，由汤相伊作词、戈斯作曲：

鲁迅先生纪念歌

今天十月十九这一天，我们永远不会忘记！失去了我们的导师鲁迅先生。

鲁迅这多么光辉的名字，照耀着中华民族的历史，你是新中国的母亲，哺育我们战斗一群。

我们要依你的指引前进，承继你英勇战斗的精神，祖国遍地燃起烽火，正要把你遗志完成。

我们要打到鸭绿江边，把敌人阴谋碾成粉碎，虽然路程那样艰难，胜利已在迎接我们。

那时要在你墓前欢唱，我们要报你胜利的歌声，把民族解放的鲜花，献给先生，献给先生。①

1940年《新华南》上刊出的纪念歌则由何家槐作词、联抗作曲：

鲁迅先生纪念歌

他吐出的是鲜奶，吃进的却是青草。他践踏的是荆棘，开辟的却是大道。敢说笑，敢打骂，全力捣毁旧窝巢。爱真理，爱青年，终身提倡新思潮。学习要加紧，战斗要坚韧，说话要大胆，写作要认真，发声的发声，发光的发光，合力创造新鲁迅。奔走的奔走，做事的做事，同心纪念民族魂。②

1941年《新音乐月刊》上登载的纪念歌是由梅丝作词、焕之作曲：

---

① 汤相伊、戈斯：《鲁迅先生纪念歌》，《文艺阵地》1939年第4卷第1期。
② 何家槐、联抗：《鲁迅先生纪念歌》，《新华南》1940年第3卷第2—3期。

纪念鲁迅先生

你爱着古老的祖国,你爱着祖国年青的一代,你愿望着祖国强,你更愿望着年青一代健康的成长,然而你离弃了他们,永远地离弃了他们,你艰苦地等待了半世纪,却等不了最后的几天,还不到你逝世的周年,在全国的各个角落里,已掀起伟大的抗战。祖国在怒吼了,祖国年青的一代成了抗战的骨干。呵,伟大的导师,伟大的先驱,你该微笑吧,你该微笑吧,看,祖国走着你所指示的道路,你该安慰地微笑在九泉。①

这三首鲁迅纪念歌都出现在抗日战争的相持阶段,所以尽管内中赞扬和歌颂了鲁迅的热爱祖国、热爱青年、为民族独立与解放无私奉献等可贵精神,但最终目的其实都是"服务抗战"。随着战争大幕的陆续拉开,抗战初期民众中洋溢的乐观、激昂,以为抗战会很快取得胜利、"那一天就要到来"的躁动情绪已经消退,战争的残酷和惨烈使得人们虽然仍然坚信胜利一定会属于中华民族,但心态已渐趋沉稳,做好了打持久战的准备,所以"战斗要坚韧"是当时特别需要的一种心态。从歌词内涵来说,这三首鲁迅纪念歌,第一首表示"虽然路程那样艰难",但"胜利已在迎接我们",所以我们定要"把民族解放的鲜花,献给先生……"表达了一种自我激励与自我鞭策;第二首提倡学习鲁迅的奉献精神,"韧性"战斗精神,以及各司其职为抗战大局服务的精神,蕴含的是一种直面战争现状、稳健务实的应对态度;第三首则是表达了对青年一代已经觉醒并已成为抗战的骨干力量的欣慰之情,同时也表达了对抗战必胜的信心。显而易见,在抗战的烽火中,鲁迅又一次成了指引民族前进方向、提高民族凝聚力的思想资源和精神源泉。

从1946年开始,鲁迅纪念歌又呈现新的变化。1946年《希望》上刊出一首"鲁迅先生颂歌",由胡风作词、董戈谱曲:

由于你,新中国在成长

你向黑暗的社会复仇,举起了战士的投枪,你为痛苦的人民伸冤,敞开了仁者的怀抱,在遍地荆棘的祖国,你开辟了革命的血路一条。由于

---

① 梅丝、焕之:《纪念鲁迅先生》,《新音乐月刊》1941年第3卷第3期。

你，新中国在成长，由于你，旧中国在动摇。啊，先生，中国人民高举起你的大旗，中国大地响遍了你的战号。①

1946年《鲁迅文艺月刊》上也刊出一首鲁迅纪念歌，并未署明作曲者姓名，仅署"某氏纪念歌谱"。词由葛伊易所作：

鲁迅纪念歌

纪念鲁迅，伟大青年的导师，学习鲁迅战斗精神，英勇坚韧，踏着先驱的道路，为人类解放而斗争。②

这两首纪念歌都产生于抗战胜利后的1946年，从歌词中可以感受到微妙的时代情绪的变化。胡风作词的《由于你，新中国在成长》在抗战胜利结束、民族独立与解放已告成功的情势之下热情地呼唤新中国的诞生，并且乐观地"看到"在鲁迅的指引下，"旧中国在动摇""新中国在成长"。他对鲁迅的这一歌颂仍然是从一个启蒙主义者、反封建战士的角度展开的。因此，对抗战的胜利，他一方面感到高兴，但同时也意识到革命并没有终结，"新中国"并没有随着抗战的胜利而自然出现，"痛苦的人民"的"冤屈"也并没有随着抗战的胜利而获得伸张。"中国人民高举起你的大旗，中国大地响遍了你的战号"则意味着一场新的战争风暴正在酝酿，而在这场山雨欲来的风暴中，鲁迅仍然会被作为旗帜，继续起到一种指明方向、凝聚人心的号召动员作用。葛伊易作词的《鲁迅纪念歌》虽然只有短短的几句，像标语口号般干脆简洁，内涵却很丰富。内中既有对鲁迅"青年导师"形象的重申与强调，也有对"学习鲁迅战斗精神，英勇坚韧"的提倡，而这一切都是"为人类解放而斗争"。这句点明主旨的"为人类解放而斗争"，显然有着共产主义的思想背景。在左翼文艺运动已经开展十余年的大背景下，不论读者还是听众都能轻松领会"为人类解放而斗争"的具体所指。所以，在1946年出现的这两首鲁迅纪念歌中，火药味已经非常浓烈，鲁迅的"战斗精神"并没有随着抗战的结束而时过境迁，仍然是

---

① 胡风、董戈：《由于你，新中国在成长》，《希望》1946年第2卷第4期。
② 葛伊易：《鲁迅纪念歌》，《鲁迅文艺月刊》第1卷第3期。

鲁迅最被看重的一层精神内涵。

此后的 1947 年未见新的鲁迅纪念歌出现，1948 年和 1949 年则各有一首新的纪念歌见诸报端。1948 年出现的鲁迅纪念歌题为《我们要高举鲁迅的战旗》，由塞克作词、安波作曲：

青年们，文化战士们，我们要高举鲁迅的战旗，在伟大的导师开辟的道路上，朝朝暮暮，努力不息。鲁迅的旗是鲜明的旗，是人民战斗胜利的旗。学习他强韧不屈的精神，锻炼出坚强不拔的魄力。为人民解放，为人民胜利。在鲁迅的旗下建立革命文化的阵地，坚忍忠贞，战斗到底。——转载自冀察热辽《群众文艺》①

1949 年出现的《鲁迅先生纪念歌》发表于《甬江日报》，由翁亭作词、大风谱曲：

在漫漫的长夜里，你高擎着自由的火把，在沉重的压迫下，你的热情犹如火烧。你对革命的忠心，我们永远不会忘掉，我们永远不会忘掉。今天中国的人民摆脱了奴隶的锁枷，走向你所照耀的大道，今天，千万的青年汇成了铁的巨流，奔向你所指引的方向。安息吧，导师。在毛泽东旗帜下，我们永远记着你的勤劳，我们永远朝着你的方向。②

仅仅相隔一年，这两首纪念歌的内涵就发生了显著的变化。1948 年的纪念歌还是要"高举鲁迅的战旗"，1949 年的纪念歌则变成了"在毛泽东的旗帜下，我们永远记着你的勤劳"。同样，1948 年的纪念歌中鲁迅还是"伟大的导师"、1949 年的纪念歌却开始称道鲁迅"对革命的忠心"了。两相比较，作为被纪念和歌颂的主体，鲁迅的地位在这两年间发生的微妙变化是不言而喻的。"鲁迅的旗帜"开始被置换为"毛泽东的旗帜"，鲁迅也开始由"导师"变为对革命忠心耿耿的普通"战士"——尽管一直以来也有对鲁迅"战士"形象的塑

---

① 塞克、安波：《我们要高举鲁迅的战旗》，《群众文艺》1948 年第 3 期。
② 翁亭、大风：《鲁迅先生纪念歌》，《甬江日报》1949 年 10 月 19 日。

造与强调，但那种强调其实更具有象征意义，但此处对革命忠心耿耿的"战士"却已近乎实指了，两者有着根本的不同。至于"文革"期间出现的"鲁迅总是以党的一名小兵自命"等说法，其实从1949年这首鲁迅纪念歌歌词的字里行间我们已经可以隐隐看到其源头所在了。这也代表了不同时代环境、不同历史语境中，人们对鲁迅的读解与认知。

其实说到底，鲁迅纪念歌同其他纪念话语一样，带有鲜明的时代色彩。从"接受史"或"阐释史"的角度来看，即便不同时代的鲁迅纪念提倡的不同的"鲁迅精神"和建构起来的各有侧重的"鲁迅"形象，大多是出于明显的现实功利目的，也代表了一种对鲁迅的阐释与接受。这种阐释与接受不论合理与否、影响范围多大，都跟其所产生的时代背景紧密相关。站在当下的立场看待这些"鲁迅"形象时，我们应该更看重其作为历史注脚和象征符号的意义，而不是批评其对鲁迅的"歪曲""改写"和"过度阐释"或是试图做"去蔽""还原"等工作。因为说到底，即使被"还原"的"鲁迅"其实也是研究者个人化的"鲁迅"，并且也不可避免地会带有时代主流认知与阐释的印痕。

有意思的是，作为一种特殊的纪念形式，鲁迅纪念歌在1949年后基本绝迹了。1949年以后，尽管也有过非常隆重的鲁迅纪念活动，如1981年的鲁迅诞生一百周年纪念，1996年的鲁迅先生逝世六十周年纪念等等，但就笔者视野所及，这种公开发表的纪念歌曲却极少再出现。鲁迅诞生百年纪念时，《齐鲁艺苑》刊出一首歌《于无声处听惊雷——为纪念鲁迅诞辰一百周年而作》①，但歌词却是鲁迅作于1934年的《无题》诗："万家墨面没蒿莱，敢有歌吟动地哀。心事浩茫连广宇，于无声处听惊雷"，并非原创的歌词。鲁迅纪念歌的消失，从一个侧面反映了主流意识形态和民间话语对鲁迅的认知的变化。

---

① 李贞华：《于无声处听惊雷——为纪念鲁迅诞辰一百周年而作》，《齐鲁艺苑》1982年第1期。

"树人"即鲁迅？

——关于两篇疑似鲁迅佚文的考辨

1921年5月，上海《民国日报·觉悟》发表了一篇署名"树人"的文章，文章内容是批评胡适之《中国哲学史大纲》的。全文如下：

读胡适底《中国哲学史大纲》

树人

　　胡适著了一本《中国哲学史大纲卷上》，开首第一篇，就把谢无量骂了一回，说他怎样不讲"汉学"，说他著的哲学史怎样不审定史料；又自命他自己著的哲学史是如何用西洋哲学史的形式，如何用汉学家的科学方法去审定史料。但我把他这本书仔细看过，关于史料方面，可商的地方也颇不少；现在把我所见到的一一写在下面。

　　胡君开始讲老子哲学，便把依托神仙传伪河上公注的老子，引了许多；却不知《老子河上公注》是一部伪书。

　　第四篇讲孔子说："太极便是一画，两仪便是一对"，又说："此处所说：'太极'，并不是宋儒的'太极图'"。这明明刘师培底话，似乎不能自夸"我讲易经与前人不同"！

　　第七篇讲杨朱，亦把晋人伪书作史料。

　　第八篇，断定《墨经上下》二篇为别墨作的，却不晓得墨家本分"辩谈""说书""从事"三科，第三章论辩硬把"争彼"改作"争佊"，却不知"争彼"就是"他辩"；"改字解经""望文生义"了！

最可怪的是那"诸子不出王官论"的大作。

庄子天下篇明明说："其在于诗书礼乐者邹鲁之士缙绅先生多能明之"，又说"古之道术，有在于是。"淮南子要略训亦说："有周公之遗风，而后儒者之学兴……"胡君也承认"古者学在官府，非吏无所得师"，却后边又否认诸子出于王官之说，未免自相矛盾。

他若说"白马非马"是惠施公孙龙等所创的学说，不知吕氏春秋明明说齐稷下早有人辩"白马非马"了。

又如墨子书的"也"当作"他"，这话毕沅注墨子备城门篇早发现了，胡君却说是高邮王氏父子所创的，未免叫毕沅受冤了！第九篇用伪竹书纪年作旁证，亦太不讲史料真伪。

这篇文章发表在5月20日《民国日报·觉悟》的"评论"栏，十余天后的6月8日，《觉悟》"研究"栏（在本月编辑的《觉悟》目录中又改为"讨论"栏）又发表了"树人"的另一篇文章《是谁改制？》，同样是批评胡适之《中国哲学史大纲》的。也照录在这里：

是谁改制？
树人

三年之丧，是否为古之通丧？抑还是孔丘改制？此问题为今文家古文家争论辩难最烈的一个大问题。近来胡适之先生独断为儒家改制，（见中国哲学史大纲一百三十二页），因引墨子非儒篇说："儒者曰、亲亲有礼、尊贤有等……其礼曰，丧父母三年（下略）"一语为证。他底话是出自复辟派康有为底议论。以后朱希祖先生在北大月刊发表他底意思，似乎近于古文家，以为三年之丧，是"三代共之"的。我以为二位先生底话都不足深信。胡君断为儒家托古改制，但安知短丧不是墨家底改制呢？我们根据群经和《论语》《孟子》《荀子》，亦可以断定短丧是墨家改制，是墨家托古，恐怕胡先生也未必肯服。

但我们可以离开群经诸子那些古书，用人类学、考古学、社会学、历史学的眼光去研究。我以为朱希祖先生底话比之胡先生底话证据较多，而且较为可信。大概三年之丧，是三代共之的，所谓尧死三载如丧考妣；商高宗三年不言是也。大概似乎因了春秋战国的时候，人事繁变，为时间经济起见，只好把古代丧制革了命了。所以墨子要托古（夏禹）改为短丧之制而非儒。儒家因为好古，欲保存三代古丧制，故孟子荀子皆非墨，且指为禽兽焉。此说果信，则康有为胡适之等今文家的话，可以全部推翻。此事与整理国故及考古学上很有多大关系。我所以在此发表，一来呢，希望海内研究中国古代社会组织典章制度的人，对此事详细研究考证一回；二则我底话也未敢自信是必然无疑的真理，希望大家指教。

初读这两篇文章，即感觉像出自鲁迅之手。其一，作者署名"树人"，鲁迅原名周树人，并且发表文章时也曾经署过"树人"；其二，从文章内容反映的作者对于国学的熟悉程度而言也极似鲁迅；其三，从行文的风格而言，上述两篇文章的简洁明了、一语中的也像鲁迅；其四，文中谈及朱希祖，朱希祖恰恰是鲁迅的好友，在鲁迅日记中有许多与朱交往的记录，并且两人都是章太炎的弟子，某些学术观点相近。当年《觉悟》的主编者是邵力子，查1921年的《邵力子年表》有如下记载：

一九二一年（民国十年 辛酉）四十岁
五月二十日　刊"树人"的《读胡适的〈中国哲学史大纲〉》，此后陆续发表鲁迅译著十三篇。①

查《民国日报·觉悟》发表的鲁迅作品，还有如下几篇：
1921年6月29日：《故乡》（选），鲁迅。
1921年10月3日：《池边》，爱罗先珂著，鲁迅译。

---

① 晨朵：《邵力子年表》，见《和平老人邵力子》，文史资料出版社1985年版，第232—233页。此表后有附记："本《年表》系一九八二年为纪念邵力子百岁诞辰开始编写，承邵夫人傅学文、女邵伟真、孙邵美成及邵力子秘书张丰胄在上海复旦大学的亲信学生、至亲朱仲华等不断提供有关史料，特此说明，并在此致以敬意和谢意！一九八四年九月　编写者。"见上书第154页。

1921年10月25日、27日、28日：《春夜的梦》，爱罗先珂著，鲁迅译。

1921年11月10、11日：《疯姑娘》，明那·亢德著，鲁迅译。

1921年12月11日：《雕的心》（选），爱罗先珂著，鲁迅译。

1922年1月1日：《古怪的猫》，爱罗先珂著，鲁迅译。

1922年5月18、19、21、22、23、25、26、28、29、30日，6月1、2、4、5、6、8、9、11、12、13、15、16、18、19、20、22、23、25、26、27、29、30日，7月2、3、4、6日：《桃色的云》，爱罗先珂著，鲁迅译。

1922年9月22日：《白光》（选），鲁迅。

1922年12月4日：《时光老人》，爱罗先珂著，鲁迅译。

1922年12月5日：《不周山》，鲁迅。

1923年8月28日：《呐喊·自序》，鲁迅。

上述11篇，加上前面两篇署名"树人"的《读胡适底〈中国哲学史大纲〉》和《是谁改制？》，刚好13篇。因此，照"年表"编撰者的叙述语气，"树人"自然就是鲁迅无疑了。然而在笔者的印象中从未见过这两篇文章，查2005年新版的《鲁迅全集》也没有收录。于是就有一个疑问了，发表这两篇文章的"树人"究竟是不是鲁迅呢？事实上，据《20世纪中文著作者笔名录》记载，20世纪的中国还有两个人曾以"树人"作为笔名，其中一个是吴玉章，然而抛开个人的学养、交际圈等诸种因素不管，仅就现在出版的吴氏年谱等资料看来，1921年，正奔忙于教育事业的吴氏显然没有可能写这样的文章。另一个是王树人，生于1936年，其时尚未出生，更不可能写文章了。①

遍查鲁迅、胡适、周作人等人当年的日记、书信资料，也同样没有相关的记载。鲁迅这一时期写的文章一般在日记中都会有所反映的，然而这两篇文章却没有只字片言提及。下面是鲁迅1921年5月有寄稿记录的日记：

1日："晴，星期休息。下午寄孙伏园信，内二弟诗三篇，夜风。"②

查1921年5月晨报，周作人的这三首诗当为《歧路》《苍蝇》和《小孩》，

---

① 宋宝棵：《20世纪中文著作者笔名录》（修订版），广西师大出版社2002年版，第1121页。

② 三则日记均见《鲁迅全集》（第15卷），人民文学出版社2005年版，第431—433页。

分别发表于晨报第 7 版 1921 年 5 月 3 和 12 日。

3 日:"雨。午后寄孙伏园信并稿一篇。还齐寿山泉百。"

此处稿件应为鲁迅的译稿《鼻子》,芥川龙之介原作,载于晨报第 7 版 1921 年 5 月 11—13 日。

13 日:"晴。上午寄孙伏园信并三弟文稿。晚理发。夜得沈雁冰信。"

查《晨报》,应为《动物的恋爱》载 5 月 17—19 日。此外 5 月 15 日和 28 日,鲁迅日记中还有寄沈雁冰信并"三弟译稿一篇"的记载,此外整个 5 月份就再没有寄稿的记录了。

尽管日记中没有记载,但似乎不能仅凭这一点就断定署名"树人"的两篇文章不是出自鲁迅之手,因为鲁迅日记中也有漏记的现象。上面说鲁迅在这一时期写的文章日记中一般都会有所反映,但也是"一般"而已,并非绝对。有些已经确定是鲁迅的作品,在日记中并没有记载。比如署名"风声",分别发表在 1921 年 5 月 6 日、7 日《晨报》第 7 版"杂感"栏中的《"生降死不降"》和《名字》,在鲁迅日记中就没有记载。

更可疑的是,1921 年 5 月 20 日《民国日报·觉悟》在发表"树人"《读胡适底〈中国哲学史大纲〉》的当天,还发表了周作人署名"仲密"的两首诗《小孩》(一)(二)。这期间周作人因肋膜炎住院,在他养病期间,买书、寄书、请假、寄稿、处理日常事务及往来书信等,都是由鲁迅代为处理的。因此周作人写于 5 月 4 日,发表于 5 月 17 日《晨报·副刊》、5 月 20 日《民国日报·觉悟》及 9 月 1 日《新青年》第 9 卷第 5 号的《小孩》(一)(二),应该也是鲁迅代为寄出的,但在鲁迅日记中却找不到相应的寄稿记录。到 5 月 25 日才有往上海寄信的记录:"午后寄沈雁冰信。寄孙伏园信。午后往视二弟",并且内中也没有提及稿件的事。很明显这期间也有漏记的现象。

要搞清楚"树人"是不是鲁迅其实还有极为重要的一点,那就是鲁迅究竟有没有给《民国日报·觉悟》投过稿。从现有的资料来看,尽管《觉悟》的编辑与鲁迅并没有什么过多的交往,但鲁迅曾经给《觉悟》投过稿是可以肯定的。发表于1922年1月1日《民国日报·觉悟》（1981年版《鲁迅全集》在注释《爱罗先珂童话集》时说，"除《古怪的猫》一篇未见在报刊上发表外，其他各篇在收入单行本前都曾分别发表于《新青年》月刊、《妇女杂志》《东方杂志》《小说月报》及《晨报副刊》"之说显然是错的）上的鲁迅翻译爱罗先珂的《古怪的猫》一文，就在其他地方未发表过，很显然这是作者自己寄去的，而在鲁迅日记中也没有相关记载。这么多投寄稿件的事实在鲁迅日记中都没有反映，因此仅凭日记中无相关记载就轻而易举地认定上述署名"树人"的文章并非出自鲁迅之手，显然是难以让人信服的。

那么《觉悟》于同一天发表周作人的诗和"树人"的文章，是因为鲁迅在为周作人寄诗稿时同时寄去了自己的文章，还是纯属巧合呢？《觉悟》上周作人的诗是否转载自《晨报》而非鲁迅寄去的呢？考察一下周作人作品的发表情况发现，这一时期周作人的文章和诗作在北京、上海几个刊物同时发表并非偶然，而是一种经常性的现象。比如此后分别作于6月17、21、22日的《山居杂诗》（四）（五）（六）却都发表在6月25日《晨报·副刊》，7月3日《民国日报·觉悟》及9月1日《新青年》第9卷第5号等等。尽管上述诗作在京沪两地发表有个时间差，但很难断定晚几天发表的《民国日报·觉悟》就是转载自《晨报》，《觉悟》上虽有转载的作品，但一般都会注明"转自《晨报副刊》"等字样。更不能说《小说月报》发表的周作人的作品是转载自上述两家报刊，因为周氏兄弟都是《小说月报》的作者，给《小说月报》寄稿也都有日记、书信等资料佐证。尤其是有些周作人的作品是同一天发表在京沪两地的报刊上的，更加说明了上海刊物并非转载自北京的事实，例如他的《山中杂信》（二）就同时刊登在1921年6月24日的《晨报·副刊》和《民国日报·觉悟》上。当然这样的情形是非常少的，事实上，由于当时邮递时差，还有编辑编排稿件等原因，即便同时寄出的文章发表在北京和上海报刊上也总会有少则三五天，多则七八天的时间差。举个例子来说，《文学研究会宣言》这篇由发起者同时交付京沪两地媒体发表的宣言发在北京《晨报》上是1920年12月3日，发在《民国日报·觉悟》上则是12月9日，相差6天。假如周作人的《小孩》（一）（二）的确是寄给《觉悟》的而并非转载，那么就有可能是鲁迅在为周作人往上海邮寄稿件时同时寄去了自己署名"树人"的稿子。当然这是一种"大胆的假设"，可惜就目前所见的证据，仍然无法从正面证明这一"假设"。

应该说胡适对自己的《中国哲学史大纲》这本书是非常看重的。李季曾在《胡适中国哲学史大纲批判》一书中批评胡适因此书显露出来的"骄傲自满",他说:"只要看他在1927年《整理国故与打鬼》中所说的一段话,就可以知道他因批评界的溺职,呈现出一种何等骄傲自满的态度。"① 胡适在这篇文章中说:"西滢先生批评我的作品,单取我的《文存》,不取我的《哲学史》。西滢究竟是一个文人;以文章论,《文存》自然远胜《哲学史》。但我自信,中国治哲学史,我是开山的人,这一件事要算是中国一件大幸事。这一部书的功用,能使中国哲学史变色。以后无论国内国外研究这一门学问的人,都躲不了这一部书的影响。凡不能用这种方法和态度的,我可以断言,你休想站得住。"②

对于胡适的这种自信,李季批评道:"这段话的最后几句,即使出于读者之口,已不免是没有分寸的拍马,至出于作者之口那简直是信口开河的吹牛了。"③

是否"骄傲自满",是否"信口开河的吹牛"我们姑且放在一边不谈,但这字里行间的确可以看出《中国哲学史大纲》在胡适心中的地位。当年作为一名新派的留学生归来,在北京大学教授中国哲学史,胡适是很受旧学者们怀疑的,甚至差点被学生"驱逐"。正是《中国哲学史大纲》使得他不仅在北大也在整个学术界站稳了自己的脚跟。多年之后,他仍然毫不掩饰对这部书的感情是有理由的。在看重这部书的同时,他也异常留心各方面对此书的评论,1920年5月12日《时事新报·学灯》上发表了他给张东荪的信,信中说:

> 东荪先生:我们中国的报界向来没有"书评"一栏,有时有"新书介绍",也只是寻常的介绍,很少有严格的批评。这种缺点,实在是应该救正的,因为著作家若没有批评家的监督,一定要堕落的,即如我的《哲学史大纲》出版以来,已经过五版了,英法文报都有书评,中文报只有《太平洋》评过一次,这是我很不幸的事。④

---

① 李季:《胡适中国哲学史大纲批判》序言,神州国光社1931年版。
② 欧阳哲生编:《胡适文集》,人民文学出版社1998年版,第434页。
③ 李季:《胡适中国哲学史大纲批判》序言,神州国光社1931年版。
④ 原载1920年5月12日《时事新报·学灯》,见耿云志、欧阳哲生编:《胡适书信集1907—1933》(上),北京大学出版社1996年版,第237页。

而在 1922 年 3 月 5 日的日记中，胡适也提到梁启超《评胡适的哲学史大纲》的演讲，并记述了自己当场表示不同意见的经过，次日的日记中更是详细反驳了梁启超的观点。对于来自文化保守主义阵营对《中国哲学史大纲》的批评，胡适更是针锋相对地进行了反击。作为当时文化保守主义阵营的南高师——东南大学的师生们曾对胡适进行批评："先是缪凤林在 1920 年 7 月 17、19—25、27—31 日、8 月 1—3 日《时事新报·学灯》上连载《评胡适〈中国哲学史大纲〉》的长文。继之有 1921 年 11 月出版的《史地学报》创刊号上，柳诒徵发表《论近人讲诸子之学者之失》，批评章太炎、梁启超、胡适在诸子学上的偏失。"1924 年 5 月，《学衡》第 29 期又发表柳诒徵的《评陆德懋〈周秦哲学史〉》，内中仍有对胡适《中国哲学史》的严厉批评，他说陆氏所做是因为胡适的《中国哲学史》"择焉不精，语焉不详"。对此胡适当时虽未反驳却铭记在心，"所以他在 1933 年 6 月《清华学报》第 8 卷第 2 期上刊出的《评柳诒徵编著〈中国文化史〉》一文中，对柳著进行了尖锐的批评，说柳诒徵没有经过现代史学训练，'信古'而不'疑'，不重视新史料"①。

很显然，胡适对于学界对《中国哲学史大纲》的批评是非常在意的，因此发表在当时发行量极大、位列五四时期"四大副刊"之一《民国日报·觉悟》上的"树人"的文章他不可能没有看到。梁启超和学衡派诸子对此书的抨击，他都或者在日记中或者公开进行了反击，但对"树人"这两篇文章，他却没有只字片言的回应。这大概只有两种可能，一种可能"树人"的文章确实击中了要害，比如指出用伪书等，这属于史料问题，证据确凿，只能默认；另一种可能是"树人"并非来自敌对（如文化保守主义）的阵营，而是胡适的诤友——事实上《是谁改制？》一文的确表达了这样的意思。当然，这两种可能也是可以"兼容"的。

也许是因为当年太年轻气盛，胡适即便认识到了《中国哲学史大纲》存在的某些缺陷，也难于公开承认（只在再版的"正误表"中做了某些删改），尤其是自己以"史料若不可靠，历史便无信史的价值"来批评别人，但恰恰自己的著作中出现了用伪书的史料问题，这是很让人尴尬的。所以面对"树人"的

---

① 沈卫威：《学衡派谱系：历史与叙事》，江西教育出版社 2007 年版。书中对学衡派诸子对胡适《中国哲学史大纲》的批评以及胡适的反击做了详细评述。

批评，向来爱惜名誉的他选择了缄口不言。但在时隔数十年后的1958年，胡适在《〈中国古代哲学史〉台北版自记》中的话，却又让人联想到1921年"树人"批评他的那两篇文章，他分明是在对当年"树人"的批评进行回应。"自记"中写道：

> 我现在翻开我四十年前写成的这本书，当然可以看出许多缺点。我可以举出几组例子：（一）我当时还相信孔子做出的"删诗书，订礼乐"的工作，这大概是错的。我在正误表里，已把这一类的话都删去了。（二）我当时用《列子》里的《杨朱篇》来代表杨朱的思想，这也是错的。《列子》是一部东晋时人伪造的书，其中如《说符篇》好像摘抄了一些先秦的语句，但《杨朱篇》似乎很不可信。请读者看看我的《读吕氏春秋》（收在《胡适文存》三集）。……（三）此书第九篇第一章论《庄子时代的生物进化论》，是全书里最脆弱的一章，其中有一节述"《列子》书中的生物进化论"也曾引用《列子》伪书，更是违背了我自己在第一篇里提倡的"史料若不可靠，历史便无信史的价值"的原则。我在那一章里述"《庄子》书中的生物进化论"，用的材料，下的结论，现在看来，都大有问题。①

其中"缺点"的第一条和第二条分别对应"树人"质问"是谁改制"和指出他"用伪书"的两篇文章，第三条也与"用伪书"相关。胡适非但承认了书中存在的缺点，对于其中的一些表述甚至说"这真是一个年轻人的谬妄议论"！时隔数十年，当心绪平静之后，胡适终于可以坦然地面对当年书中一些令他尴尬的问题了，而不再一味争强好胜地反批评。

再来考察一下胡适与鲁迅的交往。胡、鲁之间的比较研究已成为学界研究的一个热点，不论是"扬胡抑鲁"者还是"扬鲁抑胡"者，对胡适与鲁迅之间交往的考察都是其研究的一个重要内容。著名鲁迅研究家孙郁先生在他的著作中，曾引用大量的书信和日记等原始资料对胡适与鲁迅的交往进行详尽的考察，对两人不同的治学思路也进行了精彩的分析。孙先生说："鲁迅能与胡适

---

① 胡适：《中国古代哲学史》自记，台北远流出版实业有限公司1986年版。

走到一起，无论如何，是件值得纪念的事。但他们交往的几年里，谈西洋学问的时候不多，议论政治的时候亦少，吸引双方的，说来有趣，却是谈论'国故'。"① 这一"说来有趣"的发现其实是非常重要的，它十分敏锐地抓住了胡适与鲁迅交际往还的重心。近年来，作为学者的鲁迅已被越来越多的研究者所关注。比如有学者论道："鲁迅去世时，众多挽联皆突出'青年导师'和'文坛泰斗'，唯有蔡元培将其学术功绩放在第一位：'著述最谨严非徒中国小说史，遗言太沉痛莫作空头文学家。'无独有偶，周作人关于鲁迅的悼念文章，也是先学术后创作。可见一批老朋友心目中，鲁迅的学术成就起码不比文学创作逊色。"② 作为学者的鲁迅，抄校古籍是一个长期积累的过程，取得的成就也已有众多研究者给予高度评价，此不赘述。我们要注意的是，如果从前鲁迅抄校古籍纯粹出于个人的学术兴趣，是个人爱好的话，那么1920年8月，鲁迅被聘为北京大学和北京高等师范学校的讲师、讲授中国小说史之后，对古籍的考订、研究便成为他的专业。

也正是在这一时期，鲁迅跟胡适的交往多了起来，从现存的书信、日记资料中我们可以看到周氏兄弟为胡适修改诗作，胡鲁二人就《西游记》《红楼梦》考证问题的探讨以及借书往还，胡适为周建人介绍工作等交往活动，其中对国学问题的探讨是他们之间交往的主要内容。至于轰动一时的胡适的《中国哲学史大纲》，鲁迅肯定是看过的，并且他还曾经邮寄给想看此书而又不方便购买的同乡：就在《中国哲学史大纲》出版一个月后，1919年3月18日鲁迅的日记中就有"上午代二弟寄哲学史（一）册与张梓生"③的记载。总的看来，这一时期可算作是胡、鲁交往的"黄金时期"。在这一时期中出现鲁迅对胡适学术著作的批评也是顺理成章的。也许有人会认为正是因为这一时期是胡、鲁交往的"黄金时期"，才不可能出现鲁迅对胡适著作如此严厉的批评。可是只要读一读《阿Q正传》就不会作如此想了。《阿Q正传》最初发表于1921年12月4日至1922年2月12日的《晨报·副刊》，也正处于胡、鲁交往的"黄金

---

① 孙郁：《胡适与鲁迅：影响20世纪中国文化的两位智者》，辽宁人民出版社2000年版，北京大学出版社2012年版，第46页。
② 冯光廉、刘增人、谭桂林主编：《多维视野中的鲁迅》，山东教育出版社2002年版，第1055页。
③ 《鲁迅全集》（第15卷），人民文学出版社2005年版，第362页。

时期",可是在这篇小说的"序"中,却也有"至于其余,却都非浅学所能穿凿,只希望有'历史癖与考据癖'的胡适之先生的门人们,将来或者能够寻出许多新端绪来"等等明显语含讥刺的话。孙郁先生对于胡、鲁之间的学术交往评价道:"鲁迅抄校古籍,探究小说旧史,用的是旧法,非孜孜以求,长时间积累,不能为之。在校勘、搜寻、订伪等方面,允推独步。而胡适在考证上,非鲁迅式的感悟和硬功夫,他运用材料,推理判断,有一套学术理论。用他自己的话,便是'大胆的假设,小心的求证'……他们的互相借鉴,彼此交流,取长补短,给对方均留下了很好的印象。应当说,在对国学的梳理、探究中,两人是互相影响着的。这一点,已成了文坛佳话了……"① 孙先生在此虽然侧重于强调他们的"彼此交流,取长补短",但以鲁迅校勘、订伪的"硬功"比对胡适式的"考据",鲁迅自然是有优势的,所以偶尔调侃一下胡适的"历史癖与考据癖"是不在话下了。撰文指出胡适著作中的史料问题更属正常的学术争鸣与交流,与个人间的交情无涉——这一点,也正是今天的学术界缺少的一种氛围。

综上言之,有种种证据指向发表批评胡适《中国哲学史大纲》文章的"树人"可能就是鲁迅,然而又没有直接的证据证明这一点,并且这两篇文章在对《中国哲学史大纲》进行评论的文章中也是非常重要的,从数十年后胡适的回应中就可以看出这点。笔者只好把这些疑问写在这里,求教于各位方家。倘能证明这两篇文章确是鲁迅的佚文,则无疑为研究胡适与鲁迅之间学术交往增加了重要史料。

---

① 孙郁:《胡适与鲁迅:影响 20 世纪中国文化的两位智者》,辽宁人民出版社 2000 年版,第 55—56 页。

鲁迅与"假洋鬼子"

张梦阳先生在他的一篇文章中写道:"《红楼梦》第一回里,曹雪芹自叹道:'满纸荒唐言,一把辛酸泪!都云作者痴,谁解其中味?'将此诗看作鲁迅对《阿Q正传》的自叹,也不无道理。《阿Q正传》无疑是《红楼梦》之后,中国文学中蕴藉最为深厚的伟大作品,问世 70 多年来,经无数代研究家的无数次解读,似乎仍未'解其中味'。"[①] 其实,现在看来有些文章非但未解"其中味",反倒离其本味愈来愈远了,其中"对假洋鬼子"这一形象的读解即是一例。

自《阿Q正传》问世以来,研究者们对阿Q这一形象做了各种各样的分析解说,提出了多种不同的理解和阐释方式。但在"假洋鬼子"的问题上,研究者们的意见似乎是一致的,都认为"假洋鬼子"是一个毫无疑问应该加以批判的形象。造成这种看法的原因很多,其中周作人和毛泽东对"假洋鬼子"的反感和批判起了推波助澜的作用。《阿Q正传》发表后,周作人曾在一篇文章中分析道:

> 《正传》里所写的人物,除了静修庵的尼姑,管土谷祠的老头子,三两个没有什么表现的之外,大都是鲁迅所谓呆而且坏的人,但其中又有个区别,大多数都是旧式的,新式的人物只有一个,这即是假洋鬼子,却是特别的讨人厌。著者大概在这里要謦吐一下对于这一种人的反感,虽然也

---

① 张梦阳:《〈阿Q正传〉·"鲁迅人学"·阶级论》,《鲁迅研究月刊》1998 年第 10 期。

未能详说，但主意总是表白出来了。照道理讲，这应该是速成学生，头上顶着"富士山"的，不会得去混过几个月却把辫子剪了，以致做不成大官，如他的母亲所说。不过若是"富士山"，那么回乡之后，便又可将辫子拖了下来，不可能成为假洋鬼子，这一面可以免于阿Q等人的笑骂，但是一面也就没有了权威，后来不容易有挂银桃子的机会了。著者说他当初剪了辫，后来留起了一尺多长的头发披在背上，像是一个刘海仙，这是一种补充的说法，也仿佛可以看出他当初辫子并不是那么爽快的剪掉。（着重号为笔者所加）①

按理说作为鲁迅的弟弟，周作人的分析应该是较为可信也较有说服力的，他的一些关于鲁迅的文章也的确成为后世鲁迅研究者的重要材料和证据。但在此处，却不能不指出他对"假洋鬼子"的分析和定位显然偏离了作者的原意，并且也在很大程度上影响了后世研究者对"假洋鬼子"这一形象的理解和把握。关于这一点，本文将在后面加以分析。

如果说周作人是以鲁迅的弟弟，并且以和鲁迅同时代而且思想有过深入交流的现代文学大家的身份写这段文字，所以能够对后世研究者的研究思路造成一种束缚的话，毛泽东则是以其无与伦比的政治思想权威的身份，影响了鲁迅研究的走向。毛泽东说："鲁迅在这篇小说里面，主要是写了一个落后的不觉悟的农民。他专门写了'不准革命'一章，说假洋鬼子不准阿Q革命。其实阿Q当时的所谓革命，不过是想跟别人一样拿点东西而已。可是这样的革命假洋鬼子也还是不准……"② 从那以后，"假洋鬼子"不准劳动者革命的罪名便铁板钉钉了。此后许多研究者便把不准平民革命作为鲁迅在这篇小说中对辛亥革命的失败原因进行探究的结果之一。比如有的研究者就在自己的著作中写道："资产阶级根本不敢动员农民'夺富人之田为己有'，也不打算去动摇封建主义的经济基础。他们要农民按照他们划定的'秩序革命''文明革命'的框框行事，农民斗争一旦突破了这些框框，他们便借口'行动越轨'，狂暴地压

---

① 周作人：《周作人自编文集·鲁迅小说里的人物》，河北教育出版社2002年版，第139页。

② 毛泽东：《论十大关系》，见《建国以来毛泽东文稿》（第六册），中央文献出版社1992年版，第100页。

制农民的革命要求。"① 这样一种论调其实只是对毛泽东论断的重述和回应。应该说在这一点上,支克坚先生的文章是有突破性贡献的,他在《关于阿Q的"革命"问题》一文中,非常精辟且富有说服力地分析了其实鲁迅也是不赞成阿Q革命的。这样就对"假洋鬼子"压迫下层人民革命的罪名进行了有力的消解。然而遗憾的是,在这篇文章中支先生并没有进一步对"假洋鬼子"被误读进行辨析。那么,"假洋鬼子"究竟是怎样一个人物,我们应该站在一种什么立场上认识和把握这一形象呢?

现在,当人们一提起"假洋鬼子"如何如何的时候,其实已经预先包含了一种价值判断在里面了。在潜意识层面,"假洋鬼子"已经成了一个让人讨厌的形象。一提起他,读者立刻会联想到一个披头散发,提着文明棍,高谈阔论并且时不时蹦出几个英文词,对下层劳动人民不屑一顾,而且常常用手中那根"哭丧棒"虐待贫苦百姓如阿Q的一个恶少形象。其实,这完全是对《阿Q正传》的一种误读。事实上,当我们不假思索地随意运用"假洋鬼子"这个词称呼那位钱大公子的时候,我们就已经背离了鲁迅的原意。在小说中,阿Q之所以对钱大公子深恶痛绝,鄙视地称他"假洋鬼子",无非是因为这位钱大公子上过洋学堂,而且去东洋留了半年学,回来后"腿也直了,辫子也不见了",于是有了"里通外国"的嫌疑。当然阿Q更为痛恨的是他那一条假辫子,以为"辫子而至于假,就是没有了做人的资格"。可见,去东洋留过学和剪掉了辫子,是阿Q将钱大公子斥为"假洋鬼子"的主要原因。因而,当我们随着阿Q一样称呼他"假洋鬼子"并且咬牙切齿充满厌恶的时候,我们也就不自觉地做了阿Q的同党。我想这是鲁迅的一种悲哀。周作人曾经提到,鲁迅"在小说和散文中有不少自述的部分"。其实在这篇小说中,"假洋鬼子"一词也包含了鲁迅的一种充满辛酸和悲凉的自况,同时也表达了他对早年曾经辱骂过自己的阿Q们的一种复仇的讽刺。同《孤独者》中的魏连殳以及《头发的故事》里的N先生一样,《阿Q正传》里的"假洋鬼子",也有着鲁迅自己的影子。②

纵观鲁迅的一生,剪辫之祸在他心底留下了刻骨铭心的记忆,后来他曾在

---

① 程致中:《寻找精神的家园——思想者鲁迅论》,学苑出版社2000年版,第29页。
② 周作人曾经指出:"《头发的故事》也是自叙体的,不过著者不是直接自叙,乃是借了别一个人的嘴来说这篇故事罢了。"见《周作人自编文集·鲁迅小说里的人物》,第41页。

多篇文章中提及此事，愤懑之情溢于言表。1902年鲁迅去日本后不久就把辫子剪掉了，并且照相留念，题诗明志。他把剪掉辫子当作自己迈向新的人生道路的第一步，然而没有料到这竟给他带来了意想不到的麻烦。照片寄到国内，首先让家里人大吃一惊。据周建人回忆："我们一看，都一呆，原来他把辫子剪掉了。这样的事情，在我们家乡还不曾见到过哩！他去日本留学，冷言冷语已经不少，怎么竟把辫子剪掉了呢？"自己家的人虽然吃惊倒也不说什么，可是三台门里的亲属就不一样了。"子传奶奶看到了这照片，人都酥去了，半响，才说：'阿樟怎么把辫子剪了？宜少奶奶，你怎么也不管管他？'"①

虽然他剪掉辫子的事在家乡族人中引起了很大的波澜，然而此时鲁迅尚在日本，并没有亲身感受到。直到1903年8月，鲁迅回国探亲，才亲身感受到了短发给他带来的巨大痛苦。周建人在他的回忆中详细记述了当时的情景，虽然这段话很长，但是为了保持原貌，还是把原文照抄在这里：

> 大哥到家的那天，我正好在家里，我只看见一个外国人，从黄门熟门熟路地进来，短头发，一身旅行装束，脚穿高帮皮靴，裤脚扣紧，背着背包，拎着行李，精神饱满，生机勃勃，我仔细一看，原来是我的大哥呀！
>
> 他见过祖父、祖母、潘庶祖母、母亲，家里人倒也不说什么，没觉得这短头发有什么不好，可是台门里一听见大哥回来了，第一件要紧的事，便是来围观他的头发，好像看希奇的动物，那眼神真有形容不出的味道。等他们走后，大哥说，在上海，倒还不感觉什么。人家分不清他是中国人还是日本人，可是他想到，在杭州、绍兴恐怕大家不习惯，所以就花了二元钱买了一条假辫子。
>
> 第二天，他便穿上衣衫，戴上假辫。这样该好了吧，但还是不行。台门里知道我大哥回来的人更多了，无论台门里的族人或出去碰到的路人，便都首先研究这辫子，发现它是假的，就一声冷笑；听说伯文叔还准备去告官呢！我大哥并不怕，戴了假辫子去看望过寿老先生和别人。
>
> 假辫子既然要给人看出是假辫，那就不如显出真面目来得直截爽快。

---

① 周建人口述，周晔整理：《鲁迅故家的败落》，福建教育出版社2001年版，第177—178页。

我大哥索性废了假辫子，穿着西装，和我一起到大街去，他照例要上街买些纸和笔。

这可不得了了，一路走去，一路便是笑骂的声音："这冒失鬼""假洋鬼子"。我听了也很气愤，然而寡不敌众，只好当作不听见。

于是，他不穿西装，改穿大衫，又和我一起到大街去。一路上，人们骂得更凶了："这人一定犯了法！"

"说不定给人捉奸捉住，本夫剪了他的辫子呢！"

"这缺德鬼！"

我大哥试来试去，都找不出一个好办法，以后就索性在家里，不出去了。①

由此我们可以看出，剪掉辫子给鲁迅带来了多大的压力和屈辱！直到1909年，鲁迅结束留学生涯回国以后，他还不得不承受没有辫子的屈辱，一回上海便买了一条假辫子装上。装了一个多月，因为老是担心掉下来或被人拉下来，于是"索性不装了"，但是又遭到辱骂。所以鲁迅满怀悲愤地写道："我想，一个没有鼻子的人在街上走，他还未必至于这么受苦，假使没有了影子，那么，他恐怕也要这样的受社会的责罚了。"② 其实我们还应注意到这样一个细节，《头发的故事》中的主人公"N先生"——其实也就是鲁迅自己的化身，由于屡屡被骂为"冒失鬼""假洋鬼子"，他也终于开始反抗了："在这日暮途穷的时候，我的手里才添出一支手杖来，拼命地打了几回，他们渐渐的不骂了。只是走到没有打过的地方还是骂……"③ 这里的"N先生"不正是《阿Q正传》里的"假洋鬼子"吗？这手杖不就是阿Q所谓的"哭丧棒"吗？而被打的，不就是那些阿Q们吗？这便是《阿Q正传》中"假洋鬼子"棒打阿Q一节的由来。

《头发的故事》写于1920年10月，发表在当年10月10日上海《时事新

---

① 周建人口述，周晔整理：《鲁迅故家的败落》，福建教育出版社2001年版，第180—181页。

② 鲁迅：《病后杂谈之余——关于舒"愤懑"》，见《鲁迅全集》（第6卷），人民文学出版社2005年版，第194页。

③ 鲁迅：《头发的故事》，见《鲁迅全集》（第1卷），人民文学出版社2005年版，第486页。

报》副刊《学灯》上。而《阿Q正传》则是1921年12月4日开始在《晨报副刊》上连载，至次年的2月12日全部载完。两篇小说的发表相距仅一年的时间，此时已经步入中年的鲁迅早已是一位深刻的思想家了。我们可以肯定，在这一年之中，作者的思想感情应该是有着内在的延续性的。在《头发的故事》中，鲁迅对于那位N先生——"假洋鬼子"怀有充分的理解和同情，因为他就是鲁迅自己的化身，难道一年之后到了《阿Q正传》，鲁迅的思想就来了个大转弯，转而尖刻地揶揄、嘲弄，以为他"特别的讨人厌"吗？

剪掉辫子给鲁迅带来的痛苦之所以刻骨铭心，原因之一就是被人追骂"假洋鬼子"给他带来了巨大伤害。虽然鲁迅在决意剪辫子前对于可能遭遇的麻烦已经有所估计并且做了必要的思想准备，但是回到绍兴后所遇到的种种侮辱嘲骂仍然大大出乎了他的意料。他只好"呆在家里，不出去了"，当然，在这之前他也许曾经"横眉冷对千夫指"，甚至手中多出一根手杖向嘲骂者们拼命还击了几回。但是最终，在周围万千阿Q们的嘲骂声中，他还是选择了"呆在家里"，选择了退却。在当时的社会条件下，这也是完全可以理解的，丝毫无损鲁迅的形象。他回国后的第二年在绍兴中学做学监，对于学生剪辫的要求他还进行了劝阻。《病后杂谈之余》中回忆了当时的情况：这时"学生里面忽然起了剪辫风潮了，有很多人要剪掉。我连忙禁止。他们就举出代表来诘问道：究竟有辫子好呢，还是没有辫子好呢？我的不假思索的答复是：没有辫子好，然而我劝你们不要剪。学生是向来没有一个说我'里通外国'的，但从这时起，却给了我一个'言行不一致'的结语。看不起了。"① 鲁迅当然知道没有辫子好，而且他自己就是一个没有辫子的"新党"。但是鉴于自己剪去辫子后所承受的巨大压力，他还是恳切地劝告自己的学生暂时不要把辫子剪掉，尽管这一片舐犊的苦心在当时并不为学生所理解甚至被误会为言行不一。根据胡愈之的回忆，那时每逢圣诞日，鲁迅都会"戴上假辫发，率领学生向万岁牌跪拜"②，难道我们就据此得出像学生一样的结论，以为鲁迅言行不一致，并且

---

① 鲁迅：《病后杂谈之余——关于舒"愤懑"》，见《鲁迅全集》（第6卷），人民文学出版社2005年版，第195页。
② 胡愈之：《我的中学生时代》，见1931年6月《中学生杂志》第十六号。当时署名"愈之"，"我的中学生时代"是栏目的名称，同期发表的还有章克标、尤墨君、夏丏尊三人的文章。

进而推断当初鲁迅的辫子"仿佛也并不是那么爽快的剪掉"的吗？每个人的生活中都会有很多无奈，有时迫于周围的压力，人难免要做出一些看似与自己的信念相违的事情，难道我们就因此否定他的一切，怀疑他当初的真诚吗？周作人1906年去日本之前在上海剪掉了辫子，但那时在上海人家是"分不清他是中国人还是日本人"的，所以大概也不曾遭到嘲骂。直到1911年5月在鲁迅的亲自督促下他才回国，所以他大约从来没有体会过被人骂作"假洋鬼子"的屈辱与辛酸。因为"到了一千九百十一年的双十，后来绍兴也挂起白旗来，算是革命了"，在鲁迅看来，革命带来的好处，"最大，最不能忘却的是我从此可以昂头露顶，慢慢的在街上走，再也听不到什么嘲骂"[①]。作为当时剪辫留学生中相对幸运的一个，周作人竟对他人承受的巨大压力视而不见，甚至做出那样不近情理的推断，其中未免有点隔岸观火的意味。

《阿Q正传》中的钱大公子，留学回国后戴起了假辫子，甚至重新留起了头发，实在有着不可言说的苦衷。因为剪掉了辫子，"他的母亲大哭了十几场，他的老婆跳了三回井"，家里闹得不可开交……鲁迅当初剪了辫子，虽然在外面遭到辱骂，但在自己家里，家人还是理解他的，甚至他那位做过封建官僚的祖父也并没感到有什么不好。但这位钱大公子就不同了，他不仅要面对外面阿Q们的侮辱与嘲骂，还要面对来自家庭内部母亲和妻子的巨大压力。在这种情况下，他戴假辫子，甚至又留起了头发，又有什么不可原谅的呢？难道我们还要跟在阿Q身后鄙夷地骂他"假洋鬼子"吗？相信这绝对不是有着相同经历的鲁迅希望看到的。在小说中，鲁迅对这位钱大公子是同情和理解多于厌恶的。不管怎么说，这位钱大公子在当时即使算不得时代的精英，至少也应该算是一位受过现代思想浸染的新人。真心也好，投机也罢，和阿Q们相比，他更能理解革命的真谛，更有可能成为一个真正的革命党人。

（原载《书屋》2004年第7期）

[①] 鲁迅：《病后杂谈之余——关于舒"愤懑"》，见《鲁迅全集》（第6卷），人民文学出版社2005年版，第195页。

"怎样做父亲"与伦理觉悟
——以鲁迅与胡适为例的考察

一

在整个社会的思想文化体系中，伦理思想相对来说是最稳固的，变革难度也最大。所以新文化运动之初，陈独秀在《吾人最后之觉悟》中就断言"伦理的觉悟为吾人最后觉悟之最后觉悟"，因为伦理思想最终会影响社会秩序、政治，"此而不能觉悟，则前之所谓觉悟者，非彻底之觉悟，盖犹在惝恍迷离之境"①。在一番堪称严密的逻辑推演下，陈独秀明确地将批判的矛头指向了儒家伦理思想的核心——"三纲之说"，这实在是维持中国漫长封建社会"超稳定结构"的关键性因素之一。帝制终结以后，"三纲"之中的"君为臣纲"虽然并未从思想观念层面得到彻底的清理，但毕竟已无所附着，不再具有现实意义。于是"父为子纲"和"夫为妻纲"便成为新文化运动中新文化派们伦理批判的主要对象。家庭是社会的缩影，家庭成员内部关系的革新与重新定位，是关系伦理革命能否最终取得成功的关键。于是，究竟什么样的父子关系、夫妻关系才是合理的，才是现代人应当追求的，便成为当时有识之士们讨论的热点。而在进化论获得了大量信徒的拥趸，几乎成为一种意识形态的社会语境中，关涉下一代成长、青年人未来的父子关系就显得尤为重要，往小处说，这

---

① 陈独秀：《吾人最后之觉悟》，《青年杂志》1916年第1卷第6号。

是改革家庭绕不开的核心内容之一，往大处说，则牵涉民族、国家的未来。

回顾新文化运动中关于父子关系的讨论，1919年鲁迅发表的《我们现在怎样做父亲？》是其中最重要也最广为人知的一篇文献。文中表达的"立人"思想与历史中间物意识，以及"父子之间没有什么恩"的断语，对捆绑父子关系的"孝道"所做的彻底解构，时至今日仍然有着强烈的现实意义，甚至不乏先锋色彩。《我们现在怎样做父亲？》写于1919年10月，发表于1919年11月《新青年》第6卷第6号。鲁迅说："作这一篇文的本意，其实是想研究怎样改革家庭；又因为中国亲权重，父权更重，所以尤想对于从来认为神圣不可侵犯的父子问题，发表一点意见。"同时，鲁迅也说关于家庭问题自己在前面已经著文涉及："对于家庭问题，我在《新青年》的《随感录》（二五，四十，四十九）中，曾经略略说及，总括大意，便只是从我们起，解放了后来的人。"其中，《随感录二十五》发表于1918年9月15日出版的《新青年》第五卷第三号，《随感录四十》发表于1919年1月15日《新青年》6卷1号，《随感录四十九》则发表于1919年2月15日《新青年》6卷2号。从内容来看，这三篇"随感录"虽然都是针对家庭问题而发，但其中确实已经涉及怎样做父亲这一主题，比如《随感录二十五》里对"孩子之父"与"'人'之父"的区分①，《随感录四十》里对"完全解放了我们的孩子"的呼吁②，以及《随感录四十九》里表达的"老的让开道，催促着，奖励着，让他们走去。路上有深渊，便用那个死填平了，让他们走去……"③那种历史中间物意识等，都与《我们现在怎样做父亲？》中的观点类似。

换句话说，关于怎样做父亲，怎样对待孩子，在写《我们现在怎样做父亲？》之前，鲁迅的主要观点已经在三篇随感录中表达过了，尽管不是特别系统，内容也不怎么纯粹（在写完《我们现在怎样做父亲？》后两日，鲁迅又写了《与幼者》，同样是关于做父亲，内中张扬"对于一切幼者的爱"），但1919年10月鲁迅为何又针对做父亲问题专门著文呢？这恐怕与此前胡适的一

---

① 鲁迅：《随感录二十五》，见《鲁迅全集》（第1卷），人民文学出版社2005年版，第312页。

② 鲁迅：《随感录四十》，见《鲁迅全集》（第1卷），人民文学出版社2005年版，第339页。

③ 鲁迅：《随感录四十九》，见《鲁迅全集》（第1卷），人民文学出版社2005年版，第355页。

首诗《我的儿子》及其引发的争论有关。可以说正是胡适的《我的儿子》这首诗，使得"怎样做父亲"或者"怎样对待孩子"问题成为当时舆论关注的焦点。而鲁迅的《我们现在怎样做父亲?》则可以视为对这一热点事件的主动介入。

1919年3月26日（阴历二月初五），胡适的长子胡祖望出生，四个月后的7月30日，胡适写下《我的儿子》并发表在当年8月3日《每周评论》第33期"新文艺"栏。尽管表面看来这首诗不过是初为人父的胡适对父子关系的一种个人化的理解，并非就父子关系这一社会关注度极高的问题所做的带有普遍意义的表态，由此也撇清了"教唆"别人儿子"不孝"的嫌疑，但实际上仍然可以看作是作为新文化运动主将的胡适，在进入"父亲"这一角色几个月后对传统伦理道德发起的一次强有力的挑战。诗中的"树本无心结子，我也无恩于你。但是你既来了，我不能不养你教你"，"那是我对人道的义务，并不是我待你的恩谊"，"我要你做一个堂堂的人，不要做我的孝顺儿子"等句表达的"父母对子女无恩惠可言"以及"不希望孩子将来做'孝顺儿子'"等，在当时确实对旧的伦理观念产生了巨大冲击，由此引发了广泛的社会关注乃至争议。比如随后汪长禄就几次致信胡适，对他诗中的意见表示不能苟同，更批评胡适有将"孝"驱逐出境之嫌。胡适也分别回信作答，继续阐明自己的观点。两人之间的通信后来在20世纪30年代还曾被收入《开明中学讲义》，影响就更大了。

《我的儿子》发表两个月后，鲁迅写了《我们现在怎样做父亲?》，文中的许多内容都与胡适《我的儿子》及其引发的争论有着明显的关联性。比如《我们现在怎样做父亲?》中提到的"'父子间没有什么恩'这一个断语，实是招致'圣人之徒'面红耳赤的一大原因……"，显然就是对胡适《我的儿子》中表达的"父母对子女无恩惠可言"的一种呼应。而《我们现在怎样做父亲?》中对待子女要"理解""指导""解放"，使其"成一个独立的人"的主张，也与胡适诗中"我要你做一个堂堂的人"的期望有着内在的相通之处。也就是说，《我们现在怎样做父亲?》与《我的儿子》作为两个文本，是有很强的互文性的。这种互文性，或许当年"《我的儿子》事件"的一些在场者看得更加清楚。

1919年12月7日《星期评论》发表的沈玄庐《我做"人"的父亲》一文，就清楚地阐明了胡适《我的儿子》的发表与后续鲁迅《我们现在怎样做父亲?》等文章之间的关联。文章写道："自从胡适先生做了一首《我的儿子》诗，登在《每周评论》，惹起一班'圣人之徒'不少的非议。《新青年》六卷六号唐俟先生《我们现在怎样做父亲?》,接着沈兼士先生著的《儿童公育》,和本报二十、二十五两号季陶先生那篇《旧伦理的崩坏与新伦理的建设》,合起来看,都是古往今来几句忠实的说话,也好算是给子孙代代得改种收成的吃饭田。"[①] 同时,沈玄庐文中提到的震惊全国的施存统《非孝》事件则从儿子的视角对父亲的权威以及"孝道"提出了挑战,也可以视作《我的儿子》事件的余续之一。施存统的《非孝》原文虽已不可考,但1922年无政府主义者黎健民发表的另一篇《非孝》则在文末直接点出了《我的儿子》正是自己写这篇文章的重要缘起。在引用了胡适的《我的儿子》后,黎健民写道:"我们看了这首诗,就可以指导父母对于子女,本没有什么功劳;子女对于父母,也用不着什么酬报;那末,这个'孝'字,岂不是已经根本不能存在吗?"[②] 由此可见,胡适《我的儿子》发表带来的冲击力还是非常大的,引发了一场新旧两派关于伦理观念的交锋。鲁迅在写作三篇随感录,就改革家庭问题发言之后又写下了《我们现在怎样做父亲?》,显然也与这一语境有关。

二

从《我们怎样做父亲》和《我的儿子》可见,鲁迅与胡适对"怎样做父亲"的认知是有着基于新文化立场和现代观念的基本共识的,比如上述所谈父母对子女无恩谊,以及对传统伦理体系中"孝道"的解构和精神相通的"立人"思想等等,二者的看法都比较一致。但是细究下去,也并非没有认知差异。如结合两人做父亲的"实践"进行考察,这样的差异就更加明显了。

相较而言,对于父子关系,鲁迅的看法更加现代也更加超脱,较少传统伦理观念与价值观的羁绊。尽管鲁迅也承认"只要思想未遭锢蔽的人,谁也喜欢子女比自己更强,更健康,更聪明高尚,——更幸福;就是超越了自己,超越了过去"(《我们现在怎样做父亲》),但他认为作为父亲当此新旧变革之际,最重要的是"自己背着因袭的重担,肩住了黑暗的闸门,放他们到宽阔光明的地方去;此后幸福的度日,合理的做人"。所以鲁迅更关心的是孩子的"幸福"

---

① 沈玄庐:《我做"人"的父亲》,《星期评论》1919年第27号。
② 健民:《非孝》,《民钟》1922年第2期。

与做人的"合理",而非孩子将来能取得多高的成就,是否能"光宗耀祖"。

儿子海婴出生后,鲁迅几乎在给母亲的每封信中都要告知一下海婴的近况。从信中的只言片语可以看出,海婴小时候是比较顽皮的,贪玩、不爱学习。不过鲁迅也并不以为意,因为贪玩是儿童的天性,不宜给他太多束缚,剥夺他的快乐与幸福感。1934年4月25日在给母亲的信中,鲁迅说:"海婴则已颇健壮,身子比去年长得不少,说话亦大进步,但不肯认字,终日大声叱咤,玩耍而已。"① 1934年12月16日的信中也说:"(海婴)字却不大愿意认,说是每天认字,也不确的。"② 在信中谈到海婴的上学问题时,鲁迅说:"海婴虽说是六岁,但须到本年九月底,才是十足五岁,所以不如暂且任他玩着,待到六岁时再看罢。"③ 相对于读书习字,鲁迅更在意的是儿子身体的健康、童年的幸福感以及良好品格的养成。1934年10月20日给母亲的信中,鲁迅说:"海婴渐大,懂得道理了,所以有些事情已经可以讲通,比先前好办,良心也还好,好客,不小气……"④ 10月30日的信中,鲁迅说:"(海婴)道理也讲得通了,不小气,不势力,性质还总算好的。"⑤ 等到海婴真正入学读书时,鲁迅并没有费尽心思地为其择校,担心其"输在起跑线上",1936年8月25日给母亲的信中,鲁迅说:"(海婴)仍在大陆小学,进一年级,已开学。学校办得并不好,贪图近便,管管而已……"⑥

从给母亲的信中可以看出,已经成为"现任之父"的鲁迅对待自己的儿子,仍然如做"候补之父"写《我们现在怎样做父亲?》时一样,关心儿子的"幸福"与做人的"合理",并不刻意要求孩子必须多么优秀、多么出类拔萃。

---

① 鲁迅:《340425 致母亲》,见《鲁迅全集》(第13卷),人民文学出版社2005年版,第86页。
② 鲁迅:《341216 致母亲》,见《鲁迅全集》(第13卷),人民文学出版社2005年版,第300页。
③ 鲁迅:《340613 致母亲》,见《鲁迅全集》(第13卷),人民文学出版社2005年版,第149页。
④ 鲁迅:《341020 致母亲》,见《鲁迅全集》(第13卷),人民文学出版社2005年版,第233页。
⑤ 鲁迅:《341030 致母亲》,见《鲁迅全集》(第13卷),人民文学出版社2005年版,第244—245页。
⑥ 鲁迅:《360825 致母亲》,见《鲁迅全集》(第14卷),人民文学出版社2005年版,第131页。

尽管鲁迅生前并没有专门写给儿子的文字留下来，但在他去世前一个月写的《死》中有这么一条："孩子长大，倘无才能，可寻点小事情过活，万不可去做空头文学家或美术家。"① 这是作为遗嘱而写的，不可谓不郑重。从中也可见鲁迅对儿子的期许其实只是望子成"人"，儿子未来能够有什么出息姑且不论，最低限度是做一个能自食其力、人格健全的"人"。同时，只要儿子幸福就好，不必追求那些貌似光鲜的虚名。这跟他一贯的"立人"思想是相通的，也最大限度地与传统的"望子成龙"思想拉开了距离，是非常"现代"也非常"先锋"的。因为尽管"谁也喜欢子女比自己更强"，但鲁迅认识到了子女作为一个独立的个体，必定有其长处和局限，而有些局限是注定无法超越和克服的，所以望子成龙虽是人之常情，但很多时候只是父辈的一厢情愿。如果执念于此，不唯徒然给子女增加许多不能承受之重压，就是父亲自身也会深陷纠结痛苦不得解脱。这样一种观念，时至今日也不乏启示意义。

反观胡适，虽然他在《我的儿子》诗中对传统伦理体系中的父子关系进行了解构，说希望儿子做一个"堂堂的人"而不是"我的孝顺儿子"，但"堂堂的人"在暗含了对儿子作为一个独立个体而非父母附属品的尊重，某种程度上与鲁迅的"立人"思想相通的同时，也反映了他对儿子的期许并没有鲁迅那样超脱和现代，而是仍然偏向传统一端。一句话，望子成龙这种"人之常情"，在胡适那里也未能例外。因为"堂堂"原本就是一个内涵丰富的词，只是能够自食其力、人格健全自然算不上"堂堂"，至少要在某一方面取得世俗意义上的成功，所谓出人头地才能够得上"堂堂"的标准。

事实也的确如此，胡适自幼聪慧，春风得意，几乎在人生的各个阶段都是同代人中的佼佼者，所以他对儿子也期望甚高。1929 年，胡适夫妇送刚满 10 岁的儿子胡祖望去苏州就读沪江大学附中，8 月 26 日晚在给胡祖望的信中写道："你不是笨人，工课应该做得好。但你要知道世上比你聪明的人多的很。你若不用功，成绩一定落后。功课及格，那算什么？在一班要赶在一班的最高一排。在一校要赶在一校的最高一排。工课要考最优等，品行要列最优等，做人要做最上等的人，这才是有志气的孩子。"② 1930 年 6 月 29 日，胡适接到学

---

① 鲁迅：《死》，见《鲁迅全集》（第 6 卷），人民文学出版社 2005 年版，第 635 页。
② 耿云志主编：《胡适遗稿及秘藏书信》（第 21 册），黄山书社 1994 年版，第 574 页。

校关于儿子胡祖望成绩的报告,报告上说他"成绩欠佳",需要在暑期学校补课。胡适大怒,立即写信给胡祖望,令他退出已经缴费的暑期旅行团,"即日搬回家来,七月二日再去暑期学校补课":

> 你的成绩有八个"4",这是最坏的成绩。你不觉得可耻吗?你自己看看这表。
> 你在学校里干的什么事?你这样的工课还不要补课吗?
> 我那一天赶到学堂里来警告你,叫你用功做工课。你记得吗?
> 你这样不用功,这样不肯听话,不必去外国丢我的脸了。①

胡适写给儿子的信保留下来的极少,《胡适遗稿及秘藏书信》中只保留了写给胡祖望的两封和写给胡思杜的四封信。其中写给胡祖望的即上引两封,内容都与儿子的读书求学有关,一封谆谆教诲,一封严词训诫,但目标是同一的,那就是希望儿子将来能"成功"、做"最上等"的人。胡适的次子胡思杜从小娇惯、不喜读书是众所周知的,饶是如此,胡适留下来的四封信中也有三封包含督促他好好读书、努力准备投考清华北大等内容。在信中,胡适还反复督促儿子要重视学习英文:"不要单读旧书,英文要用功读","要用功学英文英语"②。胡适之所以督促儿子学习英文,当然不是仅仅为了让儿子多掌握一门语言,而是着眼于将儿子培养成具有国际视野的"最上等"人。不过两个儿子后来并未按照胡适的预期,发展为成就非凡的"最上等"人,尤其是次子胡思杜的顽劣更让他头疼不已,甚至在朋友之间聊天时也刻意回避跟儿子有关的话题,可见其内心是非常介意的,望子成龙的落空让他始终难以释然。

由此可见,鲁迅和胡适在怎样做父亲、怎样培养儿子问题上虽然有着"立人"的同一认知,但是具体到自己身上还是有着显著差异的。作为父亲,鲁迅望子成"人",希望儿子将来能自食其力、人格健全,收获幸福;而胡适则不满足于此,他希望儿子能成为"人中龙凤",收获成功,做"最上等的人"。

---

① 耿云志主编:《胡适遗稿及秘藏书信》(第21册),黄山书社1994年版,第578页。
② 耿云志主编:《胡适遗稿及秘藏书信》(第21册),黄山书社1994年版,第581—582页。

三

无论鲁迅的望子成"人",还是胡适的望子成"龙",说到底都只是父亲对孩子的一种期许,是育儿观念层面的问题。至于在教育孩子成"人"或成"龙"的过程中父亲应该怎样做、担负什么样的责任,则是另外一个问题,而关于这一点,鲁迅和胡适无论在"知"还是"行"上都有明显的差异。

鲁迅曾在随感录中对只管生不管教的父母予以批判,他说:"中国的孩子,只要生,不管他好不好,只要多,不管他才不才。生他的人,不负教他的责任……小的时候,不把他当人,大了以后,也做不了人。"并且他也参照华宁该尔将男人分为"父男"与"嫖男"两类,"父男"又分为"孩子之父"和"'人'之父","'人'之父"是"生了孩子还要想怎样教育,才能使这生下来的孩子,将来成一个完全的人"[①]。显然,在鲁迅看来,父亲在孩子的教育中是不可缺失的。不过在《安贫乐道法》中,他又写道:"孩子是要别人教的,毛病是要别人医的,即使自己是教员或医生。"[②] 这两种说法似乎彼此矛盾,其实不然。前面强调作为父亲应当承担教育儿子的责任,要做"'人'之父",主要指的是父亲应当在孩子的人格养成方面尽到自己的教育责任。这种教育可以是有形的言传,也可以是无形的身教。后面说"孩子是要别人教的",则指的是孩子的正式读书学习,需要专门的老师教,即便自己本身就是教员,也不宜越俎代庖。也就是说,鲁迅认为,孩子的正式读书教育,并非父亲的责任。这一方面可以理解,因为并非所有父亲都可以做孩子学问上的老师,指导孩子的学习;另外一方面,那些学识丰厚、原本完全胜任教孩子的父亲主动放弃自己的教育责任,又让人觉得有些遗憾。

作为父亲,鲁迅是怎样教育自己的儿子的呢?1939年,许广平在《鲁迅风》上发表的《鲁迅先生与海婴》比较细致地勾画了鲁迅对儿子的教育情况:"鲁迅先生活着的时候,给予他的教育是:顺其自然,极力不多给他打击,甚

---

① 鲁迅:《随感录二十五》,见《鲁迅全集》(第1卷),人民文学出版社2005年版,第312页。

② 鲁迅:《安贫乐道法》,见《鲁迅全集》(第5卷),人民文学出版社2005年版,第568页。

或不愿多拂逆他的喜爱，除非在极不能容忍，极不合理的某一程度之内。他自己生长于大家庭中，一切戕贼儿童天真的待遇，受得最深，记得最真，绝不肯让第二代的孩子再尝到他所受的一切。"当然这是就教育的原则而言的，至于"普通知识的灌输，他并不仅仅于书本的研究。随时随地常识的晓喻譬解；便中有时对于电影的教育，也在娱乐中采得学识的一种办法，他是尽着机会做的。他自己对于旧式的背诵似乎很深恶痛绝。对一般学校的教育的制度也未必满意。如果他较年轻，有了孩子，我想也许自己给以教育的。可惜海婴生下之后，人事的匆促，他未能照顾到他的求学方面。然而在现时的学校，读到大学毕业，甚至留学回来，是否个个都成器了呢？还是疑问。因此孩子入校读书情形，可以说在他是并不怎样注意的，而且他自己所学和所用的也并不一致"[1]。可见鲁迅对海婴的教育是遵从儿童的特点，寓教于乐，避免使得孩子将学习当作苦事。但正式读书求学时，鲁迅是未曾顾及的。一来是"人事匆促"每天工作太忙，二来恐怕也与"孩子是要别人教的"这种认知有关。

　　胡适虽然在《我的儿子》中说"但是你既来了，我不能不养你教你。那是我对人道的义务……"，也承认父亲对儿子有教育的义务，但实际上他认为，在家庭内部，教育子女是母亲的责任。早在1908年发表的《论家庭教育》中，他就说："看官要晓得，这家庭教育最重要的便是母亲。因为做父亲的，断不能不出外干事，断不能常常住在家中，所以这教儿子的事情，便是那做母亲的专责了……现在要改良家庭教育，第一步便要开广〔办〕女学堂……列为要晓得，这女学堂便是制造好母亲的大制造厂。列位要想得好儿子，便要兴家庭教育；要兴家庭教育，便要大开女学堂，列位万不可不留意于此呵。"[2] 1929年写的《慈幼的问题》中，他也认为："慈幼运动的中心问题是养成有现代知识训练的母亲。母亲不能慈幼，或不知怎样慈幼，则一切慈幼运动都无是处。"[3] 可见，在为人父后，胡适的这一看法也没有改变。甚至直到晚年，他依然坚持认为教育子女是母亲的责任。《胡适之先生晚年谈话录》中记载，1960年1月

---

[1] 许广平：《鲁迅先生与海婴》，见《许广平文集》（第2卷），江苏文艺出版社1998年版，第80—81页。

[2] 胡适：《论家庭教育》，见《胡适全集》（第20卷），安徽教育出版社2003年版，第4—5页。

[3] 胡适：《慈幼的问题》，见《胡适全集》（第3卷），安徽教育出版社2003年版，第841页。

9日，胡适的儿媳带孙子胡复来看祖父，中间儿媳谈到孩子不听话，教不好："媳妇曾淑昭带同孙子胡复来，话题转到小孩身上去。胡复只讲广东话的，先生说，他以广东话作基础，将来可念古音。因为广东话里还有许多是古音。媳妇说：'孩子教不好。'先生说：'小孩子教不好，都是做母亲的没有耐心的缘故。每天教两个字，时常要他温习，没有教不好的！'"① 另外他也曾对护士徐秋皎说："娶太太，一定要受过高等教育的；受了高等教育的太太，就是别的方面有缺点，但对子女一定会好好管理教养的……"②

胡适之所以认为教育子女是母亲的责任，大约与他本人的经历有关。胡适幼年丧父，他后来能成为名满天下的人物，跟母亲对他的教育是分不开的。母亲不但事实上是教他认字的启蒙老师之一，同时更是"慈母兼严父"于一身的人生指引者。所以胡适在《四十自述》中回忆自己童年时代的读书生活时，一再强调"我的恩师就是我的慈母"。他自己的学习、成长经历，使得他认为教育子女是母亲的责任，这种看法直到晚年都不曾改变。当然，同鲁迅一样，胡适太忙，也使他基本上无暇顾及孩子的教育问题。曾在胡家工作过的罗尔纲详细列过胡适每天的时间表：

> 上午7时起床，7时40分去北京大学上班。中午回家吃午餐。下午1时40分去中华教育文化基金董事会上班。晚餐在外面吃。晚11时回家。到家即入书房，至次晨2时才睡觉。他每晚睡5小时，午餐后睡1小时。我因为常失眠，心里以为苦，他教诫我说："每天一顶要睡八小时，那是迷信。拿破仑每天只睡六小时。"他说拿破仑，其实他自己就是如此。③

由此可见，工作头绪纷繁复杂的胡适难以分出时间来顾及孩子教育，前文提到胡适也曾在给儿子的信中或谆谆教诲或严词训诫，也对儿子的学习予以督促，但顶多算是偶尔过问，并不意味着他主动承担了作为父亲的教育责任。实际上，他是将孩子的教育责任推给了孩子的母亲。两个儿子后来未能如他所愿

---

① 胡颂平编著：《胡适之先生晚年谈话录》，联经出版事业公司1984年版，第42页。
② 胡颂平编著：《胡适之先生晚年谈话录》，联经出版事业公司1984年版，第178页。
③ 罗尔纲：《师门五年记·胡适琐记》（增补本），生活·读书·新知三联书店1998年版，第103页。

成为"最上等的人"，唯一的女儿还因病早夭，他都认为是妻子江冬秀未能很好地尽到教育责任之故，所以直到晚年还有那种不无酸涩的话："娶太太，一定要受过高等教育的。"当然，胡适并不认为孩子教育的失败与自己毫无干系，有时他也会反思自己对孩子教育责任的缺失。1946年6月16日，胡适在日记中写道："昨夜太热，在床上看书，到半夜后两点，还不能睡。忽然记起小三今天毕业，今天又是美国人的'Father's Day'（父亲节日），我很惭愧我对两个儿子，一个女儿（死了），都没有应我能够尽的责任！"①

鲁迅和胡适是新文化运动的战士或主将，对于父子关系、怎样做父亲的理解是比较现代的，无论是鲁迅的《我们现在怎样做父亲？》，还是胡适的《我的儿子》都为促进国人的伦理觉悟、推动实现伦理的变革起了重要作用。然而，在"做父亲"的实践中，他们的表现既为后人提供了许多借鉴，也不乏教训。鲁迅与胡适都有长时间在教育界任职的经历，是不折不扣的教育专家，所教的学生后来出类拔萃者也很多，以如此丰富的教育资源优势，却在孩子的正式教育中选择了回避，不能不说是一个遗憾。无论鲁迅因"人事的匆促"导致"未能顾及"孩子的求学方面，还是胡适忙于"外出做事"而将子女教育的责任完全推给孩子的母亲，其实都说明在推动父子关系伦理观念变革以期实现伦理觉悟的同时，对于处理家庭内部关系的另外一种根深蒂固的"男主外，女主内"观念，他们都不同程度地缺乏警惕和变革的冲动。或许这才是导致他们在孩子教育方面做得不尽如人意的根本原因。关于父母对于教育孩子的责任，倒是胡适"我们三个朋友"之一陈衡哲的看法颇值得注意。她说："世上岂有自己有子女而不能教，反能去教育他人的子女的？又岂有不能整理自己的家庭，而能整理社会的？"② 这在一定程度上对鲁迅和胡适有关孩子教育问题的认知构成了反思。然而必须指出的是，她的这种观点也是在无奈认同"男主外，女主内"观念的前提下，就"母职"之无法代替而言的，所以也从侧面证明了伦理觉悟和伦理变革是多么艰难。

（原载《文学与文化》2019年第2期）

---

① 见《胡适全集》（第33卷），安徽教育出版社2003年版，第594页。
② 陈衡哲：《妇女与职业》，见《衡哲散文集》，河北教育出版社1994年版，第112页。

陈德征与《民国日报·觉悟》的"复兴"

时至今日，陈德征之所以仍然一再被人提起，主要原因有二：一是因为当年作为上海特别市代表的他，曾于1929年召开的国民党第三次全国代表大会上提出一项《严厉处置反革命分子案》，内中主张："凡经省级特别市党部书面证明为反革命分子者，法院或其他法定之受理机关应以反革命处分之，如不服，得上诉。惟上级法院或其他上级法定之受理机关，如得中央党部之书面证明，即当驳斥之。"这就意味着国民党省市党部有权力认定反革命，并且拥有最终裁决权。这种党权对人权的肆意践踏，引起了胡适及新月派诸君的强烈反对，并且最终引发了著名的"人权运动"。陈德征也针锋相对，不但亲自上阵与胡适论战，而且组织编写了一本《人权论及其他》以批驳胡适等人的"谬论"。二是因为一个有关陈德征的"传说"流传甚广，那就是当年他主持《民国日报》时发起选举"中国伟人"，结果陈德征得第一，蒋介石第二，由此开罪蒋介石并被罢黜。而随着一些学者的深入考辨，此说已被证明是以讹传讹，此不赘言——其中2012年南京师范大学杨程的硕士学位论文《党意还是民意——上海〈民国日报〉上的民意测验（1928－1932）》以及杨程的导师齐春风发表在2012年第6期《历史研究》上的《陈德征失势缘由考》最为详尽，也最有说服力。

由于陈德征得以"闻名"并"传世"的这两个原因均不怎么光彩，于是今人谈及陈德征时一般总是将其当作"谬种"或"笑料"看待。但历史地考察，陈德征的一生其实并没有这么简单，还是有言说一下之必要。比如他是五四新文化运动培养起来的"新青年"之一，早年曾发起组织弥洒社，在五四时期位列"四大副刊"之一的《民国日报·觉悟》上发表过许多新文学作品。比如他后来还曾经做过《觉悟》的主编，并且为改变当时《觉悟》沦落的窘境，实现复兴做过许多努力。

陈德征（1899—1951），字待秋，浙江浦江县人。1913年入杭州之江大学中学部读书，中学毕业后继续在大学部就读，五四运动中曾任之江大学学生会副会长，并开始在《浙江潮声》《钱塘潮》等杂志发表文章。大学毕业后曾在苏州、芜湖等地师范学校任教，1923年应于右任之聘，任上海大学中学部校长。教书之余常在各报刊发表文章，后得叶楚伧赏识，入《民国日报》社主编《觉悟》，旋又担任《民国日报》主笔。1927年再得叶楚伧之助，踏入政界。1928年任上海特别党部执行委员及宣传部主任，1929年任上海特别市教育局长。后因反日会一案蒙贪污之嫌，被蒋介石下令拘禁。抗战期间曾应陶百川之请担任《中央日报》主笔，不久又因擅自刊载政府秘密外交文件而触怒蒋介石，被下令开除党籍并严令各党政机关永不录用，从此陈德征乃一蹶不振。①

坊间关于陈德征的传言颇多，具体资料则较少，甚至其生卒年月也是一笔糊涂账，其子女也从未就相关传记资料中的错讹之处给予修正。2005年，刘国铭主编的《中国国民党百年人物全书》出版，该书上册第1426页有陈德征的条目，记载陈德征生于1893年（清光绪十九年），卒年则不详。张功臣所著《民国报人》中也有《只是当时已惘然——〈民国日报〉总主笔陈德征沦落史》一篇，内中也说陈德征生于1893年。而2011年出版的张解民、江东方编著的《浦江百年人物》中，则说陈德征生于1899年，卒于1951年，并且具体指出陈德征是生于1899年1月5日（清光绪二十四年十一月二十四日）。这两种说法中间相差六年，究竟哪种比较可信呢？在陈德征所著《人权论及其他》自序中有这么一句话："过了三十年漂泊颠倒的生活，尝够了甜酸苦辣的况味……"②文末署明："陈德征民国十九年二月二十六日序于上海特别市党部宣传部。"民国十九年时，陈德征自称"过了三十年漂泊颠倒的生活"，照此算来，陈德征应当生于1899年。而1929年《国闻周报》第6卷第32期也曾刊出一则《时人汇志·陈德征》，内中对陈德征的介绍云："陈德征，字待秋，年

---

① 陈公毅：《陈德征行述并赞》，《硬的评论》1930年第1卷第6期。
② 陈德征：《人权论及其他》自序，大东书局1930年版。

三十岁……"看来陈德征生于1899年之说比较可靠。至于其卒年则有据可查，1951年10月6日，成舍我在《自由人》发表一篇短讯《因不堪残酷虐待，陈德征在沪瘐毙》，内中声言："前上海《民国日报》总编辑，国民党上海市特别党部宣传部长陈德征，抗战前，以某案免职。十余年来，即未再作任何政治活动。抗战胜利，由渝回沪，亦息影家居，不问外事。中共到沪，陈自以绝无问题，不思他去，不料数月以前忽被拘捕。昨据此间陈之友人，传出消息，为陈因不胜共党酷虐待遇，晨近已瘐毙狱中。"① 因此，陈德征卒于1951年之说，应当是可靠的。

关于陈德征早年的"新青年"经历及其文学生活，限于篇幅，这里不便展开，只要翻翻弥洒社的相关史料以及《民国日报·觉悟》的目录就可以看到五四时代的陈德征还是相当活跃的，小说、诗歌、研究论文样样拿得出手，1920年以后的《觉悟》上，几乎每月都有陈德征的四五篇作品，可以说那时的陈德征是一个不折不扣的文学青年。本文主要谈谈作为《觉悟》主编的陈德征，及其"复兴"《觉悟》的努力。

位列五四时期"四大副刊"之一的《民国日报·觉悟》，曾为推动新文化运动和新文学建设做出过重要贡献。尽管《觉悟》是附刊于所谓一党之机关报，是"党报副刊"，但在邵力子主编的时代，奉行"集思广益"的办刊方针，《觉悟》并非党同伐异的工具。在五四新文化的语境中，它宣传"主义"、研究"问题"、"整理国故"、建设"文学"，实际上成了一个新文化公共空间，极大地推动了五四新文化和新文学的发展，由此也赢得了读者的普遍信赖，成为《民国日报》的一块著名招牌。1924年11月后，邵力子不再具体负责《觉悟》编务，《觉悟》主编频繁更迭，原本稳定的办刊方针难以维持，短期内先后有施存统、沈泽民、叶楚伧、许绍棣、毛飞等担任主编，而在主编更迭之间，《觉悟》也开始悄悄沦落，其副刊功能的定位从纯粹的文化启蒙和政治救亡向娱乐消闲回归，作为新文化公共空间的色彩逐渐淡出。与此同时，《民国日报》由于其主笔叶楚伧参与1925年11月23日召开的西山会议，成为"西山会议派"的一员，也开始全力宣传西山会议的反共"决议"，已经不再是1920年1

---

① 《成舍我先生文集——港台篇1951—1991》，世新大学舍我纪念馆暨新闻史研究中心2007年版，第92页。

月1日吴敬恒在《民国日报与世界的进化》中宣称的"世界党人所开的古董铺子",而逐渐真正成为党同伐异、进行舆论斗争的工具——政党的"机关报"了。而此时执掌《觉悟》编辑权的许绍棣信奉"觉悟是民国日报的一部分,并不是独立的刊物"①,因此《觉悟》上也很快出现了回应报纸正张、宣传西山会议派反共主张的文字。这种党同伐异的举动招致广大读者的强烈不满,读者量与来稿量都锐减,《觉悟》的版面也不断缩减,原先一些非常有影响的栏目如"通信""杂感"等都纷纷取消,"觉悟左角附有教育新闻,后幅又是民国闲话,所以不但篇幅要减少了一半,并且另印单张的问题亦发生了困难"②。而从1920年7月开始逐月发行的《觉悟》合订本也于此时终止。1926年2月18日,《觉悟》刊出一则"本刊特别启事",内中说:"本刊现与民国闲话合印一小张,以后月底不装订成本、凡以前预定觉悟汇刊者,以后均逐日改寄觉悟单张(即觉悟与闲话合刊之小张)又本月十八号以后之觉悟,现已一律分别补寄,请各定户查收是盼。"篇幅剧减,甚至跟宗旨和追求迥异的《民国闲话》合出一小张,说明此时的《觉悟》已经到了难以为继的边缘。所以,当1926年5月陈德征接编《觉悟》时,《觉悟》已今非昔比,不再是五四高潮中万人争阅,将之作为精神食粮的时代了,他面对的是一个烂摊子。

同许绍棣、毛飞一样,陈德征也是《觉悟》培养出来的"新青年"之一,他见证了《觉悟》的辉煌和没落。因此当他执掌《觉悟》编辑权之后,面对《觉悟》日渐沦落和丧失读者信任的现状,陈德征不无忧虑,他决心加以改革,力图复兴往日的辉煌,为此他也做了种种努力。

陈德征复兴《觉悟》的第一步,便是从版式及栏目设置等方面全面向邵力子时代回归。接编《觉悟》的第一天,《觉悟》上就刊出一则启事,内中说:"本刊为便利阅者装订起见,特于五月十五日起,改印两页式。又本刊内容,自即日起,亦略有改进:除宣传或研究三民主义之稿,尽量披露,凡关于社会问题之讨论,学术之研究,国际状态之评述诸佳作,亦当提前披露。希望爱护本刊诸君,源源赐稿,为幸!"③ 不仅《觉悟》的版式与内容有所改进,在栏目设计上,也开始全面恢复邵力子主编时期的格局,"通信""随感录""文艺"

---

① 《觉悟》1926年2月25日"通信"栏。
② 许绍棣致胡寄南的信,《觉悟》1926年2月8日。
③ 《本刊启事》,《觉悟》1926年5月15日。

"论坛"等主要栏目都得以恢复。尤其是"通信"栏，邵力子主编《觉悟》时曾不断借"通信"栏组织对社会热点问题的讨论，对于青年在新文化运动中遇到的现实问题，邵力子也有问必答，为青年出谋划策，因此深得觉悟青年的喜爱，邵本人也被奉为"青年导师"。此时陈德征也试图效仿当初的邵力子，为青年指点迷津、答疑解惑。他不断在"通信"栏刊出读者来信，并就来信内容进行对话。自从接任主编后，几乎每期《觉悟》都有陈德征回应读者并与读者交流的文字。这些点评或建议有的也许并不怎么高明，但这种"有问必复"的认真负责、谦逊友善的态度是值得称赞的。陈德征的这种努力使《觉悟》有所起色，他的工作也逐渐赢得了读者的认可。

1926年6月14日，《觉悟》上发表了一位署名"凤逸非"的读者来信，内中对陈德征试图复兴《觉悟》的努力表示赞赏："德征先生：自从先生接编觉悟以后，该报气象为之一新……"同时也从一个读者的角度谈了自己对《觉悟》的一点希望，那就是"希望觉悟报上今后多载点关于学评一类的文字"以"指导这些不良的学生"。对这类热心读者的奖誉和建议，陈德征当然积极回应，他说："'对学生多加以指导'，这句话，在凤君寄来此信以前早就有人这样督促本刊了，本刊也颇想在这种地方，多用点工夫，无如百忙的我，除每日整理来稿以外，真没有时间再写文章了。此后我们自当格外努力和学生诸君多多商榷一切生活上的问题，同时我们也希望爱护本刊诸君，多投些这一类的稿件……"①在向邵力子时代的《觉悟》编辑方式回归，积极恢复新文化运动中《觉悟》"指导青年学生"的职能，以重新获得读者信任的同时，在陈德征的努力下，《觉悟》还恢复了一度中断出版的合订本。从1926年7月份开始，中断了5个月的《觉悟》合订本重新出版发行。② 这也可以算作《觉悟》逐渐"复兴"的一个标志。

与此同时，《民国日报》同人也对《觉悟》的沦落颇感忧虑，并正式开会研究如何重现《觉悟》昔日的光焰。1926年8月1日，《觉悟》上刊出了陈德征的《本刊今后的旨趣》一文，内中介绍了《民国日报》同人的决议和整顿《觉悟》的努力方向：

---

① 《对本刊一个小小的要求》，《觉悟》1926年6月14日"通信"栏。
② 1926年6月12日《觉悟》上附有陈德征以记者身份写给一位读者的短信："一波先生：觉悟汇订本，曾中断；现拟自七月份起汇订，如逐日寄奉，连邮资三元。（记者）"

有七八年历史的觉悟，到今天还能把它一点小生命维持着，这实在是不能不归功于爱护本刊的各位作家和一般读者。然而这二年来，因环境关系，觉悟底光焰，似乎暗淡了许多："觉悟退步了"的声浪，充满着我们底耳鼓；尤其是今年，这种声浪，更加增高了。本报同人大家都负责着抱着抱歉的心意，于是乎有整顿本刊的提议。

　　上月二十二日，本报同人又一个小小的集议。列席的是楚伧、朴安、际安、慎予、君匋和我。当时，本刊曾有许多讨论。最有关系的决议，是下列那么几句话：

　　"觉悟是站在民众前面的刊物，它是领导民众的；它应该把民众底缺乏民众底痛苦说出来；它应该指导民众向哪一条路走；它并且要满足民众对于它底要求。因此，它底范围，应该推广。就字义论，'觉悟'底范围，便非常之大：个人有个人底觉悟，社会有社会底觉悟，其他如政治、法律、文学等，也有适应于时代要求的觉悟。各式各样的觉悟和各式各样的觉悟底方式，都可在《觉悟》刊物上表露出来。譬如，开大演说会，《觉悟》刊物，是个演说厅，在《觉悟》上做文字的，是演讲员，主编《觉悟》的，是演说坛上的主席，读者是听众。现在大家规定了一个演说最大的方针，譬如是'领导民众满足民众的要求'，那么演讲时便可任意演讲，什么题目都可以，什么话都可以，只要演讲，不违背会场规例，不有捣乱会场的蓄意，不有违反演讲会主旨的演辞。演讲员底话，未必尽满人意，但听众便可立即起来做演讲员，来纠正这演讲员底话。凡在会场上的，无论主席，无论听众，都可以做演讲员。未入演讲厅的，也可自由地加入这个集会，自由地上台演讲。所以今后的本刊，应该没有什么约束——除非是违反时代违反会场规例和违反大会底主旨。又因演讲员，不是一地方的人，不是一个阶级中的人，不是年龄仿佛的人，所以对于他们演讲的方言，姿势和声浪，都不能给他们以限制。本刊今后对于文字的体裁，有这么一个主因，便也不能有一定的约束。"

　　这一个决议便把本刊今后旨趣，畅述无遗。我觉得这个决议，实在于本刊前途及读者利益很有关系的，所以特地把它记录出来。最后我还要报告读者的，就是：在本报同人的集议上，暂时推定了我做演讲会底主席。

我此后，自当努力于做主席的职务；然而演讲成绩的良好与否，却要看演讲员底如何努力了。

当年《觉悟》创刊时由于仓促上阵，没有来得及发表正式的发刊词，但在邵力子的主持下，《觉悟》实际上仍然充当了新文化运动中的一个公共论坛，有力地配合和支持了新文化运动的开展。现在这篇由陈德征署名的《本刊今后的旨趣》，从复兴《觉悟》的愿望出发，将《觉悟》定位为一个公众可以自由演讲的"演说厅"，无疑抓住了过去《觉悟》成功的关键，同时以发刊词的方式呼唤《觉悟》新生命的开始。从这个意义上来说，这可以算作是陈德征复兴《觉悟》的第二步，即表明办刊理念，坚定编者和读者的信心。

不过有意思的是，尽管陈德征意识到了将《觉悟》恢复成原先的公共论坛模式才是复兴《觉悟》的希望所在，在具体操作上却一开始便与邵力子时代的《觉悟》表现出相当大的差异。邵力子时代的《觉悟》对新文化运动不遗余力地支持，对旧文化则是无情地挞伐。《觉悟》从诞生之日起就坚定地站在新文化阵线的标志之一，就是它在征稿启事中第一条即规定"体裁概用白话"。唯一的一次例外，即1919年7月13日转载瞿宣颖用文言文写成的《禁止中国纳妾之方法》时，还特意加"记者按"说明是"破例转载"。但此次在这篇复兴《觉悟》的宣言之后，紧跟着就是胡朴安用文言写成的《究竟觉悟者谁耶？》，而1926年8月3日刊出胡朴安的《奋斗与自然》，同样也是满篇之乎者也。因此，尽管陈德征有复兴《觉悟》的愿望与努力，并且也从邵力子时代《觉悟》的辉煌中找到了努力的方向，但这一方向并没有得到彻底的贯彻。

陈德征复兴《觉悟》的第三步是组建"觉悟社"，当然这也可以部分地看作是向邵力子时代回归。1927年1月10日，上海《民国日报》被勒令停刊，直到革命军规复上海后才于1927年3月22日复刊。但由于"仓促复刊，设备未周，又值租界戒严，交通不便"，因此复刊后的《民国日报》只是"每日暂出两大张"①，《觉悟》则迟至1927年4月15日才得以复刊②。并且从复刊之

---

① 《本报扩充启事》，《民国日报》1927年4月3日第1张第1版。
② 1927年4月15日《民国日报》刊出《本报特别启事》："本报自今日起日出四大张。附刊《觉悟》《教育新闻》《党务消息》均已恢复，又加'前敌之前敌'一专栏，请阅者注意。"

日起,就刊登广告为"觉悟社"征求社友。邵力子主编《觉悟》的时代虽然也有过"觉悟社"一说,例如1922年2月25日《觉悟》上就刊载过该社社友名单,但那时的"觉悟社"不过徒有其名,社员偶尔为《觉悟》撰稿并协助邵力子处理一些编辑事务。1927年4月15日《觉悟》复刊后,陈德征则试图将组建"觉悟社"作为复兴《觉悟》的重要一环,使其成为复兴《觉悟》的核心力量。征求社友的启事中说:

> 目的:集合同志研究学术、交换智识,在现社会状态之下,对各方面加以深刻之批评。
>
> 社友:有对上项目的表示同情,并能发挥个人心得,供献于社会者,均可认为社友。
>
> 报名:通信报名。
>
> 社址:爱多亚路一五一号民国日报。
>
> 附告:征得社友十人以上,可开一谈话会,商定本社一切进行办法。
>
> 发起人:管际安　汪馥泉　陈德征①

然而让人颇感意外的是,陈德征一边在征求社友的启事中如此严肃地阐明"觉悟社"的"目的",一边却在复刊后的《觉悟》上对《觉悟》从事的事业之严肃性大加消解。他说:"觉悟不老不老,在上海的许多副刊店中,却是一块老牌子了。上回在军阀底铁拳头之下,不能不暂时一收盘。现在我们老店新开了……现在是'革命'发迹的时代,但我们这种无聊的文人(狗屁不值的文人。何以言之?卖稿子没人要,卖淫没有男堂子。)还是来做我们瞎嚼文艺之类的把戏……"②之所以说陈德征的话让人"意外",倒并不全因为这番告白对自身的调侃跟征求社友中的认真严肃形成鲜明的对比。因为也就是在4月15日上海市改组委员会召开的第一次临时会议上,陈德征刚刚做了上海市党部的宣传部长。③按说,他自己正是"'革命'发迹"者中的代表之一。难道是因为写这篇文章时陈德征尚不知道自己将荣任宣传部长,抑或陈德征本来就

---

① 《觉悟社征求社友》,《民国日报》1927年4月15日第1张第1版。
② 《老店新开声中的闲谈》,《觉悟》1927年4月15日,署名"编者"。
③ 《市党部实行改选》,《民国日报·党务》1927年4月16日。

有鸿鹄之志，对仅仅得到宣传部长的位子心存失望？

无论如何，借助《觉悟》过去的声誉和陈德征接编《觉悟》后一度焕发的新气象，征求社员的举措还是得到了较为热烈的响应。1927年4月16日，《觉悟》刊出一则编辑告白。内中除对宋哲夫、周楚材有意加盟觉悟社表示欢迎之外，也谈到了征求觉悟社员的缘起："我们这觉悟，才老店新开，可惜从前有许多伙计，或退隐，或事忙，不能来帮忙了；我们望老伙计仍来帮忙，并望多多有新伙计进来！就是说，我们大家欢迎赐稿！"① 随后，4月19日《觉悟》上又刊出了一批新加入的社友名单，有左干城、陈醉云、季赞育、洪秉渊、黄隐岩、王世珍、严仲达、方善枢、蒋还、郭练纲、陈民一、胡烈等。此后陆续又有多人加入。1927年4月23日下午二时，觉悟社成员第一次会议在上海特别市党部（西门林荫路）三楼召开。② 这次会议研究决定的复兴《觉悟》的举措在1927年5月1日《民国日报》上以《本报紧要启事》的形式露布："自今日起，本报附刊（觉悟），准照觉悟社决议，每星期刊印社会问题号二期，社会科学号二期，艺术号一期。今日为刊行社会问题号第一日，适值五一节，故特出《五一特刊》一张，并此声明。"然而这种改革并不成功，仅仅维持了一个月后，1927年6月1日《觉悟》上便刊出《本刊启事》："本刊因接受'觉悟社'社员之要求，自六月一日起，除于星期六发刊艺术号外，其余各专号一律取消，仍恢复旧有编法。希觉悟社社友及爱读本刊诸君，多赐稿件为幸。"改革《觉悟》编法是以"觉悟社决议"的方式发布，恢复旧有编法也是应"'觉悟社'社员之要求"，其中原委究竟如何，不得而知，但可以确定的是《觉悟》复刊后的这次以组建"觉悟社"实现《觉悟》复兴的尝试是以失败而告终的。

其实《觉悟》复刊后再次试图复兴的努力归于失败，也在意料之中。因为它的主编虽然还是陈德征，但此时的陈德征跟刚接编《觉悟》时的陈德征已经不可同日而语。那时的陈德征还未脱尽"觉悟"新青年的本色，还能念及当年自己作为新青年时，《觉悟》指导青年学生参与新文化运动、广受读者信赖和爱戴的辉煌历史，并试图再现这种辉煌。而1927年4月15日《觉悟》复刊后

---

① 《编辑室》，《觉悟》1927年4月16日。
② 《觉悟社启事》，《民国日报》1927年4月22日第1张第2版。

的陈德征,已经是上海滩炙手可热的上海特别市党部宣传部长了。身份和地位的变迁直接影响着他的思维方式,在政治参与的激情与诱惑面前,文化启蒙的兴趣迅速相形见绌了。如果说刚接编《觉悟》时,陈德征还对像当年的邵力子那样对充当"青年导师"表现出浓厚兴趣的话,那么复刊后大权在握、在政治上迅速走红的陈德征则无疑更看重自己的政治前途。复刊后的《觉悟》或许仍然可以看作是个"演说厅",不过已经不是公众的演说厅,而是陈德征所掌握的上海特别市党部宣传部进行政治宣传的演说厅了——连"觉悟社"社友开会讨论《觉悟》的前途与革新方向,都选择在上海特别市党部宣传部。事实也正是如此,上海"四·一二"政变之后,在陈德征的操纵下,不仅《民国日报》上接连辟出大幅版面刊登国民党上海特别市党部宣传部所发的《清党运动的理由》,为屠杀共产党做辩解和宣传,《觉悟》上也屡屡发表配合反共宣传或研究"党义"的文字。1927年7月1日《民国日报》上甚至刊出一则《本报觉悟编辑部特别启事》,内中说:"本报应上海党务训练所之请,特将觉悟篇幅,改植该所临时特别区党部成立大会特刊。随报附送,以代觉悟,明日照常出版。特此通知。"党务成立大会特刊都可以随意取代《觉悟》,至此,复刊后的《觉悟》上已经看不到任何当初为整顿并复兴《觉悟》所发的《本刊今后的旨趣》中描述的那种自由言说的"演说厅"的影子了,陈德征"复兴"《觉悟》的努力也彻底归于失败。《觉悟》的这次"复兴"可谓"成也陈德征,败也陈德征"。

此后《民国日报》及《觉悟》又一同经历了1932年2月被迫停刊和1945年10月的复刊,并于1947年1月终刊。此后的《觉悟》再没有起色,随《民国日报》一起充当国民党专制统治的宣传工具,彻底完成了从新文化公共空间到专制政党"自己的园地"的角色转换。《觉悟》的生命很长,但最耀眼的还是它充当新文化公共空间,为推动新文化和新文学不懈努力的那段五年多的时间。正是有了这一阶段的辉煌,才使得它被作为五四新文化运动的"四大副刊"之一写进历史。此后的《觉悟》虽然继续存在,但从当初《觉悟》创办的本意来讲,它已经死了,尽管中间也曾有过短暂的起死回生的努力。

(原载《新文学史料》2016年第2期)

优待学生与反对版权
——五四新文化大众化的努力

  1920年1月，北洋政府教育部通令凡国民学校一二年级国文课教育统一运用白话文，至此，新文化运动已是大获全胜。然而在这胜利之后，新文化运动要走的路却依然绵长而遥远。当来自对立阵营的保守势力被击败后，如何有效地输入和传播新文化并对广大民众进行启蒙，成了五四新文化界必须面对的问题。就文化传播言之，报馆和学校应当算是传播文明的两种重要媒介。相对来说，报刊书籍由于其广泛的社会性和众多的读者受众，对新文化的传播起着至关重要的作用。于是在这一过程中，大量宣传新文化的报刊如雨后春笋般纷纷出现，大量关于新文学和新文化的著作也纷纷出版。这些新文化出版物为新文化的普及和大众化提供了重要的助力，并由此形成一种良性的循环：一方面，报馆和学校造就了一大批受新文化洗礼并"觉悟"了的读者受众；另一方面，新文化读者群的急剧扩大反过来也进一步促进了新文化出版业的空前繁荣，并给出版新文化报刊书籍的书商和书局带来了滚滚红利。

  事实上，当"新文化"成为整个社会文化领域的关键词为人们所津津乐道的时候，新文化出版物也开始走红和畅销了。于是一些书商和书局便将目光瞄准这一领域，大量出版新文化报刊书籍，并高昂其价以求获利，更有一些投机者竟趁机浑水摸鱼，借传播新思潮之名粗制滥造一些新文化出版物以谋取暴利，这其实对新文化的传播和普及构成了严重障碍。这种现象也引起了新文化界有识之士的警惕，他们纷纷撰文批评并探讨解决的办法。

  考虑到新文化的受众以青年学生为主体，在一些有识之士和开明书商的推动下,当时的许多报社和书局纷纷对订阅新文化报刊、购买新文化书籍的学生推出优惠政策,使他们可以以较低的价格买到新文化出版物。这样一种在今天看来非常简单的"促销"活动,在当时的语境下却有着相对复杂的含义,甚至一度引起论争。1920年3月间,《民国日报·觉悟》上就曾对"优待学生"及新文化运动走向问题展开一系列讨论。3月5日,《觉悟》"通信"栏发表了一封署名"辈英"的读者来信,作者在信中结合自己的亲身经历,对"优待学生"的现象进行发难,认为这是不平等的。她写道:"'是学生,方有八扣'。哼!这是什么道理,难道学生与非学生有什么特别不同的地方?……别种人不优待,偏偏优待学生,这究竟是什么道理?……"① 由于当时的《觉悟》是宣传新文化的重镇之一,位列五四时期著名的"四大副刊",同时,《民国日报》也实行这种"优待学生"的政策,于是"辈英"便要求《觉悟》的主编邵力子先生出来答复这一问题。邵先生便在题为《优待学生的理由》的回信中进行了答复。他说:第一,优待学生并不存在不平等的问题,因为学生并不是一种职业,而是"各种人都应经过的一个时代……至于学生时代应受优待的理由,无非是因为促进人类的进化"。第二,学生买书买报应受优待,是因为"社会上的风气不大好学,肯花钱买书买报来看的人,实在不多",而学生尚不能经济自立,所以应受优待。② 对于这一答复,"辈英"并不信服,她又撰文指出由于当时的教育不发达,并不是每个人都能够经历做学生的阶段,而且当时的学生多是贵族少爷小姐,并不缺钱,反而是那些好学的平民更需要优待。对此,邵力子又进行了辩解,他一方面承认中国教育不发达的事实,同时又指出如果一律优待的话那就成了"平价书报",也就无优待可言了,而报馆要维持下去,在经济上也不能承受一律优待……这样的说法显然还是不能让人满意。于是论辩不断升级,接下来,作为读者的"秀水"和作为刊物主办方、掌握优惠决定权的戴季陶、李人杰等纷纷加入论争。戴季陶撰文指出新文化运动的主力军或者说启蒙运动的主要对象是青年学生,这是优待学生的主要原因:"青年而又认识字、对于'科学''文艺'都有相当的理解力的人,总是'学生'最多,所以现在我们以文字做宣传的工夫,为主的还是对于学生。这确是中国知识普

---

① 《觉悟》1920年3月5日"通信"栏。
② 邵力子:《优待学生的理由》,《觉悟》1920年3月5日"通信"栏。

及问题上面一个可怜的现象。"① 同时对于"辈英""秀水"等提出"人人求知的机会均等"、经济条件处于劣势的平民更应得到优待的说法，戴季陶也予以赞同："有一层最要紧的，就是不应该只优待学生而不优待劳动者……新闻、杂志、对于劳动者——体力劳动者——应该比对于学生更便宜的出卖。如果有力量，应该送阅才好……"② 这种建立在假设基础上的论点，尽管相对公允，但是难以产生什么实际的效用。由于话题的焦点还是集中在报馆能否对所有阅读新文化出版物的人提供优惠、促进新文化大众化的问题，而这又牵涉报馆的经济利益与存续之事，所以论争不可能有令人满意的结果。但这一论争对我们认识五四新文化的普及和大众化过程，仍然有意义。从中我们既可以看到新文化界对推动新文化走向民间大众所做的努力，也可以看到来自民间的觉醒力量对新文化大众化的要求与渴望。

　　"优待学生"的论争像一根导火索，迅速点燃了新文化界对新文化走出上层知识分子圈、走向民间大众的关注和思索。当然，关注的焦点仍然是新文化出版物价格昂贵不利普及的问题。1920 年 6 月 4 日，"正璧"在《觉悟》上发表《新文化运动底障碍》一文，直接将新文化出版物的价格昂贵和某些出版物的粗制滥造视为新文化运动的一大障碍："近来各书局，都借着'新文化运动'的招牌、投机发印各种新书。很薄的一本，定价至五角六角，至少也须一二角。倘使内容有价值的，也还说得过去；但竟有抄集人家的，或者胡乱说几句；就是名称翻译的，他并不曾知道原文是几十年前的旧文艺，译了出来，加上个新的名字，就当他新文化书籍用。许多青年，以为新出的书，总是合于新思潮的；大家不嫌价贵，都去买他；不知道上了多少当！所以我希望青年们，购买新书要用精细的眼光去选择。因为我们正在消耗时代，经济是要节省的。"③ 次日，《觉悟》上又发表曾经因《非孝》一文而名噪一时的施存统的《贵族的文化运动和贵族的著作》。施在文中对五四新文化的大众化和向平民普及的状况表示严重不满，将其讥为"贵族的文化运动"，并对新潮社出版的图书定价高昂进行了尖锐嘲讽。他写道："现在的文化运动，只是几位什么学者（？）在知识阶级里鬼混鬼混，和大多数人们关系很少，这可说是贵族的文化

---

①　季陶：《读秀水君致力子的信》，《觉悟》1920 年 3 月 16 日"评论"栏。
②　季陶：《读秀水君致力子的信》，《觉悟》1920 年 3 月 16 日"评论"栏。
③　正璧：《新文化运动底障碍》，《觉悟》1920 年 6 月 4 日"随感录"栏。

运动……新潮社诸位朋友！你们要是还要讲什么文化运动、请不要再这样身价自高；否则，我们这些没钱的人，是没有机会领受这种恩惠的！"① 也许是意犹未尽，6月5日，施存统又发表《对于文化运动底感想》继续阐发新文化运动成了"贵族的文化运动"的观点，并且提出了九点改进的意见，其中有"希望真正热心文化运动的朋友，注意到大多数平民"，"希望有学问的朋友，替社会尽一点义务，不必望什么报酬"，"希望书贾不要专为营利，也要替读者负一点责任"等。② 这些意见反映了他对新文化运动的看法和期望。他希望新文化运动能够真正走进平民的生活世界，在平民中得到回响，而不仅仅局限于知识分子甚至只是上层知识分子圈子——这也是新文化运动的目标所在。

　　这种对新文化出版物过于昂贵的批评，显然引起了许多读者的共鸣。6月9日，《觉悟》随感录栏发表署名"文绩"的《新文化》一文，文中说："某书局出版'新文化丛书'的预告，有一个特色，就是他的征稿启事里，明明白白的说：'为读者的购买力，只求普及，定价不能太大……'"作者看到这样的广告自然非常高兴，于是兴冲冲地去买，结果发现此书较施存统批评的那本新潮社的《科学方法论》更加昂贵！这令作者非常失望，他在文末写道："我希望他们把'只求普及'四个字，再牢牢记着，大家一定要为新文化感激他的。"③ 此后，关于新文化书籍定价过高、不利于普及的批评声音断断续续，批评书贾牟取暴利者有之，批评掌握话语权的启蒙者不肯放弃版权的也不在少数。

　　面对这种批评，新文化出版界除了像邵力子一样现身说法，指出"现今百物昂贵，把纸价、墨价、排印工价……等等，连同邮费一起，报馆所计算的定价，实在并不算多"④ 之外，许多书局和出版机构也纷纷辩解，除了指出印刷成本过高导致定价较高之外，还不约而同地指向了另外一项开支——版税或稿费的支出。印刷成本的物质性支出短时间内是很难降低成本的，而版税或稿费却有很大的伸缩性。如果少了这部分支出，新文化出版物的价格就可望有所降低。于是，版权成了众矢之的。

　　其实，施存统在《贵族的文化运动和贵族的著作》一文中已经对版权有所

---

① 存统：《贵族的文化运动和贵族的著作》，《觉悟》1920年6月5日"随感录"栏。
② 存统：《对于文化运动底感想》，《觉悟》1920年6月6日"评论"栏。
③ 文绩：《新文化》，《觉悟》1920年6月9日"随感录"栏。
④ 《觉悟》1920年3月7日"通信"栏。

批评，他说，"现在自命为文化运动的著作，没有一本没有著作权，没有一本不抬高身价，这可说是贵族的著作。"他的《对于文化运动底感想》一文对新文化大众化提的九点希望中，也有"希望有学问的朋友，替社会尽一点义务，不必望什么报酬"一条。而此前在跟邵力子的通信中，"辈英"也曾一厢情愿地以为"书报是文化运动的一个大利器，销售这利器的人，是想帮助文化运动，并不是谋利，所得的利不过是维持销售人的生活，使他可以继续此种事业！销售文化运动利器的事业"。但他同时也认识到"有这种见解的版权人、发行人、销售人是很少"①。在当时的社会语境里，尽管新文化运动对民众进行启蒙一度成了社会文化的主旋律，但并非意味着一切人都能为了新文化运动而抛却个人利益。至于各类书局和书商，重利本是商人的本性，"希望书贾不要专为营利"这样的呼唤无疑是苍白无力的。相对而言，呼吁那些有着强烈的使命感和责任感的启蒙者们放弃版权，为文化运动做一点牺牲却似乎有某种成功的可能。比如新文化运动伊始，《新青年》同人撰稿就是不领报酬的，他们纯粹是为了一个共同的文化理想而写作。《觉悟》创办时，刊登过征稿启事，欢迎投稿，但不支付稿酬，而是"登载者都酌量赠阅本报或新刊书籍杂志"②。当批评者们一旦认定新文化出版物定价高昂是由于版权作祟的缘故，对版权的批评也就越来越猛烈了。

事实上，尽管中华文明有着悠久的历史，历朝历代的诗人、作家、学者们创造了璀璨的文化，但是著述却从来没有成为过一种职业，也从来没有人专靠著述为生，因此版权观念在中国传统文化里是几乎不存在的（当然也有研究者认为在宋代出现过版权观念）。只是到了近代国门被迫打开之后，随着报馆、书局日渐兴盛，社会上出现了一批专靠卖文为生的文化人，来自西方的有关版权的意识及制度才渐渐流行开来。1910 年晚清政府颁布了中国历史上第一部著作权法《大清著作权律》，1915 年 11 月 7 日，北洋政府参政院又议决《著作权法》，并经总统袁世凯批准，公布于世，这部法律以《大清著作权律》为蓝本，加以修改和细化，成为中国第一部现代意义的著作权法。按照这一法典，有关著作物被纳入权益保护的行列：

---

① 辈英：《优待学生问题（三）》，《觉悟》1920 年 3 月 9 日"通信"栏。
② 《本刊欢迎投稿》，《觉悟》1919 年 8 月 10 日。

一、文书、讲义、演述；

二、乐谱、戏曲；

三、图画、帖本；

四、照片、雕刻、模型；

五、其他关于学艺美术之著作物。

不仅如此，这一法律还对著作人享有的权利以及侵犯著作权应受之处罚做了详细规定，并且规定"著作权归著作人终身有之，著作人死之后，并得由其承继人继续享有三十年"①。从晚清的《大清著作权律》到北洋政府的《著作权法》，著作人的个人权益开始有了法律上的保障。从尊重知识、尊重创作的意义上来说，这自然是一种巨大的进步，然而著作权的观念并没有在当时的社会文化语境中落地生根，仅仅数年之后，当新文化运动轰轰烈烈地展开，而新文化出版物却由于定价高昂、不易普及而遭到众多批评的时候，版权便迅速成了众矢之的，成了人们眼中阻碍新文化传播的绊脚石。

当然，对版权的批评也跟 1920 年因英、法等国要求中国参加万国版权同盟（即《伯尔尼公约组织》，当时称为"瑞士国国际保护文学美术著作权公约"）在国内引起反对声浪有关。其实早在《大清著作权律》颁布之后，1913 年，美国就曾要求中国加入国际版权同盟，这一要求遭到当时中国国内出版界的强烈反对，上海书业商会更拟定了《请拒绝参加中美版权同盟呈》呈送北洋政府各部，要求拒绝加入该同盟。最终北洋政府顺应呼吁，拒绝加入国际版权同盟。在 1914 年 1 月 21 日《内务部关于我国不加入国家版权公约意见书致财政部公函》中附有《国际版权意见书》，内中写道：

> 自印刷行版权议起，东西各国相继设定规条，特加保护。我国亦本此旨，订有著作权律，业奉施行。但此为国内法之一种。至外国人能否与本国人一律享有此私权，当以国际惯例及条约为根据。……我国文学美术，除固有之国粹外，多恃取资外籍，而非外籍所取资……讵知一入同盟，不

---

① 《大总统公布著作权法申令》，见中国第二历史档案馆编：《中华民国史档案资料汇编》（第三辑 文化），江苏古籍出版社 1987 年版，第 439 页。

特不能翻印各国书籍,即翻译必须俟其行世十年以后。我国此时科学幼稚,亟赖译籍之补助,且学问新理日出不穷,俟以十年,学说已奋。考美国当时亦因新造之帮,所出著作物不及欧洲之多,亦未加入万国同盟。日本维新以后,学术日渐发达,然亦迟至明治三十二年始订同盟之约。则我国此时不容贸然加入,已无疑义。①

当时正处清末民初大量输入"西潮"的关键时期,北洋政府拒绝加入万国版权同盟,当然有着现实的国家利益考虑。然而此后关于国际版权问题的摩擦时有发生,例如1919年3月美国商会就通过上海总商会指控"华商所办印刷所,翻印美国课本销售,侵夺版权,违犯法律",并呈请美国驻京公使与北京政府磋商解决办法,此事尚未了,1920年11月法国驻华公使又照会北洋政府,要求中国加入万国版权同盟。消息传出,上海书业商会重又致函内务部表示反对,请求政府拒绝加入版权同盟,理由仍与前面所述内务部《国际版权意见书》中所陈类似:"伏以当今文化日进,而吾国尚在幼稚时代,全持欧美书籍,以为灌输研究之资。而原版西书价值綦昂,购之不易,求学之士,不免望洋兴叹,故敝业中多将原版西书翻印,廉价发售,于灌输文化实为便利……"②关于此次反对加入国际版权同盟事件,其间曲折尚多,限于篇幅这里不再展开。③ 然而可以肯定的是,在这次声浪中商务印书馆、上海书业商会等之所以坚决反对加入万国版权同盟,自然有出于民族资本自身利益的考虑,但正如他们在致函内务部的书信中所言,加入版权同盟一事对其时正在开展的新文化运动的确影响巨大。因为新文化运动——甚至上溯至晚清的启蒙运动,就是在大量输入西方文化的背景下展开的,考虑到当时中国的实际情况,如果有了版权的限制,不能自由翻印、译介西方的学术著作,如同对嗷嗷待哺的幼子突然断绝了奶水供应,势必会对正在进行的新文化运动产生重大影响。而就国内情形言之,反对版权、降低新文化出版物价格又与新文化的普及、大众化

---

① 《请拒绝参加中美版权同盟呈》,见中国第二历史档案馆编:《中华民国史档案资料汇编》(第三辑 文化),江苏古籍出版社1987年版,第446—447页。
② 《上海书业商会高凤池等致内务部呈(1920年11月)》,见中国第二历史档案馆编:《中华民国史档案资料汇编》(第三辑 文化),江苏古籍出版社1987年版,第451页。
③ 关于此次国内反对版权的风潮可参看常青:《民国初年关于中国加入国际版权同盟问题的论争》,《河南大学学报》(社会科学版)2000年第2期。

密切相关，因此，反对加入万国版权同盟甚至反对版权的声音一经发出，立刻得到了广泛的响应。

1920年12月10日，作为《觉悟》主编的邵力子也亲自撰文支持反对加入版权同盟的声浪。不仅如此，他主张不单要反对加入版权同盟，更应直接取消版权，如果单单拒绝加入版权同盟而不从根本上反对版权，则未免在"公道"上有所亏欠：

> 现在反对版权同盟的人，都只就中国目前的情形说话；其实既管承认"版权"便不能拒绝"同盟"。我要自利，别人亦要自利。中国人虽患知识荒，在外人看来，只是中国自不长进，和他们有什么相干。虽然我们可以坚拒外人底要求，但在"公道"上未免有些说不过去，所以我们应当宣告全世界：中国人主张学术文化为人类共有；中国人永不愿用版权来约束别国人，别国人也永远不能用版权来拘束中国人。版权同盟是要从根本上绝对否认的，不单是从时间上希望暂缓的。
>
> 我并主张自己国内也不当有什么版权……①

至于反对版权的理由，邵力子则另文详细阐发。他除了认为"学术本是人类底公物"，"任何人都不能据为私有"之外，还认为与中国旧有的传统有关："……中国底学术界向来以谋利为耻，无论什么著作，苟非'藏之名山'，便可任人自由翻印。我想，这正是中国文明底特色。从前极贫寒的子弟，还有时能得读书底机会，固然由于所读的书十分简单，却也由于一切书籍都是自由翻印，所以取价很廉。"② 在邵力子看来，中国古代不要版权的传统对于当时新文化出版物过于昂贵不利普及的状况，显然是可以借鉴并行之有效的方法。

作为一场自上而下发起的文化启蒙运动，新文化如果不能走向民间，融入大众，那么就只能是知识分子的自娱自乐，根本无法达到新文化运动领导者们的初衷。而面对普及新文化的"障碍"以及对新文化运动"贵族化"的批评，当时的新文化界进行了有意义的尝试，优待学生与反对版权只是许多尝试当中

---

① 力子：《从根本上反对版权同盟》，《觉悟》1920年12月10日"随感录"栏。
② 力子：《从根本上反对"版权"》，《觉悟》1920年12月12日"评论"栏。

的插曲。也许这种尝试有时显得过于极端，效果也并不好，并且在今天看来有着很多缺陷和不足——尤其是反对版权，更与现代性的价值理念相悖，但在当时毕竟体现了新文化界将新文化大众化的努力，这是不应当抹杀的。

有意思的是，在上海《民国日报·觉悟》上这场优待学生与反对版权的论争之后两年，作为五四新文化运动最重要发源地的北京大学发生了轰动一时的"讲义费"风波。如果说优待学生与反对版权的论争主要影响的是报刊媒体这个公共教育平台与社会上一般觉悟新青年的养成，那么"讲义费"风波关系的则主要是学院内部新青年的培育。北大所发讲义向不收费，1922年8月1日北京大学评议会十年度第九次会议通过一项决议，"拟自下学期（十一年九月）起，一律征收讲义费"①。10月16日，北大教授朱希祖、王世杰、沈士远、丁燮林、李书华、沈兼士、周鲠生等人联名致信校长蔡元培："本校讲义印刷费，岁达一万余元；然图书扩充费，为数极微。现在学校既决定收纳讲义费，我们为学校计，为学生计，谨向先生提议，将所征讲义费，尽数拨归图书馆，供买学生各种参考书之用。此种办法，学校既可增加图书支出，学生亦可减少买书费用。将来学校图书充足，学生外国文程度增高，即可完全废除讲义。是否可行？敬请裁夺。"②蔡元培得书后于第二天复函，内中说："奉惠书，拟以所收讲义费尽数拨归图书馆，供买学生各种参考书籍之用，甚善甚善，谨当照行。此次所征讲义费，一方面为学生恃有讲义，往往有听讲时全不注意，及平时竟不用功，但于考试时急读讲义等流弊，故特令费由己出，以示限制。一方面则因购书无费，于讲义未废以前，即以所收讲义费为补助购书之款。至所以印成小券，不照他校之规定每学期讲义费若干者，取其有购否自由之方便。彼等若能笔记，尽可舍讲义而不购也。附闻。"③然而如此一来，吃惯了免费午餐，视讲义免费为天经地义的北大学子们不干了。10月17日下午，数十名学生群拥至会计课，要求收回成命、废除讲义费。18日晨又有学生数十人群拥至校长室，围堵蔡元培，要求立即废止讲义费。蔡元培详加解释，一些教职员也出面劝解，但学生不为所动坚决要求废止。盛怒之下，蔡元培在红楼门口挥拳作

---

① 《北京大学评议会十年度第九次会议记录》，见《蔡元培全集》（第18卷），浙江教育出版社1998年版，第411页。
② 《北京大学日刊》1922年10月18日。
③ 高平叔：《蔡元培年谱长编》（中），人民教育出版社1996年版，第571页。

势,怒目大声说:"我给你们决斗!"这时学生才纷纷后退。

10月19日,蔡元培愤而宣布辞职。"北大总务长蒋梦麟、庶务部主任沈士远、图书馆主任李大钊、出版部主任李辛白、数学系主任及教授冯祖荀,均刊登启事,宣布'随同蔡校长辞职,即日离校'。北大全体职员发布《暂时停止职务宣言》,《北京大学日刊》亦宣告'自明日起停止出版'。"[①] 蔡元培及各位教授的辞职启事刊布之后,北大全体学生措手不及,他们没料到事情竟闹到如此严重的地步。自从五四运动期间蔡元培愤于当局的黑暗一度辞去北大校长之职以及1921年4月北大等八校教职员因抗议北洋政府拖欠教育经费全体辞职以来,此次"讲义费"风波导致校长及那么多教授辞职是事态最严重的一次,前面两次校长和教职员的辞职都是因"外因"引起,而此次辞职则是全由"内因"而起!意识到问题严重性的学生于10月19日一天之内三次召开紧急会议,派代表挽留校长蔡元培,并至教育部、总统府声明此系少数学生所为,请代为挽留。在学生的恳切挽留下,10月24日蔡元培终于到校视事,并致函辞职教职员恳请取消辞意。而经教授会议决,带头滋事的学生冯某最终也被开除学籍。这一"讲义费"风波才终于平息下来。

在新文化运动的语境中,学校跟报馆一样是重要的开启民智的工具,因此北大的"讲义费"风波绝不能够单单作为北大校内的一次普通风潮来看,其背后有着更深层的动因和含义。"讲义费"风波中,学生之所以敢于围攻学校的办公机关甚至围堵校长蔡元培坚决要求收回成命、废止讲义费,跟五四之后张扬自我的个性意识觉醒和个人主义高涨是分不开的,五四运动使得那些觉悟了的新青年第一次尝到了反抗的甜头,从此不管规章制度的合理与否,只要与自身利益相悖他们中间就会有人站出来组织抗争。面对父母师长,面对冷冰冰的规章制度甚至国家机器,青年学子不再俯首帖耳唯命是从,每当不合我意时敢于执着抗争并发出自己的声音固然是个可喜的变化,也可以说是新文化运动"立人"的成就之一,然而如果个人主义走向极端、走向自私自利的利己主义,那么也就意味着培养教育新青年的彻底失败。事实上,正如有学者所指出的:"'五四'胜利之后,学生有点忘乎所以,竟取代学校当局,执行起决定聘请或解聘教员的权力来,一旦所求不遂,辄搬出罢课闹事相要挟。教员如束以纪律

---

① 高平叔:《蔡元培年谱长编》(中),人民教育出版社1996年版,第572页。

或考试上要求严格一点,也马上罢课反对,罢课成为学生手中威胁校方与教师的万灵法宝。而且,学生还提出一系列极其过分的要求,如要求学校发放春假津贴以补贴旅行费用,学生活动的经费也要由学校补贴,免费发给讲义等等。他们向学校予取予求,但从不考虑对学校的义务……"① 作为民族国家复兴的未来和希望,青年学生是应该"优待"的,并且优待青年学生也是使新文化运动走向深入的重要举措之一,在北大的"讲义费"风波中,如果北大不收讲义费则无疑减轻了学生的负担,有助于更多的学生在这个新文化运动的大本营里接受教育、健全人格,有助于新文化运动的普及和推广。这跟《觉悟》上关于优待学生和反对版权的讨论有着类似的功效。从这个意义上来讲,学生要求受到"优待"、要求废止讲义费也是情有可原。然而酿成的风波却也让人看到了在培养这些新文化运动中坚力量的过程中必须注意一些问题。让青年人拥有自由的思想、独立的意志是新文化运动的目标之一,并且最终还要借助这些受过新文化运动洗礼的新青年将民主与科学、解放与改造的理念传播到社会的每一个角落,以期最终完成启蒙大业、实现民族国家的复兴。然而当这些新青年们变得思想极端、价值观念单一,开始拒绝任何规则约束的时候也有必要对其敲响警钟、使其健康的成长,以便真正能够做到"此后幸福的度日,合理的做人"②。

《民国日报·觉悟》上关于优待学生与反对版权的讨论和北大的"讲义费"风波一南一北,都反映了新文化运动应当普及推广以走向民间、融入大地的必要性以及在此过程中青年学生作为中坚力量的重要性。报刊优待学生、知识界反对版权、北大学子抗议征收讲义费,从根本上来说都有利于新文化的大众化,应当予以肯定。然而如上所述,"讲义费"风波也暴露了青年学生自身存在的一些问题,在启蒙运动过程中应该给予足够的重视并引导纠正。

(原载《文艺争鸣》2007 年第 3 期)

---

① 裴毅然:《蔡元培的"决斗"》,《书屋》2005 年第 3 期。
② 鲁迅:《我们现在怎样做父亲》,见《鲁迅全集》(第 1 卷),人民文学出版社 2005 年版,第 135 页。

后　记

　　面对整理完成的这本书稿，惶恐油然而生。收入书中的 20 篇文章，最早的一篇为《鲁迅与假洋鬼子》，发表于 2004 年，当年的《人大复印资料·现当代文学》第 9 期全文转载。其时我 23 岁，正在南京大学读硕士二年级，初生牛犊心无旁骛横冲直撞，属于不折不扣的"后浪"；最近的一篇是 2020 年 7 月刊出的，这时的我已年近不惑，并且做了两个孩子的父亲，整日与各种生活琐事缠斗，心情也是"微近中年"了。不经意间，居然已经过去了那么多年，而我的进步竟如此之慢！当同龄人或更年轻的学者都在锐意进取、新作迭出时，自己却踟蹰不前，这让人不由得感到惶恐。好在我一直相信一个人只有能够正视并坦然接受他人的优势与自己的局限，方能淡定从容、安静做事，所以这惶恐并不会给我造成太大的精神危机。而且每当女儿或儿子悄悄溜进书房探出灿烂的小脸甜甜地喊我一声"爸爸"时，所有如惶恐、疲倦以及烦闷等种种负面情绪也就顿时一扫而空了。我也可以心安理得地放下手头的工作，沉醉于孩子的欢声笑语而不思进取。

　　感谢黄发有老师和山东大学网络文学研究中心，使我有机会坐下来比较从容地回望来路，对自己的工作做一个阶段性总结，同时也对自己的不思进取进行一次比较正式的反省——尽管这反省也可能随时会被一只推门闯入的"神兽"所打断。一直以来，我似乎并不怎么恪守学科的界限，既关注现代文学领域并偏好文学史料，又对行进中的文学现场抱有兴趣。因而讨论的话题比较分散，不易建立自己的学术根据地。关于这一点，有师长跟我指出过，我自己也对此心知肚明，但积习难改，稀里糊涂就走到了现在。此番整理书稿，更是深刻地意识到了这个问题，以后当努力改进。

收在书中的文章讨论当代文学和现代文学的各十篇，并且力求跟"文学传播"的主题有点关系。感谢发表我这些习作的刊物和编辑老师，在此恕不一一列出，但您的扶持奖掖谨记在心。另外，收录的文章除修订了少量文字错误和部分注释外（比如涉及鲁迅的引文统一改用人民文学出版社2005年版的《鲁迅全集》），一概保持原貌，未作改动，本人诚挚地期待来自各方的批评。

此书送给我的了了和一一。

史建国
2020年7月于济南